A Lista de Convidados

A Lista de Convidados

Lucy Foley

Tradução de Maria Carmelita Dias

intrínseca

TÍTULO ORIGINAL
The guest list

PREPARAÇÃO
Marcela Ramos

REVISÃO
Agatha Machado
Carolina Vaz

DIAGRAMAÇÃO
Ilustrarte Design e Produção Editorial

CIP-BRASIL. CATALOGAÇÃO NA PUBLICAÇÃO
SINDICATO NACIONAL DOS EDITORES DE LIVROS, RJ

F699L

Foley, Lucy, 1986-
A lista de convidados / Lucy Foley ; tradução Maria Carmelita Dias. - 1. ed. - Rio de Janeiro : Intrínseca, 2021.
304 p. ; 23 cm.

Tradução de : The guest list
ISBN 978-65-5560-150-3
ISBN 978-65-5560-068-1 [ci]

1. Ficção inglesa. I. Dias, Maria Carmelita. II. Título.

20-67288 CDD: 823
CDD: 82-3(410.1)

Camila Donis Hartmann - Bibliotecária - CRB-7/6472

[2021]

EDITORA INTRÍNSECA LTDA.
Rua Marquês de São Vicente, 99, 3º andar
22451-041 — Gávea
Rio de Janeiro — RJ
Tel./Fax: (21) 3206-7400
www.intrinseca.com.br

Para Kate e Robbie, os irmãos mais solícitos que uma garota poderia desejar...
Felizmente em nada parecidos com os irmãos e as irmãs deste livro!

AGORA

A noite do casamento

As luzes se apagam.

Em um segundo, tudo fica escuro. A banda para de tocar. Dentro da tenda, os convidados dão gritos estridentes e se agarram. A luz das velas nas mesas só aumenta a confusão, lançando sombras agitadas nas paredes de lona. É impossível ver onde estão as pessoas ou escutar o que dizem: além das vozes dos convidados, um vendaval começa a uivar.

Do lado de fora, há uma tempestade enfurecida, chiando por todo lado, açoitando a tenda. A cada golpe, a estrutura inteira arqueia e estremece com o rangido alto do metal; os convidados se encolhem, amedrontados. As abas da entrada se soltaram das amarras e começam a se sacudir. As chamas das tochas que iluminam a entrada dão risadinhas debochadas.

Parece pessoal, a tempestade. Como se tivesse guardado sua fúria para eles.

Não foi a primeira vez que a eletricidade falhou. Mas, na última, as luzes reacenderam em poucos minutos. Os convidados voltaram para suas danças, sua bebida, seus comprimidos, suas transas, sua comida, suas risadas... e se esqueceram de que tinha acontecido.

Havia quanto tempo já estavam sem luz? No escuro é difícil saber. Alguns minutinhos? Quinze? Vinte?

Eles começam a ficar com medo.

Essa escuridão parece agourenta, intencional. Como se qualquer coisa pudesse acontecer por baixo do seu manto.

Finalmente, as lâmpadas piscam e se acendem. Gritos e aplausos dos convidados, agora com vergonha de como foram encontrados: agachados como se prontos para se defender de um ataque. Dão risada, desdenhando da situação. Quase convencendo a si mesmos de que não estavam com medo.

Nas três tendas contíguas, o cenário iluminado, que deveria ser de celebração, está mais para um terreno desolado. Na área do jantar principal, o piso laminado está borrifado com coágulos de vinho; uma mancha carmim se espalha pelo linho branco. Todas as superfícies estão entulhadas com garrafas de champanhe, testemunhas de uma noite de brindes e comemorações. Um par de sandálias prateadas abandonado espreita por baixo de uma toalha de mesa.

Os músicos irlandeses voltam a tocar na tenda de dança — uma cantiga animada para restaurar o clima de festa. Muitos convidados vão correndo para lá, ansiosos por algum tipo de alívio. Com um olhar atento, é possível ver que no caminho um convidado pisou descalço em um caco de vidro e deixou pegadas de sangue, que já estão secando e ganhando uma cor de ferrugem. Ninguém percebe.

Outros convidados passam e se juntam nos cantos da tenda principal, nebulosos como fumaça de cigarro. Relutam em ficar, mas não querem pôr o pé para fora do santuário das tendas enquanto a tempestade ainda ruge. E ninguém pode deixar a ilha. Ainda não. Os barcos não podem atracar enquanto o vento não amainar.

No centro de tudo, está o enorme bolo. Ostentou a aparência perfeita e incólume diante de todos pela maior parte do dia, uma fileira de folhagens moldadas em açúcar reluzindo. Porém, apenas minutos antes de as luzes se apagarem, os convidados se reuniram em torno do bolo para assistir à cerimônia de sua evisceração. Agora parece que a massa fofa e vermelha escancara sua boca.

Então, chega um som diferente lá de fora. Quase pode ser confundido com o vento. Mas atinge altura e volume que não deixam nenhuma dúvida.

Os convidados ficam paralisados. Trocam olhares. De repente, voltam a ficar com medo. Mais ainda do que quando as luzes se apagaram. Todos sabem o que estão ouvindo. Um grito de pavor.

A véspera

AOIFE

A cerimonialista

Quase todos os padrinhos e familiares dos noivos já estão presentes. As coisas estão prestes a caminhar em outra marcha: esta noite haverá o ensaio, com convidados selecionados, então o casamento começa de fato hoje.

Coloquei o champanhe no gelo, para os aperitivos antes do jantar. É Bollinger vintage: oito garrafas, além do vinho para ser servido no jantar, e dois engradados de Guinness — tudo de acordo com as instruções da noiva. Não cabe a mim comentar, mas me parece um pouco exagerado. Contudo, são todos adultos. Tenho certeza de que sabem seus limites. Ou talvez não. O padrinho do noivo parece do tipo encrenqueiro — para falar a verdade, todos os padrinhos parecem. E a madrinha — meia-irmã da noiva —, já a vi vagando solitária pela ilha, curvada e apressada, como se estivesse tentando fugir de algo.

Você descobre todos os segredos íntimos fazendo esse tipo de trabalho. Vê coisas que ninguém mais tem o privilégio de ver. Todas as fofocas que os convidados matariam para descobrir. Como cerimonialista, não é possível *se dar ao luxo* de deixar escapar alguma coisa. Tem que estar alerta para qualquer detalhe, todos os turbilhões por baixo dos panos. Se eu não prestar atenção, qualquer marola pode crescer e se transformar em uma onda gigante, destruindo todo o meu cuidadoso planejamento. E eis outra coisa que aprendi: às vezes, as marolas menores são as mais fortes.

Circulo pelas salas do andar inferior do Folly, acendendo os blocos de turfa nas lareiras, para garantir uma noite aquecida e sem chamas. Freddy e eu pegamos o costume de cortar e secar nossa própria turfa do pântano, como tem sido feito há séculos. O cheiro de fumaça e terra saindo do fogo nas turfeiras vai ajudar na ambientação. Acho que os convidados vão gostar. Mesmo no meio do verão, a ilha fica fresca à noite. As paredes de pedras antigas do Folly não deixam o calor entrar, e também não são muito boas em mantê-lo lá dentro.

Hoje o clima está surpreendentemente quente, ao menos para os padrões desta região, mas parece que não vai durar até amanhã. O finalzinho da previsão do tempo que peguei no rádio mencionava ventos. Esta área sempre recebe o impacto de qualquer evento climático; as tempestades costumam ser muito mais violentas aqui do que no continente, como se as nuvens se esvaziassem em cima de nós. O dia ainda está ensolarado, mas essa tarde o ponteiro do velho barômetro do corredor oscilou de BOM para INSTÁVEL. Eu o levei lá para baixo. Não quero que a noiva veja. Se bem que não tenho certeza se ela é o tipo de pessoa que entra em pânico. Parece mais daquelas que ficam com raiva e procuram alguém para culpar. Mas sei quem estaria na mira.

— Freddy — chamo em direção à cozinha —, o jantar vai começar logo?

— Vai — grita ele de volta —, está tudo sob controle.

Hoje o jantar vai ser inspirado em uma receita tradicional de sopa de peixe de Connemara: peixe defumado, molho bem cremoso. Eu provei na primeira vez em que visitei este lugar, quando ainda havia gente aqui. O prato de hoje terá um toque mais sofisticado do que a receita original, já que vai ser servido para pessoas mais sofisticadas. Ou pelo menos suponho que elas gostem de *pensar* que são. Vamos ver o que acontece quando as bebidas começarem a bater.

— Então, temos que começar a preparar os canapés para amanhã — acrescento, repassando a lista na cabeça.

— Já estou providenciando.

— E o bolo, temos que montar tudo a tempo.

O bolo é um detalhe digno de nota. Tem que ser. Sei quanto custou. A noiva não hesitou diante do preço. Acredito que esteja acostumada a ter tudo do bom e do melhor. Quatro camadas de massa *red velvet* bem macia, envolta pelo branco imaculado da cobertura e decorada com folhagens de açúcar combinando com os arranjos de plantas da capela e da tenda. Extremamente delicado e confeccionado de acordo com as especificações exatas da noiva, veio direto de uma confeitaria exclusiva de Dublin: não foi fácil trazê-lo até aqui, atravessando o mar, intacto. Amanhã, é óbvio, vai ser destruído. Mas o que importa é o momento, a celebração do casamento. O que importa é esse dia único. Não o matrimônio, apesar do que todo mundo diz.

Veja, minha profissão se pauta em orquestrar a felicidade. Foi por isso que me tornei cerimonialista. A vida é uma droga. Todos sabemos. Coisas horríveis ocorrem, aprendi isso ainda criança. Mas não importa o que aconteça, a vida não passa de uma sucessão de dias, dos quais controlamos no máximo um por vez. Mas pelo menos *um* deles está sob nosso controle. Vinte e quatro horas podem ser organizadas. O dia da cerimônia de um casamento é uma parcela de tempo pequena e precisa, na qual posso criar algo completo e perfeito, para ser lembrado com carinho a vida toda, uma pérola de um colar partido.

Freddy sai da cozinha usando seu avental de açougueiro manchado.

— Como você está se sentindo?

Dou de ombros.

— Um pouco nervosa, para ser honesta.

— Você tem tudo sob controle, amor. Pense em quantas vezes já fez isso.

— Mas essa é diferente. Por causa de quem é...

Foi uma jogada de mestre, conseguir que Will Slater e Julia Keegan se casassem aqui. Já trabalhei em planejamento de eventos em Dublin. Estabelecer-me nesta ilha foi ideia minha, transformar a construção meio arruinada e decadente em uma elegante propriedade de dez quartos, com sala de jantar, sala de estar e cozinha. Freddy e eu moramos aqui, mas usamos apenas uma mínima fração do espaço quando estamos a sós.

— Shhh. — Freddy dá um passo à frente e me envolve em um abraço.

Sinto meu corpo se retesar a princípio. Estou tão focada na minha lista de tarefas que aquilo parece uma distração para a qual não temos tempo. Depois me permito relaxar em seu abraço, apreciar seu calor familiar e reconfortante. Freddy é bom de abraço. Ele é o que se poderia chamar de "fofinho". Freddy gosta de comida: é o seu trabalho. Ele administrava um restaurante em Dublin antes de nos mudarmos para cá.

— Vai dar tudo certo — diz. — Prometo. Vai ser perfeito. — Ele beija minha cabeça.

Tenho uma experiência considerável no ramo. O problema é que nunca investi tanto em um evento. E a noiva é muito singular — o que, para ser justa, provavelmente tem relação com seu trabalho, administrar a própria revista. Outra pessoa poderia ter ficado um pouco exausta com suas solicitações. Mas eu tenho gostado. Gosto de um desafio.

Bom, chega de falar em mim. Afinal, este fim de semana é do casal de pombinhos. A noiva e o noivo não estão juntos há muito tempo, ao que tudo indica. Como nosso quarto também fica no Folly, com os outros, pudemos ouvi-los na noite passada. "Jesus Cristo", disse Freddy, quando nos deitamos. "Não consigo ficar ouvindo isso." Eu sabia o que ele queria dizer. Estranho que os espasmos mais intensos de prazer possam soar como dor. Eles parecem bem apaixonados, mas uma pessoa cínica poderia concluir que é *por isso* que aparentemente não conseguem tirar as mãos um do outro. Uma luxúria total poderia ser uma descrição mais precisa.

Freddy e eu estamos juntos há quase duas décadas, e mesmo agora existem coisas que não conto para ele, e vice-versa, tenho certeza. Imagine então aqueles dois, o quanto se conhecem de verdade.

Será que sabem mesmo todos os segredos obscuros um do outro?

HANNAH

A acompanhante

As ondas sobem na nossa frente, a crista branca. Está um lindo dia de verão no continente, mas aqui está bem agitado. Alguns minutos atrás, deixamos a segurança do cais e logo em seguida a água pareceu assumir uma coloração mais escura e as ondas cresceram alguns metros.

É a última noite antes do casamento, e estamos a caminho da ilha. Como "convidados especiais", vamos dormir lá hoje. Estou ansiosa. Pelo menos... *acho* que estou. De qualquer maneira, preciso de um pouco de distração no momento.

— Segurem-se! — O grito vem da cabine do capitão, atrás de nós.

Mattie, esse é o nome do homem. Sem nem nos dar tempo para pensar, a pequena embarcação pula uma onda e cai direto na crista de outra. Um jorro de água nos atinge como se fosse um chafariz.

— Meu Deus! — grita Charlie, e vejo que ele ficou ensopado.

Milagrosamente, só me molhei um pouquinho.

— Sentiram umas gotinhas aí? — grita Mattie.

Dou risada, mas tive que forçar, porque foi bem assustador. O movimento do barco, para a frente e para trás, e para um lado e para outro, tudo ao mesmo tempo, revira meu estômago.

— Uff — digo, sentindo o enjoo me invadir.

Pensar no lanche que fizemos antes de entrar no barco de repente me dá vontade de vomitar.

Charlie olha para mim, põe uma das mãos no meu joelho e dá um aperto.

— Ah, meu Deus. Já começou?

Eu sempre tenho náuseas horríveis com movimento. Náuseas com tudo, na verdade; quando eu estava grávida, foi pior ainda.

— Uh-hum. Tomei remédio, mas ainda não fez efeito.

— Olhe — diz Charlie, rápido —, vou ler a respeito desse lugar, para mudar o foco da sua atenção. — Ele desliza a tela do telefone.

Como bom professor, meu marido baixou um guia. O barco dá uma guinada brusca de novo, e o iPhone quase sai voando de sua mão. Ele solta um palavrão e o segura com ambas as mãos; não temos dinheiro para outro.

— Não tem muita coisa aqui — conclui ele, com certo tom de desculpas, quando a página acaba de carregar. — Uma porção de coisas sobre Connemara, sim, mas sobre a ilha especificamente... Suponho que seja pequena demais... — Ele encara a tela como se desejando que ela mostrasse algo. — Ah, aqui, encontrei uma coisa. — Pigarreia, depois começa a ler com a voz que, acho eu, deve usar em suas aulas. — Inis an Amplóra, ou Ilha Cormorant, tem pouco mais de três quilômetros de uma extremidade à outra, sendo mais longa do que larga. É formada por um morro de granito que emerge *majestosamente* do Atlântico, a vários quilômetros do litoral de Connemara. Um grande pântano composto de turfa cobre a maior parte da superfície. A melhor maneira de visitar a ilha, e, na verdade, a única, é com um barco particular. O canal entre o continente e a ilha tem dias especialmente agitados...

— Eles têm razão quanto a isso — murmuro, me agarrando na lateral da embarcação enquanto balançamos para cima de outra onda e despencamos de novo. Meu estômago dá outra cambalhota.

— Posso contar mais do que isso! — grita Mattie da cabine. Eu não tinha percebido que dava para nos ouvir de lá. — Vocês não vão descobrir muita coisa sobre Inis an Amplóra em um guia.

Charlie e eu nos arrastamos até mais perto da cabine para escutar melhor. Ele tem um sotaque forte encantador, o Mattie.

— As primeiras pessoas que se instalaram na ilha, pelo que se sabe, faziam parte de uma seita religiosa perseguida pelas pessoas do continente.

— Ah, sim — diz Charlie, olhando o guia. — Acho que vi alguma coisa sobre isso no artigo...

— Nem tudo está aí — insiste Mattie, franzindo a testa e claramente pouco impressionado pela interrupção. — Moro neste lugar desde que nasci, sabe, e minha família está aqui há séculos. Posso contar mais do que esse pessoal da internet.

— Desculpe — diz Charlie, constrangido.

— Mas enfim. Vinte anos atrás, mais ou menos, os arqueólogos descobriram as pessoas. Todas juntas no pântano de turfa, lado a lado, bem apertadas. — Algo me diz que ele está se divertindo. — Corpos perfeitamente preservados, é o que dizem, porque não existe ar lá embaixo. Foi um massacre. Foram golpeadas até a morte.

— Ah — diz Charlie, me dando uma espiada —, não tenho certeza...

Tarde demais, a ideia já está na minha cabeça: cadáveres enterrados há muito tempo emergindo da terra preta. Tento não pensar nisso, mas as imagens não cedem, como um vídeo travado. O golpe de náusea que recebo ao montarmos em mais uma onda é quase um alívio, exigindo todo o meu foco.

— E ninguém mora lá agora? — pergunta Charlie, com toda a sua sagacidade, tentando mudar de assunto. — Além dos novos proprietários?

— Não — responde Mattie. — Ninguém, a não ser os fantasmas.

Charlie toca na tela.

— Diz aqui que a ilha esteve habitada até a década de 1990, quando os últimos moradores decidiram voltar ao continente em busca de água corrente, eletricidade e vida moderna.

— Ah, é o que diz aí, é? — comenta Mattie, como quem acha graça.

— Por quê? — pergunto, depois de reencontrar a voz. — Por que mais eles sairiam?

Mattie parece prestes a falar, mas muda de expressão.

— Tomem cuidado! — ruge.

Charlie e eu conseguimos segurar no parapeito segundos antes de o barco despencar como se não houvesse nada embaixo. Somos jogados em todas as direções por uma sequência de ondas. Meu Deus do Céu.

Nesses casos de enjoo por movimento, o que ajuda é olhar para um ponto fixo. Tento mirar na ilha. Durante toda a viagem, desde que saímos do cais, ela esteve à vista, uma mancha azulada no horizonte, no formato de uma bigorna achatada. Jules não escolheria um lugar nada menos que surpreendente, mas não consigo deixar de sentir que a silhueta escura da ilha parece corcunda e mal-humorada, em contraste com o dia ensolarado.

— Bem impressionante, não é? — comenta Charlie.

— Hmmm — digo, sem me comprometer. — Bom, vamos torcer para que haja água encanada e eletricidade hoje em dia. Vou precisar de um bom banho depois disso.

Charlie abre um sorriso.

— Conhecendo Jules, se ainda não tinham instalado encanamento e energia elétrica, providenciaram isso para ontem. Você sabe como ela é. Muito eficiente.

Sei que não foi a intenção de Charlie, mas pareceu uma comparação. Eu *não* sou a pessoa mais eficiente do mundo. Parece que não consigo entrar em um cômodo sem fazer bagunça, e, desde que tivemos filhos, nossa casa é um caos permanente. Quando recebemos visita — o que é raro —, acabo enfiando as coisas nos armários e fecho as portas; a sensação é de que a casa inteira está prendendo a respiração, tentando não explodir. Quando fomos jantar pela primeira vez na elegante casa vitoriana de Jules, em Islington, parecia coisa de revista; da revista *dela* — uma publicação on-line chamada *The Download*. Eu só ficava pensando que ela talvez fosse me esconder em algum lugar, certa de que eu não tinha nada a ver com aquele ambiente, com meus dois centímetros de raiz escura no cabelo e roupas de lojas populares. Até me vi tentando amenizar o sotaque, suavizar as vogais bem marcadas típicas de Manchester.

Nós não podíamos ser mais diferentes, Jules e eu. As duas mulheres mais importantes da vida do meu marido. Inclino um pouco o corpo pela lateral do barco, respirando fundo a brisa do mar.

— Li um bocado sobre a ilha — continua Charlie. — Aparentemente, aqui tem praias de areia branca, que são famosas nessa parte da Irlanda. E a cor da areia significa que a água nas enseadas assume um lindo tom turquesa.

— Ah — digo. — Bem, soa melhor do que um pântano de turfa.

— É. Quem sabe a gente não consegue nadar um pouco? — Charlie sorri.

Observo a água, que está mais para verde-ardósia do que turquesa, e sinto um arrepio. Mas eu nado na praia de Brighton, que nada mais é do que o Canal da Mancha, certo? Mesmo assim, lá parece tão mais calmo do que este mar selvagem e brutal.

— Vai ser bom ter este fim de semana de diversão, não é? — diz Charlie.

— Vai, sim. Espero que sim. — Este vai ser o mais perto do que poderemos chamar de férias por um bom tempo. E, nesse exato momento, estou realmente precisando. — Não consigo imaginar por que Jules escolheria uma ilha aleatória na costa da Irlanda. — É particularmente do feitio *dela* escolher algo tão exclusivo que seus convidados podem realmente se afogar tentando chegar lá. — Não é como se ela não pudesse se dar ao luxo de escolher qualquer lugar que quisesse.

Charlie franze a testa. Ele não gosta de falar de dinheiro, fica constrangido. É uma das coisas que me fazem amá-lo. Só que às vezes, apenas às vezes, não consigo deixar de imaginar como seria ter um pouquinho mais. Nós sofremos para decidir o que comprar da lista de presentes e até tivemos uma briguinha por causa disso. Nosso limite normalmente é cinquenta libras, mas Charlie insistiu que tínhamos que gastar mais, porque ele e Jules são amigos de longa data. Chegamos a um acordo de cento e cinquenta libras, mas, como todos os itens eram da Liberty's, só conseguimos comprar uma tigela de cerâmica bem banal. Havia até uma *vela perfumada* de duzentas libras.

— Você conhece a Jules — diz Charlie, enquanto o barco pula de novo, bate em algo muito mais duro do que apenas água e, para finalizar, ricocheteia um pouco para cima e para os lados. — Ela gosta de fazer tudo diferente. E pode ser porque o pai dela é irlandês.

— Achei que ela não se desse bem com o pai.

— É mais complicado do que isso. Ele nunca foi muito presente, e é um imbecil, mas acho que ela sempre meio que o idolatrou. Foi por isso que ela quis que eu lhe ensinasse a velejar anos atrás. O pai tinha um iate, e ela queria deixá-lo orgulhoso.

É difícil imaginar Jules na posição subalterna de querer deixar alguém orgulhoso. Sei que o pai é um importante empresário do ramo imobiliário, um homem que venceu na vida por conta própria. Como filha de um condutor de trem e uma enfermeira, que cresceu com dinheiro curto, fico fascinada por — e um pouco desconfiada de — pessoas que ganham rios de dinheiro. Para mim, são de uma espécie completamente diferente, uma raça de grandes felinos inconstantes e perigosos.

— Ou talvez tenha sido escolha do Will — sugiro. — É mais a cara dele, isso de ficar longe de casa. — Senti uma pontada de empolgação na barriga com a perspectiva de conhecer alguém tão famoso.

É difícil pensar no noivo de Jules como uma pessoa completamente real.

Estou acompanhando o programa escondida. É muito bom, embora seja difícil ser objetiva. Fico fascinada pela ideia de Jules estar com esse homem... tocando-o, beijando-o, dormindo com ele. Prestes a se *casar* com ele.

A premissa básica do programa, *Sobreviva à Noite,* é que Will é deixado em algum lugar, amarrado e com uma venda, no meio da noite. Em uma floresta, digamos, ou no meio de uma tundra do Ártico, sem nada além das roupas do corpo e talvez uma faca no cinto. Ele então tem que se libertar e dar um jeito de chegar até um ponto de encontro, usando apenas a astúcia e seus talentos de orientação. Há vários momentos dramáticos: em um episódio ele precisa cruzar uma cachoeira no escuro; em outro, é perseguido por lobos. Às vezes, você de repente se lembra de que a equipe de filmagem está lá, de olho nele, filmando. Se as coisas realmente ficarem muito feias, com certeza vão entrar em campo para ajudá-lo, não é? Mas sem dúvida são bons em fazer o expectador sentir o perigo.

Quando menciono Will, o rosto de Charlie fica sombrio.

— Ainda não entendo por que ela vai se casar com ele em tão pouco tempo. Mas acho que a Jules é assim mesmo. Quando toma uma decisão, age logo. Pode anotar o que eu digo, Han: ele está escondendo alguma coisa. Não acho que ele seja tudo isso que finge ser.

É por isso que vejo o programa em segredo. Sei que Charlie não ia gostar. Às vezes, não consigo deixar de pensar que sua resistência a Will é um pouco por ciúme. Espero de verdade que *não* seja ciúme. Porque o que isso significaria?

Também pode ter a ver com a despedida de solteiro de Will. Charlie foi, o que me pareceu um erro, já que ele é amigo de Jules. Ele voltou do fim de semana na Suécia um pouco aborrecido. Toda vez que eu mencionava a despedida de solteiro, ele ficava todo esquisito e tenso. Então deixei para lá. Ele voltou são e salvo, não voltou?

O mar parece ficar ainda mais agitado. O velho barco pesqueiro está balançando e sendo jogado em todas as direções, como um touro mecânico, como se estivesse tentando nos atirar na água.

— Tem certeza de que é seguro seguir em frente? — grito para Mattie.

— Tenho! — grita ele de volta, acima do estrondo da água espirrando e do guincho do vento. — Este até que é um dia bom. Não estamos longe de Inis an Amplóra agora.

Posso sentir algumas mechas de cabelo molhadas e grudadas na testa, enquanto o restante parece ter se erguido em uma enorme nuvem de nós ao redor de minha cabeça. Faço uma ideia de como estarei ao chegar na ilha e encontrar Jules e Will e as demais pessoas.

— Cormorões! — grita Charlie, apontando.

Ele está tentando me distrair dos enjoos, eu sei. Sinto como se eu fosse um dos meus filhos sendo levados ao médico para tomar injeção. Mas acompanho seu dedo com o olhar e avisto uma cabeça escura lustrosa emergindo das ondas como o periscópio de um submarino em miniatura. Depois ela mergulha, virando apenas um rastro preto e ligeiro. Imagine como é se sentir tão à vontade em condições tão hostis.

— Li alguma coisa no artigo sobre os cormorões — diz Charlie. Pega o celular de novo. — Ah, aqui está. Pelo visto, são muito comuns nessa extensão da costa. — Ele adota a voz de professor: — O cormorão é uma ave muito difamada no folclore local. — Ah, meu Deus. — Historicamente, é representada como um símbolo para ganância, azar e maldade.

Ambos observamos o cormorão voltar a emergir da água, dessa vez com um peixinho em seu bico afiado, uma breve centelha prateada, antes que a ave abra a goela e engula a criatura por inteiro.

Meu estômago despenca. Sinto como se tivesse sido eu a engolir o peixe, rápido e escorregadio, nadando dentro da minha barriga. E, quando o barco começa a se inclinar em outra direção, me curvo para o lado e vomito o lanche no mar.

JULES

A noiva

Estou de pé em frente ao espelho do meu quarto, o maior e mais elegante dos dez quartos do Folly, como não poderia deixar de ser. Daqui basta virar o rosto alguns milímetros para avistar o mar pela janela. O tempo hoje está perfeito, o sol cintilando nas ondas brilha tanto que mal dá para olhar. É bom que esse maldito tempo fique assim até amanhã.

Nosso quarto fica na ala oeste do prédio, e esta é a ilha mais a oeste desta parte do litoral; por isso, não há nada, nem ninguém, por milhares de quilômetros, entre mim e as Américas. Tão dramático. Adorei. O Folly em si é uma construção do século XV belamente restaurada, no exato limite entre atemporalidade e luxo, grandiosidade e conforto: tapetes antigos no piso de pedra, banheiras com pés de garras, lareiras acesas com turfa de combustão lenta. É amplo o suficiente para acomodar todos os convidados, ainda que pequeno o suficiente para passar uma sensação de intimidade. É perfeito. Tudo vai ser perfeito.

Não pense no bilhete, Jules.

Não vou pensar no bilhete.

Porra. *Porra.* Não sei por que me afetou tanto assim. Nunca fui de me preocupar, de acordar às três da manhã ansiosa. Não até recentemente, pelo menos.

O bilhete foi deixado em nossa caixa de correio três semanas atrás. Dizia para eu não me casar com Will. Para cancelar o casamento.

De algum modo, causou um efeito sombrio em mim. Só de pensar nisso me vem uma sensação amarga à boca do estômago. Uma espécie de pavor.

O que é ridículo. Em geral, não costumo perder mais do que dois segundos pensando nesse tipo de coisa.

Volto a olhar o espelho. No momento estou usando o vestido. *O* vestido. Achei importante experimentá-lo uma última vez, na véspera do meu casamento, para garantir. Tive uma prova semana passada, mas nunca deixo nada ao sabor do acaso. Conforme esperado, está perfeito. Seda creme pesada que parece ter sido fabricada no meu corpo, o corpete interior criando o efeito de ampulheta quintessencial. Nada de renda ou outros adereços vulgares, não sou assim. A seda é tão refinada que só pode ser manuseada com luvas brancas especiais, que, obviamente, estou usando agora. Custou uma fortuna. Valeu cada centavo. Não me interesso pela moda em si, mas respeito o poder das roupas de criar a visão perfeita. Percebi logo que este vestido era digno de uma rainha.

No final da noite, o vestido provavelmente estará imundo, nem mesmo eu poderei evitar isso. Mas depois vou mandar fazer a bainha até pouco abaixo do joelho e tingi-lo de um tom mais escuro. Se tenho alguma qualidade, é ser prática. Sempre, *sempre* mesmo, tenho um plano; sou assim desde criança.

Vou até o mapa das mesas alfinetado à parede. Will diz que pareço um general se preparando para o combate. Mas é importante, não é? A organização dos assentos pode salvar ou arruinar um casamento para os convidados. Sei que estará perfeito até o final da noite. Tudo se resume a um bom planejamento: foi assim que em dois anos transformei um blog em uma revista on-line completa e respeitada, com uma equipe de trinta pessoas, a *The Download*.

A maioria dos convidados vai chegar amanhã para a cerimônia e depois vai retornar para seus hotéis no continente — adorei colocar nos convites "*barcos à meia-noite*" em vez do tradicional "*carruagens*". Mas nossos convidados mais importantes vão se hospedar na ilha hoje e amanhã junto conosco, no Folly. Trata-se de uma lista de convidados bastante exclusiva. Will teve que escolher os preferidos entre seus muitos padrinhos. Já para mim não foi tão difícil porque só tenho uma madrinha — minha meia-irmã Olivia. Não tenho muitas amigas mulheres. Não tenho tempo para fofocas. E mulheres juntas me fazem lembrar demais da panelinha de garotas populares que nunca me acolheu na escola. Foi surpreendente ver tantas mulheres na despedida de solteira — mas, para falar a verdade, quase todas eram funcionárias da *The Download*, que organizaram uma despedida surpresa não inteiramente bem-vinda; ou esposas e namoradas dos colegas de Will. Meu melhor amigo é um homem: Charlie. Na verdade, neste final de semana, ele vai ser o *meu* padrinho.

Charlie e Hannah estão a caminho da ilha agora, os últimos dos convidados a chegar hoje. Será tão bom ver o Charlie. Parece que faz tanto tempo desde a última vez em que reunimos apenas os adultos, sem os filhos por perto. Antigamente, costumávamos nos ver o tempo todo — mesmo depois de ele se juntar a Hannah. Ele sempre tinha tempo para mim. Porém, quando os filhos nasceram, parece que se mudou para outro reino, onde tarde da noite significa onze horas e qualquer programa sem os filhos tem sempre que ser cuidadosamente orquestrado. Foi só então que comecei a sentir falta dele só para mim.

— Você está deslumbrante.

— Ah! — Dou um pulo, depois o vejo no espelho: Will. Ele está na porta, me observando. — Will! — Sibilo. — Estou com o vestido! Saia daqui! Você não pode me ver...

Ele não se mexe.

— Não tenho permissão para uma prévia? Agora eu já vi. — Ele vem na minha direção. — Não adianta chorar sobre a seda derramada. Você está... *meu Deus*... Mal posso esperar para ver você subindo no altar vestida assim. — Ele para atrás de mim, agarrando meus ombros nus.

Eu deveria estar lívida. E *estou*. No entanto, posso sentir minha indignação vacilar. Porque as mãos dele estão em mim agora, descendo dos ombros até os braços, e sinto aquele primeiro arrepio de anseio. Eu relembro a mim mesma de que estou longe de ser supersticiosa com essa história de o noivo ver o vestido de noiva antes do casamento; nunca acreditei nesse tipo de coisa.

— Você não deveria *estar* aqui — digo, irritada.

Mas minha voz já sai um pouco sem convicção.

— Olhe só para nós dois — diz ele, quando nossos olhares se encontram no espelho, e desliza um dedo pelo meu rosto. — Não formamos um belo casal?

E Will tem razão, formamos, sim. Eu, tão branca e de cabelo escuro; ele, tão louro e bronzeado. Somos o casal mais atraente de qualquer lugar. Não posso fingir que não faz parte da emoção pensar na imagem que exibimos para o mundo... e para os nossos convidados amanhã. Lembro das garotas da escola, que zombavam de mim por ser uma nerd gordinha (eu me desenvolvi tarde), e penso: *Olhem quem está rindo agora.*

Ele morde a pele nua de meu ombro. Uma onda de desejo desce por minha barriga, um elástico rompido. Com isso, lá se vai minha última resistência.

— Já acabou com isso? — Ele olha o mapa das mesas por trás de mim.

— Ainda não decidi totalmente onde vou colocar todo mundo.

Ele inspeciona o mapa em silêncio, sua respiração quente no meu pescoço, enroscando-se em minha clavícula. Sinto o perfume de sua loção pós-barba: cedro e musgo.

— Nós convidamos o Piers? — pergunta de modo tranquilo. — Não me lembro de ver o nome dele na lista.

Eu me controlo para não revirar os olhos. Fui *eu* que fiz todos os convites. Fui *eu* que refinei a lista, escolhi a gráfica, compilei todos os endereços, comprei os selos, coloquei no correio, um por um. Will estava longe a maior parte do tempo, gravando a série nova. Muito de vez em quando, ele lançava um nome, alguém que se esquecera de mencionar. Acredito que Will tenha realmente verificado a lista toda no final, com muito cuidado, afirmando que não queria se esquecer de ninguém. Piers foi um nome adicionado de última hora.

— Ele não estava na lista — admito. — Mas encontrei a esposa dele naquele coquetel no Groucho. Ela perguntou sobre o casamento e parecia muita maluquice não convidá-los. Sabe, por que não?

Piers é o produtor do programa de Will. É um rapaz simpático, e parece que eles dois sempre se deram bem. Não precisei pensar duas vezes antes de estender a lista de convidados.

— Tudo bem — diz Will. — Sim, claro que faz sentido. — Mas sua voz deixa transparecer certa irritação.

Por algum motivo, ele não gostou.

— Olhe, querido — digo, enroscando um braço ao redor de seu pescoço. — Achei que você ficaria satisfeito por ter o Piers e a esposa aqui. Certamente eles ficaram felizes com o convite.

— Não me importo — responde, cauteloso. — Fiquei surpreso, só isso. — Ele leva a mão até minha cintura. — Não me importo nem um pouco. Na verdade, é uma surpresa *boa*. Vai ser bom que eles venham.

— Tudo bem. Então, vou colocar maridos e esposas um ao lado do outro. Será que funciona?

— O eterno dilema — debocha ele.

— Meu Deus, eu sei... mas as pessoas realmente ligam para esse tipo de coisa.

— Bem, se nós fôssemos convidados, eu sei onde gostaria de estar sentado.

— Ah, é?

— Bem na sua frente, para poder fazer isso. — Ele ergue a saia de seda e enfia a mão por baixo.

— Will — digo —, a seda...

Seus dedos encontram a beirada da minha calcinha.

— Will! — exclamo, semiaborrecida. — O que você acha que...

Então seus dedos entram na minha calcinha e começam a deslizar contra o meu corpo, e já não estou mais especialmente preocupada com a seda. Minha cabeça despenca em seu peito.

Isso não é nem um pouco do meu feitio. Não sou o tipo de pessoa que fica noiva de alguém que conhece há poucos meses... ou que se casa com essa pessoa mais alguns meses depois. Mas posso argumentar que não é uma atitude precipitada, ou impulsiva, como imagino que algumas pessoas pensem. Muito pelo contrário. É conhecer sua própria cabeça, ter certeza do que quer e correr atrás disso.

— Podíamos transar agora mesmo — sussurra Will, com a voz quente no meu pescoço. — Temos tempo, não é?

Tento responder *não*, mas, como seus dedos continuam em sua missão, minha resposta é um gemido longo.

Com qualquer parceiro, fico entediada em questão de semanas, o sexo rapidamente se torna monótono, repetitivo. Com Will, sinto como se nunca estivesse saciada — mesmo quando, no sentido mais básico, fico mais saciada do que jamais estive com qualquer outro. Não é questão de beleza, apesar de Will ser, sem sombra de dúvida, absurdamente lindo. Essa sensação de querer sempre mais vai muito além disso. Tenho consciência da vontade de possuí-lo. De cada ato sexual ser uma tentativa de posse que nunca chega a se concretizar, porque uma parte essencial dele sempre foge do meu alcance, escorre pelos meus dedos.

Será que tem a ver com a fama? Será que depois de virar celebridade você se torna, em certo sentido, domínio público? Ou será algo mais, algo fundamental a respeito dele? Secreto e indecifrável, invisível a olho nu?

É inevitável que esse pensamento faça eu me lembrar do bilhete. *Não vou pensar no bilhete.*

Os dedos de Will não param.

— Will — digo, sem forças —, alguém pode entrar.

— Não é emocionante? — sussurra ele.

Sim, suponho que seja. Will definitivamente ampliou meus horizontes sexuais. Ele me apresentou ao sexo em espaços públicos. Já transamos em um estacionamento noturno, na última fileira de um cinema quase vazio. Quando me recordo, fico impressionada comigo mesma: não consigo acreditar que fiz essas coisas. Julia Keegan não transgride as leis.

Ele também é o único homem que teve permissão de me filmar nua — uma vez até no meio da transa. Só concordei depois que ficamos noivos, é óbvio. Não sou uma completa idiota. Mas Will tem esse fetiche. Não que eu goste, exatamente, mas representa uma perda de controle, e em todos os meus outros relacionamentos eu era a pessoa no controle. De certa maneira, essa perda é intoxicante. Escuto Will abrir o cinto, e só esse som já me dá uma descarga elétrica. Ele me empurra para a frente, contra a penteadeira, um pouco bruto. Agarro o móvel. Sinto que ele está posicionado, prestes a me penetrar.

— Oi? Tem alguém aí? — A porta se abre com um rangido.

Merda.

Will se afasta de mim, dá para ouvi-lo agarrando a calça jeans, puxando o cinto. Deixo minha saia cair. Eu me viro para olhar, quase sem coragem.

Lá está um homem, recostado na porta: Johnno, o padrinho de Will. Quanto ele terá visto? *Tudo*? Sinto um calor subindo para as minhas bochechas e fico furiosa comigo mesma. Furiosa com ele. Eu *nunca* fico corada.

— Desculpe, amigos — diz Johnno. — Estou interrompendo alguma coisa? — Aquilo é um risinho malicioso? — Ah... — Ele percebe o vestido que estou usando. — Este é...? Isso não dá azar?

Eu gostaria de pegar um objeto pesado e atirar nele, gritar para ele ir embora. Mas com toda a minha educação digo:

— Ah, pelo amor de Deus!

E espero que meu tom de voz transmita a pergunta: *Pareço o tipo de cretina que acreditaria em uma coisa dessas?* Ergo a sobrancelha, cruzo os braços. Já estou craque no jogo da sobrancelha erguida: me rende resultados fantásticos no trabalho. Eu o *desafio* a dizer mais uma palavra. Apesar de todas as suas fanfarrices, acho que Johnno tem um pouco de medo de mim. As pessoas, em geral, têm medo de mim.

— Nós estávamos repassando o mapa das mesas — explico. — Foi isso que você interrompeu.

— Bom. Sou um imbecil mesmo... — Posso ver que ele está um pouco acuado. Ótimo. — Acabei de perceber que esqueci uma coisa superimportante.

Sinto meu coração começar a bater mais rápido. Que não sejam as alianças. Eu disse para Will não confiar as alianças a ele até o último minuto. Se ele tiver esquecido as alianças, não poderei ser responsabilizada pelos meus atos.

— É o meu terno — continua Johnno. — Eu já tinha deixado tudo pronto para a viagem... e então, no último minuto... Bom, não sei o que aconteceu. Tudo o que sei é que deve estar pendurado na minha porta, na Inglaterra.

Desvio o olhar enquanto eles saem do quarto, me concentrando ao máximo para não dizer nada de que vá me arrepender. Tenho que controlar os ânimos neste fim de semana. Tenho fama de deixar meus nervos subirem à cabeça. Não me orgulho disso, mas nunca fui capaz de controlá-los completamente, apesar de estar melhorando. A raiva não cai bem em nenhuma noiva.

Não entendo como Will é amigo de Johnno, e por que ainda não o cortou de sua vida. Definitivamente, não é pela conversa espirituosa. O rapaz é inofensivo, acho... pelo menos, imagino que seja. Mas os dois são tão diferentes. Will é tão motivado, bem-sucedido, se porta com tanta elegância. Johnno é um desleixado. Largado na vida. Quando nós o apanhamos na estação de trem no continente, ele fedia a maconha e parecia ter dormido ao relento. Eu esperava que ele tivesse pelo menos se barbeado e cortado o cabelo antes de vir. É pedir muito que o padrinho do seu noivo não se pareça com um homem das cavernas? Mais tarde, vou mandar Will ir até o quarto dele com um barbeador.

Will é bom demais para Johnno. Aparentemente, até conseguiu um teste para ele em *Sobreviva à Noite*, o que, é óbvio, não deu em nada. Quando lhe perguntei por que insistia em Johnno, Will resumiu com uma única palavra: "história".

"Nós não temos muito em comum hoje em dia. Mas já passamos por muita coisa juntos", disse ele.

Will, porém, pode ser bem cruel. Para ser franca, é provável que isso tenha sido uma das coisas que me atraíram nele quando nos conhecemos, uma das coisas que imediatamente reconheci como um traço comum entre nós dois. Apesar de sua aparência estonteante, seu sorriso cativante, o que me pegou mesmo foi a ambição que senti vindo dele, por baixo de todo o charme.

Então, é isso o que me preocupa. Por que Will manteria um amigo como Johnno simplesmente por causa do passado? A não ser que o passado tenha algum domínio sobre ele.

JOHNNO

O padrinho

Will sai pelo alçapão carregando um engradado de Guinness. Estamos no parapeito do Folly olhando pelos merlões entre as ameias. O chão está muito distante lá embaixo, e algumas pedras aqui estão bem soltas. Nada agradável para quem tem medo de altura. Daqui dá para ver até o continente. Eu me sinto um rei, com o sol batendo no rosto.

Will pega uma lata e abre.

— Saúde.

— Ah, que coisa boa. Obrigado, cara. E desculpe ter interrompido vocês lá. — Dou uma piscadela. — Mas deveriam esperar até depois do casamento, não?

Will levanta as sobrancelhas, todo inocente.

— Não sei do que você está falando. Jules e eu estávamos conferindo o mapa de lugares.

— Ah, é? É assim que chamam agora? Mas, sério, desculpe pelo terno, cara. Estou me sentido um idiota por ter esquecido. — Quero que ele saiba que me sinto mal, que estou levando a sério o meu papel de padrinho. De verdade, quero deixá-lo orgulhoso.

— Não tem problema — diz Will. — Não tenho certeza se meu terno extra vai servir, mas pode experimentar.

— Tem certeza de que a Jules não vai se importar? Ela não pareceu muito feliz.

— Que nada. — Will faz um gesto de dispensa com a mão. — Depois ela esquece.

Portanto, presumo que ela não esteja mesmo muito feliz com isso, mas vai deixar para lá.

— Ótimo. Obrigado, cara.

Ele toma um grande gole da Guinness e se debruça no muro de pedra atrás de nós. Então parece se lembrar de alguma coisa.

— Ah. Por acaso, você viu a Olivia? A meia-irmã da Jules? Ela toda hora some. É um pouco... — Ele faz um gesto de "lelé", que é o que realmente quer dizer, mas completa: — Frágil.

Conheci Olivia mais cedo. Ela é alta e tem cabelo preto, uma boca grande e emburrada e pernas que vão até as axilas.

— Que pena — digo. — Porque... Bem, não me diga que você não percebeu?

— Johnno, ela tem dezenove anos, pelo amor de Deus. Não seja nojento. Além disso, ela também é a irmã da minha noiva.

— Dezenove anos, então está dentro da lei — retruco, só para provocar. — É a tradição, não é? O padrinho pode escolher a madrinha. E só tem uma, então não tenho muita escolha...

Will franze a boca como se tivesse provado alguma coisa ruim.

— Não acho que essa regra se aplica quando elas têm quinze anos a menos que você, seu babaca.

Ele está todo puritano agora, mas sempre teve um olho bom para mulheres. E elas também sempre ficaram de olho nele, sortudo maldito.

— Ela está fora de questão, entendeu? Bota isso na sua cabeça oca. — Ele bate na minha cabeça com a junta dos dedos.

Eu não gostei desse "cabeça oca". Não sou necessariamente o cara mais inteligente do pedaço. Mas também não gosto de ser tratado como burro. Will sabe disso. Era uma das coisas que sempre me irritavam na escola. Mas só dou risada. Sei que ele não falou por mal.

— Olha — insiste ele. — Não posso permitir que você cometa o erro de dar em cima da minha cunhada adolescente. Jules me *mataria*. E mataria você também.

— Tudo bem, tudo bem.

— Além do mais — Will abaixa a voz —, para completar, ela é, sabe... — ele faz o gesto de novo. — Deve ter puxado da mãe. Ainda bem que Jules não puxou esse lado da família. De qualquer forma, sai fora, está bem?

— Certo, certo... — Tomo um gole da minha Guinness e solto um grande arroto.

— Você tem conseguido escalar ultimamente? — pergunta Will, claramente tentando mudar de assunto.

— Não. Na verdade, não. Por esse motivo ganhei isso aqui. — Dou um tapa na barriga. — Difícil encontrar tempo quando não se está sendo pago para isso, como você.

O engraçado é que sempre fui eu que gostei mais dessas coisas. Tudo ligado ao ar livre. Até recentemente, era o meu ganha-pão também. Trabalhava em um centro de aventuras no Lake District.

— É. Acho que sim — responde Will. — Engraçado. Não é tão divertido quanto parece, na verdade.

— Duvido muito, cara. Você recebe para fazer a melhor coisa da vida.

— Bem, sabe como é... Não é tão autêntico, tem muito jogo de câmera...

Aposto que ele usa um dublê para fazer as coisas mais difíceis. Will nunca gostou de sujar as mãos. Ele alega que treinou muito para o programa, mas ainda assim...

— E tem a questão do cabelo e da maquiagem — continua ele —, o que parece ridículo quando se está gravando um programa sobre sobrevivência.

— Aposto que você ama isso tudo — digo com uma piscadela. — Você não me engana.

Ele sempre foi um pouco vaidoso. Digo isso com carinho, claro, mas gosto de deixá-lo irritado. Ele é um sujeito bonito e sabe disso. É fácil ver que todas as roupas que ele está usando hoje, até mesmo a calça jeans, são coisas finas, caras. Talvez seja influência de Jules: ela mesma é uma mulher estilosa, e posso imaginá-la arrastando Will para dentro de uma loja. Mas também não dá para imaginar que ele se oponha.

— Então — continuo, dando um tapinha nas costas dele. — Está preparado para se tornar um homem casado?

Ele abre um grande sorriso e assente.

— Estou. O que posso dizer? Estou de quatro por ela.

Fiquei surpreso quando Will me contou que ia se casar, não vou mentir. Sempre pensei nele como um cara boa-pinta e sociável. Nenhuma mulher resiste ao charme dele. Na despedida de solteiro, ele me contou de alguns encontros que teve, antes de Jules. "Quer dizer, de certa forma era bom demais. Quando entrei naqueles aplicativos, comecei a ter tantos lances com tantas mulheres diferentes, como eu nunca tinha visto antes, nem mesmo na faculdade. Eu tinha que fazer os exames a cada duas *semanas*. Mas algumas eram doidas, algumas eram grudentas, sabe? Não tenho mais tempo para tudo isso. E então Jules apareceu. E ela é... perfeita. Ela é tão segura de si, do que quer da vida. Nós somos iguais."

Aposto que a casa em Islington também não fez mal, pensei, mas não falei. *O pai cheio da grana*. Não ouso fazer essas brincadeiras com ele — as pessoas ficam estranhas quando o assunto é dinheiro. Mas, se tem uma coisa de que Will sempre gostou, talvez até mais do que das mulheres, é dinheiro. Deve ser uma questão da infância, por nunca ter tido tanto quanto os outros garotos da nossa escola. Eu entendo. Ele estudava lá porque o pai era o diretor, enquanto eu entrei com uma bolsa de estudos de esportes. Minha família também não era nem um pouco rica. Fui descoberto jogando rúgbi em um campeonato escolar em Croydon aos onze anos e eles foram falar com meu pai. Esse tipo de coisa realmente acontecia na Trevs: era importante para eles montar um bom time.

Ouvimos uma voz lá embaixo.

— Ei, ei, ei! O que está acontecendo aí?

— Rapazes! — chama Will. — Venham para cá! Quanto mais melhor!

Saco. Por mim estava bom ficar a sós com Will.

Eles começam a sair do alçapão: os outros quatro padrinhos do noivo. Mudo de lugar para abrir espaço, assentindo para cada um deles que chega: Femi, depois Angus, Duncan e Pete.

— Porra, é alto aqui! — exclama Femi, olhando por cima do parapeito.

Duncan agarra os ombros de Angus e finge lhe dar um empurrão.

— Ô, salvei você!

Angus deixa escapar um grito agudo, e todos rimos.

— Não faça isso! — diz ele, irritado, se recuperando. — Meu Deus... isso é perigoso para caralho. — Ele se agarra na pedra como se sua vida dependesse disso e vem bem devagar se sentar perto de nós. Angus sempre foi um pouco covarde para o nosso grupo, mas ganhou certo respeito ao chegar no helicóptero do pai no início do semestre.

Will entrega as latas de Guinness em que eu estava de olho há segundos.

— Obrigado, cara. — Femi olha para a lata. — Não vou fazer desfeita.

Pete indica com a cabeça o desfiladeiro lá embaixo.

— Acho que você precisa tomar algumas para esquecer isso aqui, meu caro Angus.

— É, mas não vá exagerar — diz Duncan. — Senão, você pode acabar se esquecendo de vez do perigo.

— Ah, cale a boca — retruca Angus, irritado, ficando vermelho.

Mas ele continua tão pálido que tenho a impressão de que está fazendo um esforço enorme para não olhar para o parapeito.

— Eu trouxe bolinha — diz Pete, baixinho —, do tipo que te faz achar que pode pular e voar.

— Tem coisa que não muda nunca, né, Pete? — comenta Femi. — Assaltou o armário de remédios da sua mãe. Eu me lembro daquele seu pacote chacoalhando quando você voltou da licença.

— É — diz Angus. — Todos nós temos que agradecer a ela.

— Eu *agradeceria* a ela — acrescenta Duncan. — Sempre me lembro da sua mãe como uma coroa gostosa, Pete.

— Melhor você guardar esse amor para amanhã, cara — diz Femi.

Pete pisca para ele.

— Você me conhece. Sempre quero o melhor para os meus rapazes.

— Que tal agora? — pergunto. De repente sinto que preciso de uma ajuda para segurar as pontas, e o baseado que fumei mais cedo já venceu.

— Gosto da sua atitude, J-cachorrão — responde Pete. — Mas tem que ir com calma.

— Vocês têm que se comportar amanhã — diz Will, fingindo austeridade. — Não quero que meus padrinhos me envergonhem.

— Nós vamos nos comportar, cara — diz Pete, jogando um braço em volta do ombro dele. — Só queremos garantir que o casamento do nosso amigo seja inesquecível.

Will sempre foi o centro de tudo, a âncora que nos mantém por perto. Bom nos esportes, notas razoáveis — com uma ajudinha extra de vez em quando. Todos gostavam dele. E acho que parecia uma coisa natural, como se ele não se esforçasse. Ou melhor, para quem não o conhecia como eu.

Todos ficamos sentados, bebendo em silêncio por alguns minutos no sol.

— Parece que estamos de volta à Trevs — observa Angus, sempre o historiador. — Lembram como costumávamos contrabandear cervejas para dentro da escola? Subíamos no telhado da quadra para beber?

— É — diz Duncan. — Me lembro de você se cagando também.

Angus faz uma careta.

— Vai se *foder*.

— Na verdade, era o Johnno que contrabandeava — acrescenta Femi —, daquela loja de bebidas na cidade.

— Verdade — concorda Duncan —, porque ele era um desgraçado alto, feio e cabeludo, mesmo com quinze anos, não era, cara? — Ele se inclina para a frente e dá um soco no meu ombro.

— E a gente bebia direto da lata, quente mesmo — continua Angus —, porque não tinha como gelar. A melhor coisa que já bebi na vida, provavelmente. Mesmo se considerarmos agora, que podemos beber o melhor champanhe gelado todos os dias da semana se quisermos, não é verdade?

— Você quer dizer como fizemos alguns meses atrás — corrige Duncan. — No RAC.

— Quando foi isso? — pergunto.

— Ah — diz Will. — Desculpe, Johnno. Eu imaginei que ficaria longe demais para você ir da Cúmbria.

— Ah — respondo. — É, faz sentido.

Penso neles juntos tendo um agradável almoço regado a champanhe no Royal Automobile Club, um desses lugares exclusivos para membros ricos. Certo. Tomo um longo gole da minha Guinness. Eu queria muito um baseado agora.

— Era uma emoção mesmo — continua Femi —, lá na escola, na Trevs. Era isso aí. Saber que podíamos ser pegos.

— Meu Deus! — exclama Will. — Temos mesmo que falar da Trevs? Já não basta ter que ouvir o meu pai falar daquele lugar toda hora.

Ele diz isso com um sorriso, mas percebo que está com uma expressão ligeiramente desconfortável, como se sua Guinness tivesse descido mal. Sempre tive pena de Will por ter um pai como o dele. Não é de se surpreender que achasse que devia provar seu valor. Sei que ele preferiria esquecer todo o seu tempo naquele lugar. Eu me sentiria da mesma forma.

— Aqueles anos na escola pareciam tão sinistros na época — observa Angus. — Mas agora, olhando para trás, e Deus sabe o que isso diz de mim, acho que de certa maneira eles parecem a parte mais importante da minha vida. Quer dizer, eu definitivamente não mandaria meus filhos para lá, sem querer ofender o seu pai, Will, mas não era tão ruim assim. Era?

— Sei lá — responde Femi, hesitante. — Fui muito perseguido pelos professores. Racistas de merda.

Ele fala isso com indiferença, mas sei que nem sempre foi fácil para ele ser um dos únicos negros lá.

— Eu adorava — diz Duncan e, quando todos olhamos para ele, acrescenta: — De verdade! Agora que eu olho para trás, vejo como foi importante, sabe? Eu não faria nada diferente. Aquele tempo nos uniu.

— De qualquer forma — corta Will —, de volta ao presente. Eu diria que as coisas estão muito boas agora para todos nós, não é?

Para ele, sem dúvida. Os outros caras também se saíram bem. Femi é cirurgião, Angus trabalha na construtora do pai, Duncan mexe com capital de risco, seja lá o que isso significa, e Pete é publicitário, o que provavelmente não ajuda no seu vício em cocaína.

— Então o que você tem feito ultimamente, Johnno? — pergunta Pete, virando-se para mim. — Você estava trabalhando como instrutor de escalada, não é?

Faço que sim.

— No centro de aventuras — respondo. — Não só escalada. Estratégias de sobrevivência ao ar livre, montagem de acampamentos...

— Isso mesmo — diz Duncan, me interrompendo. — Sabe, eu estava pensando em reunir a equipe lá, para dar uma motivada. Ia falar com você a respeito. Tem desconto para os amigos?

— Eu adoraria — respondo, pensando que alguém cheio da grana como Duncan não precisa pedir desconto para amigos. — Mas não estou mais trabalhando lá.

— Sério?

— Não. Estou com um negócio de uísque. Vai sair logo, logo. Talvez em uns seis meses, por aí.

— E vocês já têm onde vender? — pergunta Angus.

Ele parece meio chateado. Acho que isso não combina com sua imagem de um Johnno completamente burro. De alguma maneira, consegui evitar o trabalho chato de escritório e saí por cima.

— Tenho — digo, balançando a cabeça. — Tenho, sim.

— Waitrose? — pergunta Duncan. — Sainsbury's?

— E as outras lojas também.

— Tem muita competição por aí — diz Angus.

— É verdade — admito. — Muitos nomes antigos, marcas impulsionadas por celebridades... até mesmo por aquele lutador de UFC, Connor MacGregor. Mas nós queríamos ir por um caminho mais, não sei, artesanal. Como os novos gins.

— Temos sorte que vamos servir o uísque amanhã — diz Will. — Johnno trouxe um engradado. Temos que experimentar hoje à noite também. Qual é o nome mesmo? Sei que é um bom nome.

— Hellraiser — respondo.

Para falar a verdade, estou bem orgulhoso do nome. É diferente de todas aquelas velhas marcas ultrapassadas. E também estou um pouco aborrecido por Will ter esquecido; está impresso nos rótulos das garrafas que dei para ele ontem. Mas o cara vai casar amanhã. Ele está com outras coisas na cabeça.

— Quem diria? — comenta Femi. — Todos nós, adultos respeitáveis. E longe daquele lugar. De novo, sem querer ofender o seu pai, Will. Mas aquilo era do século passado. Tivemos sorte de sairmos vivos; quatro garotos abandonavam a escola a cada período, que eu me lembre.

Eu nunca poderia ter saído. Meus pais ficaram tão entusiasmados por eu ter entrado para uma escola grã-fina quando consegui a bolsa de rúgbi: um colégio *interno*. Todas as oportunidades que aquilo me daria, ou pelo menos assim eles achavam.

— É — diz Pete. — Lembram daquele garoto que bebeu etanol do departamento de ciências por causa de um desafio? Tiveram que correr com ele para o hospital. E sempre tinha uns alunos com crises nervosas...

— Ah, merda — diz Duncan, animado —, e tinha aquele garoto pequeno e mirrado, o que morreu. Só os fortes sobreviveram! — Ele ri olhando para cada um de nós por vez. — Os que tocavam o terror, não é? Todos juntos de novo neste fim de semana!

— Sim — responde Femi. — Mas olhe para isso. — Ele se inclina para a frente e aponta para a parte da cabeça onde o cabelo está mais ralo — Estamos ficando velhos e chatos agora, não é?

— Fale por você, cara! — exclama Duncan. — Acho que a gente ainda consegue dar uma esquentada nas coisas se a ocasião pedir.

— Não no meu casamento, você não vai fazer nada — diz Will, mas está sorrindo.

— *Principalmente* no seu casamento — retruca Duncan.

— Eu achava que você seria o primeiro a se casar, cara — diz Femi para Will. — Faz tanto sucesso com as mulheres...

— E eu achei que você nunca fosse se casar — diz Angus, puxando saco como sempre —, já que faz *tanto* sucesso com as mulheres. Por que sossegar?

— Você se lembra daquela garota que você comia? — pergunta Pete. — Da escola pública? E aquela foto polaroide dela de topless que você tinha? Meu Deus.

— Foto clássica para uma punheta — acrescenta Angus. — Ainda penso nela de vez em quando.

— É, porque agir mesmo você nunca consegue — zomba Duncan.

Will dá uma piscadela.

— Enfim. Vendo nós todos juntos de novo, mesmo sendo velhos e chatos, como você tão encantadoramente colocou, Femi, acho que mereço um brinde.

— Vou beber em homenagem a esse momento — diz Duncan, levantando a lata.

— Eu também — diz Pete.

— Aos sobreviventes — acrescenta Will.

— Aos sobreviventes! — Repetimos.

E apenas por um momento, quando olho para eles, parecem diferentes, mais jovens. É como se o sol os tivesse dourado. Não dá para ver a careca de Femi desse ângulo, ou a pança de Angus, e Pete parece menos com um cara que só sai à noite. E, se isso é possível, até Will parece melhor, mais brilhante. Tenho uma súbita sensação de que voltamos ao passado, sentados no telhado da quadra de esportes, e nada de ruim aconteceu ainda. Eu daria um dinheiro alto para voltar para aquela época.

— Certo — diz Will, tomando o resto da sua Guinness. — Melhor eu descer. Charlie e Hannah vão chegar logo. Jules quer uma festa de boas-vindas no ancoradouro.

Acho que quando todos estiverem aqui, o fim de semana vai começar para valer. Mas gostaria de voltar a ter um momento a sós com Will, batendo um papo, como estávamos antes de os outros chegarem. Não o tenho visto muito recentemente. Ainda assim, é a pessoa que mais me conhece no mundo, de verdade. E eu também o conheço como ninguém.

OLIVIA

A madrinha

Meu quarto pelo visto já foi um quarto de serviço. Percebi muito rápido que estou bem embaixo do de Jules e Will. Na noite passada, dava para escutar *tudo*. Tentei evitar, obviamente. Mas era como se quanto mais eu tentasse, mais eu ouvia cada mínimo som, cada gemido e arfada. Quase como se eles *quisessem* ser ouvidos.

Eles fizeram de novo esta manhã, mas pelo menos eu pude sair, fugir do Folly. Todos recebemos instruções de não sair andando pela ilha depois de escurecer. Mas, caso se repita à noite, não vou ficar aqui de jeito nenhum. Prefiro me arriscar nas turfeiras e despenhadeiros.

Coloco o telefone em modo avião e tiro logo em seguida para ver se alguma coisa acontece com o aviso SEM SINAL na tela, mas continua a mesma merda. Duvido que eu tenha alguma mensagem nova. Meio que perdi contato com todos os meus amigos. Não é como se tivéssemos brigado. Eu simplesmente saí do mundo deles quando larguei a faculdade. Eles me mandaram mensagens no início:

Espero que vc esteja bem, amore

Liga se precisar conversar, Livs

Te vejo logo, né?

Estamos com saudades! 💔

O que houve????

De repente parece que não consigo respirar. Estico o braço até a mesa de cabeceira. A lâmina de barbear está lá: bem pequena, mas bem afiada. Abaixo a calça jeans e pressiono a ponta da lâmina na parte interna da coxa, perto da calcinha, e perfuro a pele até o sangue jorrar. O vermelho é tão escuro contra a pele branco-azulada dessa área. Não é um corte muito grande; já fiz maiores. Mas a dor aguda me obriga a me concentrar naquele único ponto, o metal entrando na carne; por um instante, nada mais existe.

Respiro com um pouco mais de facilidade. Talvez se eu fizer mais uma vez...

Alguém bate na porta. Deixo a lâmina cair, me atrapalhando para fechar a calça.

— Quem é?

— Sou eu — responde Jules, abrindo a porta antes que eu possa dizer para ela entrar.

Típico. Graças a Deus eu fui rápida.

— Preciso ver você com o vestido de madrinha — diz ela. — Temos um tempinho antes de Hannah e Charlie chegarem. Johnno esqueceu a porra do terno, então quero ter certeza de que pelo menos a outra pessoa no altar vai estar bem-vestida.

— Eu já experimentei. Com certeza serviu.

Mentira. Não faço a menor ideia se ficou bom ou não. Eu deveria ter ido à loja para provar. Mas inventei uma desculpa toda vez que Jules tentou me levar, até que ela desistiu e o comprou, com a condição de que eu o experimentasse logo e lhe falasse se tinha ficado bom. Eu disse a ela que tinha, mas não consegui me obrigar a experimentar. Está em sua grande caixa de papelão desde que Jules me entregou.

— *Você* pode ter experimentado, mas *eu* quero ver. — Ela sorri para mim de repente, como se tivesse se lembrado de como fazer isso. — Você pode usar o nosso quarto, se quiser. — Ela fala como se fosse um privilégio enorme.

— Não, obrigada. Prefiro ficar aqui...

— Venha — chama ela. — Temos um espelho grande, ótimo.

Percebo que não é opcional. Vou até o armário e pego a grande caixa azul-esverdeada. A boca de Jules se aperta. Sei que ela está puta porque ainda não o pendurei.

Crescer com Jules às vezes era como ter uma segunda mãe, ou uma pessoa que agia como as outras mães: mandona, rígida, todas essas coisas. Minha mãe no fundo nunca foi assim, mas Jules era.

Eu a sigo até o quarto deles. Mesmo Jules sendo *super*organizada e mesmo que uma janela esteja aberta para deixar o ar fresco entrar, o aposento tem cheiro de corpos, loção pós-barba masculina e, acho (*eu não quero achar*), sexo. Parece errado entrar aqui, no espaço privado deles.

Jules fecha a porta e se vira para mim com os braços cruzados.

— Vamos lá — diz.

Não me parece que eu tenha muita escolha. Jules é craque em fazer você se sentir assim. Fico só de calcinha e sutiã, mantendo as pernas bem apertadas para caso minha coxa ainda esteja sangrando. Se Jules vir, vou ter que dizer que estou menstruada. Minha pele está arrepiada por causa da brisa entrando pela janela. Consigo senti-la me observando; eu queria um pouco de privacidade.

— Você emagreceu — critica Jules.

Seu tom é atencioso, mas não parece verdadeiro. Sei que provavelmente está com inveja. Uma vez, quando estava bêbada, ela ficou contando que as crianças pegavam no pé dela na escola por ser "gordinha". Ela vive fazendo comentários sobre o meu peso, como se não soubesse que sempre fui magricela, desde muito pequena. Mas é possível odiar o próprio corpo sendo magra também. Sentir como se ele estivesse escondendo segredos de você. Sentir como se ele tivesse decepcionado você.

Jules está certa, entretanto. Emagreci. Só consigo usar meu menor jeans no momento, e mesmo ele está largo nos quadris. Não tenho tentado emagrecer nem nada. Mas essa sensação de vazio que me invade quando não como tanto combina com o meu estado emocional. Parece certo.

Jules está tirando o vestido da caixa.

— Olivia! — exclama, irritada. — Ficou aqui o tempo todo? Olhe para esses vincos! Essa seda é tão delicada... Pensei que você fosse ter um pouco mais de cuidado com o vestido.

Ela fala como se estivesse se dirigindo a uma criança. E acho que na cabeça dela está mesmo. Mas não sou mais criança.

— Desculpe. Esqueci.

Mentira.

— Bem. *Graças a Deus* eu trouxe um ferro. Mas vai levar séculos para tirar todos os vincos. Você vai ter que fazer isso mais tarde. Agora só experimente.

Ela me faz levantar os braços feito uma criança enquanto passa o vestido pela minha cabeça. Nesse momento, noto uma marca rosada de cerca de dois centímetros na parte interna do seu punho. Acho que é uma queimadura. Parece ter doído, e me pergunto como ela fez aquilo: Jules é tão cuidadosa, nunca se distrai a ponto de se queimar. Mas antes que eu possa olhar melhor, ela segura os meus braços e me leva até o espelho, para nós duas vermos como o vestido fica em mim. É rosa-claro, cor que eu nunca usaria, porque me deixa ainda mais pálida. Quase o mesmo tom do meu esmalte. Jules não estava contente com o estado das minhas unhas e me obrigou a ir a uma manicure cara em Londres na semana passada, dando a seguinte instrução à mulher: "Faça o melhor que puder." Quando olho para minhas mãos agora, tenho vontade de rir do brilho rosa-princesa do esmalte em contraste com minhas cutículas roídas e cheias de sangue.

Jules dá um passo para trás, de braços cruzados e olhos estreitados.

— Está um pouco largo. Tenho certeza de que esse era o menor tamanho que eles tinham. *Pelo amor de Deus*, Olivia. Você deveria ter me dito que ficou grande. Eu mandaria apertar. Mas... — Ela franze a testa e dá uma volta em torno de mim. Sinto o vento pela janela novamente e estremeço. — Não sei, talvez funcione um pouco largo. Acho que fica *estiloso*, ou tipo isso.

Eu me observo no espelho. O modelo do vestido em si não é tão ofensivo: é fluido, tem um corte enviesado, bem anos noventa. Algo que eu poderia usar se fosse de outra cor. Jules tem razão; não está horrível. Mas dá para ver minha calcinha preta e meus mamilos pelo tecido.

— Não se preocupe — diz Jules, como se tivesse lido minha mente. — Tenho um sutiã adesivo para você. Comprei uma calcinha cavada do mesmo tom do vestido. Eu sabia que você não teria.

Maravilha. Isso vai melhorar muito minha sensação de estar pelada, porra.

É estranho, estarmos nós duas paradas na frente do espelho, Jules atrás de mim, ambas olhando meu reflexo. Há diferenças óbvias entre nós. Temos biotipos totalmente diferentes, por exemplo, e eu tenho um nariz mais fino — o nariz da mamãe — enquanto Jules tem o cabelo grosso e sedoso. Mas quando estamos juntas, como agora, vejo que somos mais parecidas do que as pessoas imaginariam. O formato do nosso rosto é o mesmo, parece com o da mamãe. Dá para ver que somos irmãs, ou quase.

Imagino se Jules também está vendo isso: a semelhança entre nós. Ela está com uma cara estranha, incomodada.

— Ah, Olivia — diz ela. E então eu vejo acontecer, pelo espelho à nossa frente, antes de realmente sentir: ela estende as mãos e pega as minhas. Congelo. Isso não faz nem um pouco o estilo de Jules: ela não é muito dada a contato físico, ou afeição. — Olhe, sei que nem sempre nos demos bem. Mas *estou* orgulhosa de ter você como madrinha. Você sabe disso, não é?

— Sei. — A palavra sai da minha boca como uma pequena grasnada.

Jules aperta a minha mão, o que para ela é como um abraço apertado.

— Mamãe disse que você terminou com aquele cara. Sabe, Olivia, na sua idade pode parecer o fim do mundo. Mas depois você conhece alguém com quem *realmente* se conecta e entende a diferença. É como Will e eu...

— Estou bem. Está tudo bem.

Mentira.

Eu *não* quero falar sobre nada disso com ninguém. Muito menos com Jules. Ela é a última pessoa que entenderia se eu dissesse que nem me lembro por que um dia me preocupei em botar maquiagem, ou uma roupa de baixo bonita, ou comprar roupas novas, ou cortar o cabelo. Parece que outra pessoa fez todas essas coisas.

De repente sinto-me muito estranha. Como se fosse desmaiar e vomitar. Perco o equilíbrio e Jules me segura firme pelos braços.

— Estou bem — digo, antes que ela possa perguntar o que houve.

Eu me abaixo e abro a caixa com os escarpins superpomposos de seda cinza que Jules escolheu para mim, com pedras adornando as fivelas, e demoro horas porque minhas mãos ficaram desajeitadas e estúpidas. Depois me levanto e tiro o vestido, com tanto ímpeto que Jules solta um pequeno arquejo, como se achasse que pudesse rasgar. Não tive a mesma delicadeza que ela.

— Olivia! Que *diabo* aconteceu com você?

— Desculpe — digo, mas na verdade apenas minha boca mexeu, eu não emiti som algum.

— Olhe. Só por alguns dias eu gostaria que você fizesse um pouco de esforço. *Está bem*? É o meu casamento, Livvy. Estou me empenhando tanto para que seja perfeito. Comprei esse vestido para você. Gostaria que usasse porque eu quero você lá, como madrinha. Isso significa *muito* para mim. Deveria significar alguma coisa para você também. Não?

Aquiesço.

— Sim. Sim, significa. — E então, como ela parece esperar que eu continue, acrescento: — Estou bem. Eu não sei o que... O que foi isso. Estou bem agora.

Mentira.

JULES

A noiva

Ao abrir a porta do quarto da minha mãe, entro em uma nuvem de perfume Shalimar e, possivelmente, fumaça de cigarro. Espero que ela não tenha fumado aqui. Mamãe está sentada na frente do espelho vestida com seu quimono de seda, ocupada delineando os lábios de vermelho, sua marca registrada.

— Deus do Céu, que olhar assassino. O que você quer, querida?

Querida.

A estranha crueldade dessa palavra.

Mantenho o tom calmo, racional. Estou na minha melhor versão hoje.

— Olivia vai se comportar amanhã, não vai?

Minha mãe solta um suspiro cansado. Toma um gole do drinque ao seu lado. Parece muito um martíni. Maravilha, então já partiu para o jogo.

— Chamei a Olivia para ser minha madrinha. Eu poderia ter escolhido entre vinte outras pessoas. — *Não é bem verdade.* — Mas ela está agindo como se fosse um grande estorvo. Não estou pedindo quase nada. Ela não foi à despedida de solteira mesmo tendo um quarto disponível na mansão. Ficou estranho...

— Eu poderia ter ido no lugar dela, querida.

Olho para minha mãe. Nunca teria me ocorrido que ela quisesse ir. Além disso, de *maneira* alguma eu convidaria minha mãe para a despedida de solteira. Aquilo se transformaria, inevitavelmente, em um show da Araminta Jones.

— Olhe — digo. — Nada disso importa de verdade. Está no passado agora, eu acho. Mas ela vai ao menos tentar *parecer* feliz por mim?

— Ela está passando por um momento difícil — argumenta mamãe.

— Você quer dizer porque o namorado terminou com ela ou o seja lá o que tenha acontecido? Eles estavam juntos fazia poucos meses, pelo que eu vi no Instagram. Claramente um romance de proporções épicas!

A frase saiu com um tom de petulância, apesar das minhas melhores intenções.

Minha mãe está agora concentrada em um trabalho mais preciso de delinear seu arco do cupido.

— Mas, querida — diz ela, ao terminar —, se for assim, você e o belo Will também não estão juntos há *tanto* tempo, não é mesmo?

— É muito diferente — respondo, incomodada. — Olivia tem dezenove anos. Ela ainda é uma adolescente. O amor é o que os adolescentes *acham* que aconteceu quando na verdade estão só lotados de hormônios. *Eu* achava que estava apaixonada quando tinha a idade dela.

Penso em Charlie com dezoito anos: o bronzeado, a linha branca embaixo da bermuda às vezes visível. Chego a pensar que minha mãe nunca soube — ou nunca se preocupou em saber — sobre minhas paixões de adolescência. Ela estava ocupada demais com a própria vida amorosa. Graças a Deus; não sei se algum adolescente quer esse tipo de escrutínio. E ainda assim não consigo deixar de pensar que isso prova que ela e Olivia são muito mais próximas do que nós jamais fomos.

— Quando seu pai me deixou — diz mamãe —, você deve se lembrar de que eu tinha essa idade. E com um bebê recém-nascido...

— Eu sei, mãe — digo, com o máximo de paciência que consigo.

Já ouvi mais vezes do que precisava que meu nascimento acabou com o que seria uma carreira definitivamente... provavelmente... *talvez* muito bem-sucedida de minha mãe.

— Você tem ideia do que foi para mim? — pergunta ela. *Ah, lá vem: a velha ladainha.* — Tentar seguir uma carreira com uma bebezinha? Tentar sobreviver, ser alguém na vida? Só para botar comida na mesa?

Você não precisava ter insistido em pegar trabalhos de atriz, penso. *Se realmente quisesse botar comida na mesa, esse não era o caminho mais sensato. Não precisávamos gastar todo o seu mísero salário em um apartamento na Shaftesbury Avenue, na Zona Um, e ficar sem nada para comprar comida. Não é culpa minha você ter tomado tantas decisões ruins quando era adolescente e acabado grávida.*

Como sempre, não falo nada dessas coisas.

— Estávamos falando sobre a Olivia.

— Bem — diz mamãe —, digamos apenas que a experiência de Olivia foi um pouco além de um simples término ruim. — Ela examina o esmalte brilhante das unhas: vermelho-vivo também, como se tivesse mergulhado os dedos em sangue.

Claro, eu penso. É a Olivia, então tinha que ser especial e diferente de alguma maneira. *Cuidado, Jules. Não seja amarga. Sua melhor versão.*

— O que foi, então? — pergunto. — O que mais aconteceu?

— Não cabe a mim contar. — Atitude surpreendentemente discreta, vinda da minha mãe. — E, além disso, Olivia me puxou neste aspecto: extremamente sensível. Nós não conseguimos simplesmente... sufocar nossos sentimentos e fazer uma cara de coragem como algumas outras pessoas.

Sei que, de certa maneira, isso é verdade. Sei que Olivia tem mesmo emoções muito profundas, profundas até demais, que as leva ao extremo. Ela é uma sonhadora. Sempre voltava da escola com arranhões sofridos no pátio do recreio, ou hematomas por trombar nas coisas. É ansiosa, se prende a detalhes, pensa demais. É "frágil". Mas também é mimada.

E não consigo deixar de sentir uma crítica implícita quando mamãe se refere a "algumas outras pessoas". Só porque o resto das pessoas, como eu, não escreve na testa o que está sentindo, só porque encontramos uma forma de *lidar* com nossos sentimentos, não quer dizer que eles não estejam lá.

Respire, Jules.

Penso no olhar estranho que Olivia me lançou quando eu disse que estava feliz em tê-la como madrinha. Não consegui evitar ignorar a ligeira pontada que senti quando, experimentando o vestido, ela tirou as roupas e revelou seu corpo delgado e sem marcas. Eu sei que ela sentiu meu olhar. Definitivamente está magra e pálida demais. E ainda assim indiscutivelmente linda. Como uma daquelas modelos estilo *heroin-chic* da década de 1990: Kate Moss relaxando em uma quitinete com luzinhas atrás. Olhando para ela, fico dividida entre duas emoções que sempre sinto quando se trata de Olivia: um carinho profundo, quase doloroso, e uma inveja secreta, vergonhosa.

Acho que nem sempre fui tão calorosa com ela quanto deveria. Agora, mais velha, está um pouco mais ajuizada; e nos últimos tempos, em especial desde a festa de noivado, está visivelmente interessante. Mas, quando Olivia era mais nova, ela ficava me seguindo como um filhotinho de cachorro apaixonado. Até me acostumei com suas exibições de afeto não retribuído. Mesmo tendo inveja.

Mamãe gira a cadeira. Seu rosto de repente ficou atipicamente sisudo.

— Olha. Ela acabou de sair de uma fase difícil, Jules. Você jamais conseguiria imaginar. A pobrezinha passou por poucas e boas.

Pobrezinha. Eu sinto, naquele momento. Pensei que já estaria imune. Mas, com muita vergonha, descubro que não estou: o pequeno ferrão da inveja sob minhas costelas.

Respiro fundo. Lembro a mim mesma de que aqui estou eu, me casando. Se Will e eu tivermos filhos, a infância deles não será nada como a minha: uma mãe com uma fila de namorados, todos atores, sempre "prestes a ter uma grande chance". Alguém me arrumando um lugar para dormir em cima dos casacos em todas as inevitáveis festas no Soho depois dos espetáculos, porque eu tinha seis anos e todos os meus colegas já tinham se deitado horas antes.

Mamãe volta a se olhar no espelho. Pisca para si mesma, joga o cabelo para um lado, depois para o outro, enrola-o no alto da cabeça.

— Preciso estar bem para os convidados que chegaram agora. Não são *bonitos*, todos os amigos do Will?

Ah, meu *Deus*.

Olivia não sabe a sorte que teve. Para ela, foi tudo bom, tudo normal. Enquanto seu pai, Rob, esteve por perto, mamãe se tornou uma figura materna de verdade: cozinhava, insistia que ela fosse para a cama às oito, havia um quarto de brinquedos lotado. Mamãe uma hora acabou se cansando de brincar de família feliz. Mas só depois que Olivia já havia desfrutado de uma infância completa, satisfatória. Mas só depois que eu já havia começado a meio que *odiar* aquela garotinha por tudo o que ela nem sabia que tinha.

Estou formigando de vontade de quebrar alguma coisa. Pego a vela Cire Trudon na penteadeira, imaginando como seria vê-la se partindo em pedacinhos. Não faço mais essas coisas — aprendi a me controlar. Definitivamente não gostaria que Will visse esse meu lado. Mas, perto da minha família, eu me vejo regredindo, deixando toda a antiga mesquinhez e inveja e mágoa voltarem correndo até eu me tornar a Jules adolescente, planejando fugir. Preciso ser maior do que isso. Fiz meu caminho. Construí tudo isso sozinha, uma vida estável e poderosa. E esse fim de semana é a consolidação disso. Minha marcha da vitória.

Pela janela, ouço o som do motor de um barco. Deve ser Charlie chegando. Charlie vai me tranquilizar.

Coloco a vela no lugar.

HANNAH

A acompanhante

Quando finalmente chegamos às águas tranquilas da enseada da ilha, eu já vomitei três vezes; estou ensopada e congelando, me sentindo torcida como um velho pano de prato, e agarrada a Charlie como se ele fosse um salva-vidas humano. Não sei direito como vou conseguir sair do barco, já que minhas pernas parecem não ter mais ossos. Será que Charlie está com vergonha de chegar comigo nesse estado em que me encontro? Ele sempre fica um pouco engraçado perto de Jules. Minha mãe chamaria de "bancar o superior".

— Ah, olhe — diz Charlie —, está vendo aquelas praias lá? A areia é realmente branca.

Dá para ver como o mar fica com um impressionante azul-esverdeado na parte rasa, a luz refletindo nas ondas. Em uma ponta, a terra termina abruptamente em falésias dramáticas e montes gigantescos que se separaram do resto. E na outra, há um castelo incrivelmente pequeno, bem em cima de um promontório, empoleirado em algumas saliências de pedra, com o mar batendo embaixo.

— Olhe o castelo — digo.

— Acho que lá é o Folly — observa Charlie. — Pelo menos, foi assim que Jules chamou.

— Claro que as pessoas chiques têm um nome especial para isso.

Charlie me ignora.

— Vamos ficar lá. Vai ser divertido. E uma boa distração, não é? Eu sei que esse mês é sempre difícil.

— Pois é.

Charlie aperta a minha mão. Nós dois ficamos em silêncio por um instante.

— E, sabe — acrescenta ele, de repente —, ficar um pouco sem as crianças. Sermos adultos de novo.

Olho para ele de repente. Há um toque de melancolia nesse tom de voz? É verdade que não temos feito muita coisa ultimamente além de manter duas pessoinhas vivas. Eu até sinto, às vezes, que Charlie tem um pouco de ciúme do tanto de amor e atenção que dedico às crianças.

"Lembra aqueles dias no início", disse Charlie uma hora atrás, enquanto passávamos pelo belíssimo território de Connemara, admirando as urzes vermelhas e os picos escuros, "quando entrávamos em um trem com uma barraca e íamos acampar em algum lugar no meio do mato no fim de semana? Meu Deus, parece que faz tanto tempo."

Passávamos fins de semanas inteiros fazendo sexo naquela época, saindo só para comer ou caminhar. Sempre parecia que tínhamos algum dinheiro sobrando. É, nossa vida agora é rica de outra maneira, mas sei o que Charlie quer dizer. Fomos os primeiros do nosso grupo de amigos a ter filhos — fiquei grávida de Ben antes de nos casarmos. Embora eu não desejasse mudar nada do que vivemos, me pergunto se não perdemos alguns anos de diversão despreocupada. Às vezes sinto que há uma parte de mim que perdi no caminho. A garota que sempre ficava para mais uma bebida, que adorava dançar. Sinto saudades dela de vez em quando.

Charlie está certo. Nós precisávamos de um fim de semana afastados, só nós dois. Eu só queria que nossa primeira escapada em séculos não tivesse que ser no casamento glamoroso da amiga ligeiramente assustadora de Charlie.

Não quero pensar muito sobre quando foi a última vez que transamos, porque sei que a resposta será muito deprimente. Vamos só dizer que já faz algum tempo. Em homenagem a esse fim de semana, fiz minha primeira depilação em... meu Deus, vamos só dizer que já faz um bom tempo, se não contarmos com aquelas tirinhas de cera que se compra na farmácia e acabam encalhadas no armário do banheiro. De vez em quando, depois que tivemos filhos, parecemos mais colegas, ou sócios em uma start-up pequena e de certa forma instável, à qual temos que dedicar toda a nossa atenção, do que amantes. Amantes. Quando foi a última vez que pensamos um no outro nesses termos?

— Minha nossa! — exclamo, para me distrair dessa linha de raciocínio. — Olhe aquela tenda! É enorme.

É tão grande que está mais para uma cidade coberta do que uma simples estrutura. Se alguém fosse ter uma tenda chique *de verdade,* seria Jules.

O resto da ilha parece, se isso é possível, até mais hostil do que aparentava de longe. Custo a crer que esse lugar desagradável vai nos acomodar pelos próximos dias. Quando chegamos mais perto, vejo um conjunto de habitações pequenas e escuras atrás do Folly. E no topo de um morro, se elevando atrás da tenda, há linhas de sombras escuras. Primeiro penso que são pessoas; um exército de figuras à nossa espera. Só que estão completamente imóveis, chega a ser bizarro, impossível. Conforme avançamos, percebo que as formas estranhas e verticais parecem sepulturas. E o que pareciam grandes cabeças bulbosas são cruzes, cruzes celtas.

— Lá estão eles! — exclama Charlie e dá um tchau.

Agora avisto o grupo de pessoas no ancoradouro, acenando. Penteio o cabelo com os dedos, embora eu saiba, por anos de experiência, que provavelmente só o deixarei mais rebelde. Queria ter uma garrafa de água para gargarejar e diminuir o gosto amargo na boca.

À medida que nos aproximamos, consigo distinguir todos eles um pouco melhor. Vejo Jules e, mesmo a essa distância, dá para notar que ela está impecável: a única pessoa que poderia usar uma roupa toda branca em um lugar assim e não se sujar imediatamente. Perto de Jules e Will, estão duas mulheres que só posso supor que sejam da família de Jules: o cabelo preto brilhante as denuncia.

— Aquela é a mãe da Jules — diz Charlie, apontando para a mulher mais velha.

— Uau — solto.

Ela não é nada como eu esperava: calça preta justa e pequenos óculos de gatinha pretos erguidos sobre o cabelo escuro brilhante em corte Chanel. Não parece ter idade para ser mãe de uma mulher na casa dos trinta.

— Sim, ela teve a Jules muito nova — observa Charlie, como se lesse a minha mente. — E aquela deve ser... Jesus Cristo! Acho que é Olivia! A meia-irmã adolescente de Jules.

— Ela não parece tão adolescente assim.

É mais alta que Jules e sua mãe; um tipo totalmente diferente de Jules, que é toda cheia de curvas. Tem uma aparência marcante, linda até, e sua pele é pálida, pálida, pálida, de uma maneira que realmente só fica bem com cabelo preto, como o dela. Suas pernas na calça jeans parecem ter sido desenhadas com duas longas e finas linhas de carvão. Deus, eu mataria por pernas assim.

— Não acredito que ela cresceu tanto — diz Charlie, meio que sussurrando, pois estamos tão perto que os outros podem escutar.

Ele soa um pouco atormentado.

— Era ela que tinha uma queda por você? — pergunto, desenterrando esse fato de alguma conversa que tive com Jules, mas que mal lembro agora.

— Sim — admite ele, um sorriso pesaroso. — Deus, Jules ficava me sacaneando por causa disso. Era muito constrangedor. Engraçado, mas constrangedor também. Ela arranjava desculpas para vir conversar comigo e me cercar daquela maneira provocante e perturbadora típica de garotas de treze anos.

Olho para a criatura deslumbrante no cais e penso: aposto que ele não ficaria tão constrangido agora.

Mattie de repente começa a se mexer em torno de nós, colocando defensas de um lado, aprontando uma corda.

Charlie dá um passo à frente.

— Me deixe ajudar...

Mattie acena para ele se afastar, o que, suspeito, deixa Charlie um pouco ofendido.

— Lance para cá! — Will avança no ancoradouro em nossa direção. Na TV, ele é bonito. Ao vivo, ele é... Bem, ele é de tirar o fôlego. — Me deixe ajudar! — grita para Mattie.

Mattie joga uma corda, que Will pega habilmente no ar, revelando um pedaço de barriga musculosa embaixo do suéter de tricô de Aran. Impressão minha ou Charlie se eriçou do meu lado? Barcos são seu departamento: ele era instrutor de vela na juventude. Mas *tudo* ao ar livre, pelo visto, é departamento de Will.

— Bem-vindos, vocês dois! — Ele sorri e estende a mão para mim. — Precisa de uma ajuda?

Na verdade não preciso, mas aceito mesmo assim.

Ele me segura pelas axilas e me levanta por cima do parapeito do barco como se eu fosse leve como uma criança. Sinto por alguns instantes um aroma masculino bem sutil — musgo e pinho — e percebo com desânimo o que ele, por sua vez, deve estar sentindo em mim: cheiro de vômito e alga marinha.

Ele tem na vida real, já posso dizer, aquele charme, aquele magnetismo. Em um dos artigos que li, enquanto assistia ao programa, porque é evidente que tive que procurar no Google tudo o que podia sobre ele, a jornalista brincava que via o programa só porque basicamente não conseguia tirar os olhos de Will. Um monte de gente se enfureceu, alegou que isso era uma objetificação, que, se a mesma coisa tivesse sido escrita por um jornalista homem, o sujeito teria sido queimado vivo. Mas aposto que a equipe de publicidade do programa abriu um champanhe.

Sendo honesta, entendo bem o que ela quis dizer. Há um monte de filmagens de Will nu da cintura para cima, arfando ao escalar uma pedra, sempre incrivelmente atraente. No entanto, é mais do que isso. Ele tem um jeito particular de falar com a câmera, uma intimidade, que faz você sentir automaticamente que está deitada ao seu lado no abrigo temporário que ele construiu com galhos e casca de árvore, piscando à luz de sua lanterna de cabeça. É a sensação de uma solidão acompanhada, que são só você e ele na mata. É uma sedução.

Charlie estende a mão para Will.

— Ah, que diabo? — responde o noivo, ignorando a mão e envolvendo Charlie em um grande abraço.

Vejo daqui a tensão nas costas de Charlie.

— Will — cumprimenta Charlie, com um ligeiro aceno de cabeça, dando um passo para trás imediatamente.

Beira a grosseria, uma vez que Will está sendo tão receptivo.

— Charlie! — Jules está vindo agora, com os braços entendidos. — Quanto tempo. Meu Deus, que saudade.

Jules, a outra mulher da vida de Charlie. A mulher mais importante para ele... até eu chegar. Eles se abraçam por um bom tempo.

Finalmente seguimos Jules e Will em direção ao Folly. Will nos conta que, originalmente, foi construído como uma defesa da costa e, um século atrás, transformado por algum irlandês rico em uma casa de veraneio: um lugar para se refugiar por alguns dias, se divertir com os amigos. Mas quem não sabe disso poderia até acreditar que é uma construção medieval. Tem uma pequena torre e janelas grandes intercaladas com outras menores.

— Seteiras falsas — observa Charlie.

Ele ama castelos.

Enquanto caminhamos, vemos uma capela, ou o que sobrou dela, escondida atrás do Folly. O telhado, pelo visto, não existe mais, tendo sobrado apenas as paredes e cinco pilares altos — que antigamente deviam ser os pináculos — tentando alcançar o céu. As janelas são buracos vazios na pedra e toda a parte da frente deve ter caído.

— É lá que vai ser a cerimônia de amanhã — diz Jules.

— Tão lindo — comento. — Tão romântico.

Estou cumprindo meu papel. E acho que é lindo mesmo, de uma maneira crua. Charlie e eu nos casamos no cartório local. Que de lindo não tinha nada: uma sala apertada, um pouco desgastada e superlotada. Jules também estava lá, claro, parecendo deslocada com sua roupa de marca. A cerimônia toda não durou mais do que vinte minutos, e, ao sairmos, cruzamos com o casal seguinte que entrava.

No entanto, eu não gostaria de me casar em um lugar como essa capela. É bonita, sim, mas definitivamente há algo de trágico nessa beleza, até mesmo um pouco macabro. Destaca-se contra o céu, como dedos longos e retorcidos, estendidos, brotando do chão. Tem um quê de assombrada.

Observo Will e Jules no caminho. Eu nunca classificaria Jules como uma pessoa tátil, mas ela não tira as mãos do noivo, como se não conseguisse parar de tocá-lo. Dá para ver que eles estão transando. Muito. Dói olhar quando a mão dela desliza para dentro do bolso traseiro do jeans dele, ou sobe por dentro do tecido da camiseta. Aposto que Charlie notou também. Mas não vou falar nada. Isso só chamaria atenção para a nossa falta de sexo. Nós costumávamos ter transas boas, ousadas. Mas hoje em dia estamos exaustos demais o tempo todo. E fico me questionando se, desde as crianças, me sinto diferente em relação a Charlie, ou se ele continua me desejando agora que meus peitos não são os mesmos de antes de amamentar, agora que tenho toda essa pele estranha sobrando na barriga. Sei que não *deveria* perguntar, porque meu corpo executou um milagre; dois, na verdade. Mas ainda assim é importante que um casal se deseje, não é?

Jules nunca teve um relacionamento duradouro em todo o tempo que eu e Charlie estamos juntos. Sempre senti que ela não tinha tempo para nada sério, tão focada que estava na *The Download*. Charlie gostava de prever quanto tempo os namoros dela durariam: "Três meses, no máximo." Ou: "Esse já passou da data de validade, se você quer saber." E era sempre para ele que ela ligava quando terminava com alguém. Parte de mim se pergunta como ele se sente agora, vendo-a enfim sossegar com alguém. Imagino que não totalmente feliz. Minhas suspeitas sobre os dois ameaçam emergir. Eu as enterro de novo.

Quando nos aproximamos do castelo, uma grande explosão de risadas irrompe de algum lugar no alto. Olho para cima e vejo um grupo de homens no topo das ameias do Folly, olhando para nós. Há um tom zombeteiro na risada, e de repente o estado das minhas roupas e do meu cabelo me deixa muito desconfortável. Estou convencida de que nós somos a piada.

OLIVIA

A madrinha

Ver Charlie de novo me faz lembrar de como eu ficava atrás dele. Foi apenas poucos anos atrás, na verdade, mas naquela época eu era uma criança. É constrangedor pensar na garota que eu era. Mas também me deixa meio triste.

Procuro um lugar para me esconder de todos eles. Pego a trilha passando pelas casas abandonadas que abrigavam os moradores da ilha antigamente. Jules me contou que as pessoas largaram suas casas porque acharam mais fácil morar no continente, onde teriam eletricidade e outras coisas. Não julgo. Ficar preso aqui é de enlouquecer qualquer um. Mesmo conseguindo um barco para chegar ao continente, a pessoa ainda estaria a um milhão de quilômetros de qualquer lugar. A H&M mais próxima estaria a centenas de quilômetros. Sempre senti como se mamãe e eu morássemos no meio do nada, mas agora estou grata por não ser em uma ilha no meio do Atlântico. Então, sim, entendo por que alguém gostaria de sair daqui. Porém, olhando essas casas desertas, caindo aos pedaços, com as janelas vazias, é difícil não sentir que coisas ruins aconteceram aqui.

Na noite passada, avistei uma coisa em uma das praias; era maior do que o resto das pedras, cinzenta, porém mais lisa, não sei como, mas parecia mais macia. Fui dar uma olhada de perto. Era uma foca morta. Um filhote, acho, por causa do tamanho. Fui me aproximando e então entrei em estado de choque.

Do outro lado, que antes estava oculto para mim, o corpo da foca estava todo aberto, vermelho-escuro, as vísceras se espalhando para fora. Não consigo tirar a imagem da cabeça. Desde aquela cena, este lugar só me fez pensar na morte.

Só levo alguns minutos para descer até a gruta, que está marcada em um mapa da ilha no Folly. A Gruta dos Sussurros, é esse o nome. É quase uma longa ferida no chão — aberta em ambas as extremidades. Alguém poderia cair aqui dentro sem nem perceber o buraco, porque está encoberto por mato. Foi o que quase aconteceu comigo quando encontrei a gruta ontem. Eu teria quebrado o pescoço, o que destruiria o casamento perfeito de Jules, não é? Pensar nisso quase me faz sorrir.

Vou descendo pelas rochas que lembram um lance de escada. O barulho na minha cabeça diminui um pouco e começo a respirar com mais facilidade, apesar do cheiro esquisito deste lugar — como enxofre, e talvez também de coisas apodrecidas. Poderia estar vindo das algas marinhas, espalhadas por todo canto como cordas pretas no chão. Ou talvez o fedor venha das paredes, que estão salpicadas de líquen amarelo.

Na minha frente está uma pequena praia de pedrinhas, e o mar além. Sento-me em uma pedra. Está úmida, como todo o resto por aqui. Senti nas roupas quando me vesti de manhã, como se as tivesse lavado, mas não secado completamente. Se lamber os lábios, sinto o gosto de sal.

Penso em ficar aqui por um bom tempo, talvez até passar a noite. Eu poderia me esconder neste lugar até a cerimônia acabar, até tudo acabar. Jules ficaria furiosa, claro. Se bem que... talvez ela *finja* estar brava, mas no fundo fique aliviada. Não acho que ela queira a minha presença no casamento. Acho que ela guarda rancor de mim porque nossa mãe se dá melhor comigo e porque tenho um pai que quer me ver, pelo menos de vez em quando. Sei que estou sendo escrota. Tenho que admitir que Jules é legal comigo às vezes, já me deixou ficar no apartamento dela em Londres no verão passado, por exemplo. E, ao me lembrar disso, me sinto mal, como se tivesse um gosto ruim na boca.

Pego o celular. Por causa do lixo de sinal daqui, meu Instagram ficou empacado na mesma foto. É claro que tinha que ser o último post de Ellie. É como se estivessem zombando de mim. Os comentários:

Ei, VOCÊS DOIS! ♥♥♥

OMG fofo d+++++ 😍

mamãe + papai

#mood ♥

então é oficial, né? *piscadela*.

Ainda dói. Uma dor no meio do peito. Olho para os rostos sorridentes, convencidos, e parte de mim quer arremessar o celular com toda a minha força na parede da gruta. Mas isso não resolveria meus problemas. Eles estão todos aqui comigo.

Ouço um barulho na gruta — passos — e quase deixo o telefone cair com o susto.

— Quem está aí? — pergunto.

Minha voz soa baixa e assustada. Espero de verdade que não seja o padrinho, Johnno. Eu notei ele olhando para mim mais cedo.

Levanto-me e começo a escalar a gruta, mantendo-me colada à parede coberta por milhares de pequeninas cracas ásperas que arranham a ponta dos meus dedos. Finalmente estico a cabeça para fora da parede de pedra.

— Meu Deus! — A figura cambaleia para trás e leva a mão ao peito. É a esposa do Charlie. — *Minha nossa!* Você quase me matou de susto. Não imaginei que tivesse alguém aqui embaixo. — Ela tem um sotaque simpático, do norte. — Você é Olivia, não é? Sou Hannah, casada com o Charlie.

— Sim. Eu sei. Oi.

— O que está fazendo aí embaixo? — Ela dá uma olhada rápida para trás, como se verificando se tem alguém escutando. — Procurando um lugar para se esconder? Eu também.

Decido que gosto dela um pouquinho por causa disso.

— Ah — continua —, isso provavelmente pegou mal, não é? Eu só... Acho que Charlie e Jules vão colocar melhor a conversa em dia se eu não estiver por perto. Sabe como é, eles têm toda uma história juntos, e eu não faço parte dela.

Ela parece meio irritada. História. Tenho noventa por cento de certeza de que Charlie e Jules transaram em algum momento do passado. Será que Hannah já pensou nisso?

Ela se senta em um banco de pedra. Eu faço o mesmo, porque estava aqui primeiro. Gostaria muito que ela entendesse a deixa e me deixasse sozinha. Pego o maço de cigarros do bolso e pesco um. Espero para ver se Hannah vai dizer alguma coisa. Ela não fala nada. Então dou um passo adiante, para testá-la, acho, e lhe ofereço cigarro e isqueiro.

Ela torce o nariz.

— Eu não deveria — diz. Depois solta um suspiro. — Mas por que não? Fizemos uma travessia insana para chegar aqui. Estou tremendo até agora. — Ela estica uma das mãos para me mostrar.

Acende um cigarro, dá uma tragada profunda e solta mais um longo suspiro. Dá para ver que ficou um pouco tonta.

— Uau. Isso vai direto para a cabeça. Há muito tempo eu não fumava. Parei quando engravidei. Mas fumei um bocado quando ainda saía para dançar. — Ela me dá uma olhada. — Sei, sei... Você deve estar pensando que isso faz um milhão de anos. Para mim também parece que foi.

Sinto um pouco de culpa, porque eu tinha pensado isso mesmo. Contudo, observando com mais atenção, vejo que Hannah tem quatro piercings em uma orelha e uma tatuagem na parte interna do punho, meio escondida pela manga. Talvez ela tenha um outro lado.

Hannah dá outra tragada demorada.

— Meu Deus, como isso é bom. Quando eu parei, pensei que ia acabar deixando de gostar do sabor, ou que não fosse mais sentir falta. — Ela solta uma risada longa e profunda. — Pois é. Nada disso. — Ela solta quatro aros perfeitos de fumaça.

Contra minha vontade, fico meio impressionada. Callum sempre tentava fazer isso, mas jamais conseguiu.

— Então, você faz faculdade, não é? — pergunta ela.

— Faço — respondo.

— Onde?

— Exeter.

— É uma universidade boa, não é?

— É. Acho que é.

— Eu não fiz faculdade — diz Hannah. — Ninguém na minha família fez — ela tosse —, com exceção da minha irmã, Alice.

Não sei o que comentar. Para falar a verdade, não conheço ninguém que não tenha frequentado uma universidade. Mesmo a minha mãe fez faculdade de teatro.

— Alice sempre foi a inteligente — continua Hannah. — Eu era a rebelde, acredite se quiser. Nós duas estudamos em uma escola horrível, mas ela terminou com notas fantásticas. — Ela bate as cinzas do cigarro. — Desculpe, sei que estou falando sem parar. Tenho pensado nela um bocado ultimamente.

Seu rosto mudou, reparo. Mas não sinto abertura para perguntar mais detalhes, considerando que somos totalmente desconhecidas.

— Enfim — diz Hannah. — Gosta da Exeter?

— Não estou mais lá. Larguei.

Não sei o que me levou a contar isso. Teria sido muito mais fácil só concordar, fingir que ainda estudo lá. Mas de repente senti que não queria mentir para ela.

Hannah franze a testa.

— Ah, é? Você não estava gostando, então?

— Não — respondo. — Acho... Eu tinha um namorado. E ele terminou comigo.

Uau, isso soa patético.

— Ele deve ter sido um verdadeiro bosta — diz Hannah —, se você largou a faculdade por causa dele.

Quando penso em tudo o que aconteceu no último ano, minha mente pega fogo e entra em pane, não consigo pensar direito ou organizar a história toda na cabeça. Nada faz sentido, principalmente agora, quando tento juntar as peças. Não consigo explicar, acho, sem contar tudo para ela. Então dou de ombros e digo:

— Bom, acho que ele foi o meu primeiro namorado de verdade.

De verdade no sentido de ser mais do que alguém que eu pegava nas festas. Mas não digo essa parte para Hannah.

— E você amava o rapaz — diz ela.

Não foi uma pergunta, então não sinto que eu deva responder. Mesmo assim assinto e digo:

— Sim.

Minha voz sai muito baixa e falhada.

Eu não acreditava em amor à primeira vista até colocar os olhos em Callum, no outro lado do bar na Semana dos Calouros, aquele cara com cachos pretos e lindos olhos azuis. Ele me deu uma espécie de sorriso lento e foi como se eu já o conhecesse. Como se tivéssemos sido feitos para nos encontrarmos, para nos conhecermos.

Foi Callum quem disse "eu te amo" primeiro. Eu estava com muito medo de fazer papel de idiota. Mas afinal senti que *tinha* que dizer também, como se não pudesse mais segurar. Quando terminou comigo, ele disse que ia me amar para sempre. Mas isso é a maior baboseira. Quando se ama alguém de verdade, não se faz *nada* para magoar essa pessoa.

— Eu não saí só porque ele terminou comigo — digo rapidamente. — Foi... — Dou uma longa tragada no cigarro. Minha mão está tremendo. — Suponho que, se Callum não tivesse terminado comigo, nada do resto teria acontecido.

— Nada do resto? — pergunta Hannah.

Ela chega um pouco para a frente, interessada.

Não respondo. Estou tentando pensar em uma maneira de continuar, mas não consigo encontrar as palavras corretas. Ela não força a barra. Então, há um longo silêncio e ambas permanecermos sentadas, fumando.

Até que Hannah diz:

— Merda! Impressão minha ou escureceu muito desde que nos sentamos aqui?

— Acho que o sol está começando a se pôr.

Não conseguimos ver daqui pois não estamos viradas para a direção certa, mas dá para notar o brilho rosado no céu.

— Ah, meu Deus! — exclama Hannah. — Provavelmente temos que voltar para o Folly. Charlie detesta se atrasar para qualquer coisa. Ele é professoral em tudo. Admito que posso ficar escondida por mais uns dez minutos, mas... — Ela está apagando o cigarro agora.

— Vá você — digo. — Está tudo bem. Não é importante.

Ela semicerra os olhos.

— A mim parecia importante.

— Não. De verdade.

Não acredito como cheguei perto de contar tudo para ela. Não contei para ninguém as outras coisas. Nem mesmo para meus amigos. É um alívio, de verdade. Se eu tivesse contado a ela, não teria volta. Estaria lá para o mundo ver: o que eu tinha feito.

AOIFE

A cerimonialista

Sete horas. A mesa está posta para o jantar no salão. Freddy está cuidando da comida, o que significa que tenho meia hora livre. Decido fazer uma visita ao cemitério. As flores precisam ser trocadas, e amanhã vamos trabalhar sem descanso.

Quando piso do lado de fora, o sol está começando a se pôr, jorrando fogo sobre a água. Ela tinge de cor-de-rosa o nevoeiro que começou a se formar sobre o pântano, encobrindo seus segredos. É a minha hora favorita.

Os padrinhos do noivo estão sentados nas ameias: ouço suas vozes flutuando quando saio do Folly, mais altas e ligeiramente mais arrastadas do que antes, culpa da Guinness, tenho certeza.

— Temos que nos despedir deles com algo espetacular.

— É, temos que fazer *alguma coisa*. Se for só o tradicional...

Sinto vontade de ficar para escutar, verificar se não estão tramando alguma confusão debaixo do meu nariz. Porém, tudo soa inofensivo. E só vou ter esse intervalo para mim mesma.

A ilha está no auge de sua beleza esta tarde, iluminada pelo brilho do sol poente. Talvez, porém, nunca será tão bonita para mim como na lembrança das nossas viagens para cá quando eu era criança. Nós quatro, minha família, passando as férias de verão na ilha. Nenhum lugar na terra pode se equiparar àqueles dias dourados. Contudo, isso é uma nostalgia, a tirania das recordações da infância que parecem tão fantásticas, tão perfeitas.

Há um murmúrio no cemitério quando chego, uma brisa se formando entre as pedras. Um prenúncio do clima de amanhã, talvez. Às vezes, quando o vento está mesmo forte, parece carregar daqui o eco de mulheres de séculos passados executando o *caoineadh*, seu lamento pelos mortos.

Os jazigos ficam anormalmente próximos, porque há pouca terra seca na ilha. Mesmo assim, nas extremidades mais distantes, o pântano começou a mordiscar o terreno, engolindo diversas sepulturas até só restarem alguns poucos centímetros das lápides. Algumas acabaram se aproximando ainda mais, tombando uma contra a outra, como se cochichando um segredo. Os nomes, aqueles que ainda estão visíveis, são comuns em Connemara: Joyce, Foley, Kelly, Conneely.

É estranho pensar que, na ilha, os mortos são muito mais numerosos do que os vivos, mesmo agora que alguns convidados chegaram. Amanhã vai se restabelecer o equilíbrio.

Há um bocado de superstição local acerca da ilha. Quando Freddy e eu compramos o Folly, cerca de um ano atrás, não havia ninguém interessado. As pessoas sempre desconfiavam dos ilhéus, considerando-os uma espécie à parte.

Sei que os habitantes da costa veem a mim e ao Freddy como forasteiros. Eu, a típica dublinense, e Freddy, o inglês, um casal que não tem juízo, que provavelmente deu um passo maior do que as pernas. Que não conhece o passado sombrio de Inis an Amplóra, seus fantasmas. Para falar a verdade, conheço este lugar mais do que eles pensam. De certa maneira, é muito mais familiar para mim do que qualquer outro lugar que conheci na vida. E não me importa se é mal-assombrado ou não. Tenho meus próprios fantasmas. E os carrego comigo para onde quer que eu vá.

— Saudades de você — digo, ao me agachar.

A pedra me encara, inerte e muda. Eu encosto a ponta dos dedos. É áspera, fria, impassível... tão distante do calor de uma bochecha, ou do cabelo macio e sedoso do qual me lembro tão bem.

— Mas espero que você tenha orgulho de mim.

É a mesma sensação sempre que me agacho aqui: a mesma raiva de sempre, impotente, crescendo dentro de mim e deixando um gosto amargo na boca.

Então, ouço um crepitar de algum lugar acima de mim, como se zombasse de minhas palavras. Não importa quantas vezes eu escute, esse som nunca vai deixar de fazer meu sangue congelar nas veias. Ergo o olhar e vejo: um grande cormorão, empoleirado no lugar mais alto da capela em ruínas, suas asas pretas arqueadas abertas para secar, como um guarda-chuva quebrado. Um cormorão em um campanário: um mau presságio. O pássaro do diabo, como é chamado por aqui. O *cailleach dhubh*, a bruxa negra, o portador da morte. Espero que os noivos não saibam disso... ou que não sejam supersticiosos.

Bato palmas, mas a criatura não sai do lugar. Apenas gira a cabeça lentamente, de forma que eu vejo seu perfil duro, o formato cruel de seu bico. E percebo que o pássaro está me observando, de soslaio, com seu olho brilhante e redondo, como se soubesse de algo que não sei.

De volta ao Folly, carrego uma bandeja com flutes de champanhe para o salão de jantar, pronto para os coquetéis da noite. Quando abro a porta, vejo um casal no sofá. Levo um minuto para notar que se trata da noiva e de outro homem: o cara que Mattie trouxe de barco. Os dois estão sentados muito próximos, as cabeças se tocando, falando em voz baixa. Eles não se afastam rapidamente quando notam minha presença, mas se movem alguns centímetros. E ela tira a mão do homem de seu joelho.

— Aoife — diz a noiva. — Este é o Charlie.

Eu me lembro do nome dele da lista.

— Nosso mestre de cerimônia para amanhã, se não me engano?

Ele tosse.

— Sim, eu mesmo.

— Certo, e sua esposa é a Hannah, não é?

— Isso. Boa memória!

— Nós estávamos repassando as tarefas de Charlie para amanhã — diz a noiva para mim.

— Claro — respondo. — Ótimo.

Por que ela sentiu necessidade de me dar qualquer explicação? Eles pareciam bastante íntimos juntos no sofá, mas não estou aqui para fazer qualquer julgamento moral sobre meus clientes, ou mesmo gostar ou desgostar de algo, ter opiniões sobre as coisas. Não é assim que esse tipo de trabalho funciona. Freddy e eu, se tudo der certo, vamos simplesmente desaparecer no cenário. Só vamos nos destacar se algo der errado, e devo fazer de tudo para que não dê. Tanto a noiva e o noivo quanto seus entes mais queridos devem sentir que este lugar é deles de verdade, que eles são os anfitriões. Só estamos aqui para facilitar, para assegurar que todo o final de semana transcorra de forma tranquila. Todavia, para fazer isso, não posso ser inteiramente passiva. É a estranha tensão de meu papel. Tenho que ficar de olho em todos eles, observar qualquer desenvolvimento ameaçador. Tenho que estar sempre um passo à frente.

AGORA

A noite do casamento

O som do grito reverbera no ar mesmo após ter terminado, como um vidro estilhaçado. Os convidados ficam paralisados na esteira daquele urro. Todos, absolutamente todos, olham para fora da tenda, em direção à escuridão estrondosa de onde ele veio. As luzes piscam, ameaçando outra falha de energia.

Nesse momento, uma garota entra cambaleando na tenda. Sua blusa branca indica que é uma das garçonetes. Porém, seu rosto é o de um animal selvagem, os olhos grandes e escuros, o cabelo emaranhado. Ela fica parada na frente dos convidados, o olhar vidrado. Parece não piscar.

Finalmente, uma mulher se aproxima dela. É a cerimonialista.

— O que foi? — pergunta delicadamente. — O que aconteceu?

A garota não responde. Para os convidados, a sensação é de que só conseguem escutar a respiração dela. Que também tem um quê animalesco: entrecortada e gutural.

A cerimonialista se aproxima e tenta colocar a mão em seu ombro. A garota não reage. Os convidados estão petrificados, não saem do lugar. Alguns se lembram vagamente de já terem visto a moça. Era uma das muitas que, sorridentes, ofereciam as entradas e os pratos principais e as sobremesas. Ela recolheu os pratos dos convidados e encheu suas taças de vinho, despejando o líquido com cuidado, o rabo de cavalo ruivo balançando elegantemente a cada passo, a blusa branca, limpa e bem passada. Alguns deles se lembram de seu delicado sotaque cantado: ela poderia servir mais uma bebida, trazer mais alguma coisa? Fora isso, ela era, por falta de uma expressão melhor, parte do mobiliário. Parte do bem lubrificado mecanismo do dia. Menos digna de atenção, no fundo, do que os elegantes arranjos de folhagens, as chamas tremeluzentes no alto dos castiçais de prata.

— O que aconteceu? — pergunta novamente a cerimonialista.

Seu tom de voz ainda é solidário, mas dessa vez foi mais firme, uma nota de autoridade. A garçonete começa a tremer tanto que aparenta estar sofrendo algum tipo de ataque. Tentando acalmá-la, a cerimonialista leva de novo uma das mãos ao ombro da garota, que, por um instante, coloca a mão na boca, como se prestes a vomitar. Então, finalmente, fala:

— Lá fora. — A voz está esganiçada, mal soa humana.

Os convidados esticam o pescoço para escutar.

Ela solta um gemido baixo.

— Vamos — diz a cerimonialista, calma, em voz baixa. Dessa vez, ela sacode a garota delicadamente. — Vamos. Estou aqui. Quero ajudar... todos nós queremos. E está tudo bem, você está a salvo aqui. Me diga o que aconteceu.

Afinal, naquela horrível voz esganiçada, a garota volta a falar:

— Lá fora. *Muito sangue.* — E então, logo antes de desmaiar: — Um corpo.

A véspera

HANNAH

A acompanhante

Mordo um lenço de papel para remover o excesso do batom. Um lugar como este pede um batom. Nosso quarto é enorme, duas vezes maior do que o de casa. Nem um único detalhe foi esquecido: o balde de gelo com uma garrafa de vinho branco caro e duas taças; o lustre antigo no teto alto; a grande janela com vista para o mar. Não consigo chegar perto demais da janela, me causa vertigem: olhando para baixo, dá para ver as ondas quebrando nas pedras e uma mínima faixa prateada de areia.

Esta noite o brilho esmaecido do pôr do sol tinge o quarto inteiro de rosa-dourado. Tomei uma grande taça de vinho, que estava delicioso, enquanto me arrumava. Com o estômago vazio, e após os cigarros que fumei com Olivia, já me sinto alegrinha.

Foi divertido fumar na gruta — pareceu uma lembrança do passado. Inspirou-me a aproveitar ao máximo este final de semana. Senti-me nervosa e triste o mês inteiro, agora aqui está uma oportunidade de me soltar um pouco. Então, eu me espremi em um vestido de seda preta pré-maternidade, da loja & Other Stories; sempre me senti bem nesse vestido. Fiz uma escova no cabelo. Vale a pena o esforço, mesmo que, ao entrar em contato com a umidade lá fora, volte a ficar uma bola maciça de cachos frisados, como uma versão capilar da abóbora da Cinderela. Achei que Charlie estaria esperando por mim, furioso, mas ele mesmo só retornou ao quarto alguns minutos atrás; então tive tempo de escovar os dentes e eliminar qualquer cheiro de cigarro, como uma adolescente rebelde. No entanto, eu meio que esperava que ele estivesse aqui. Nós poderíamos ter tomado um banho juntos na banheira de pés de garra.

Mal vi Charlie desde que desembarcamos, na realidade: ele e Jules passaram o início da noite juntos, conversando, repassando as tarefas de Charlie como mestre de cerimônia. "Desculpe, Han", disse ele, quando voltou. "A Jules queria repassar todo o esquema de amanhã. Espero que você não tenha se sentido abandonada."

Agora ele me olha de cima a baixo, assim que saio do banheiro.

— Você está... — Charlie ergue as sobrancelhas. — *Gostosa.*

— Obrigada — digo, dando uma reboladinha.

Eu me *sinto* gostosa; suponho que já faz um tempo que não me arrumo assim. E sei que não deveria me importar de não me lembrar da última vez que ele disse isso.

Nós nos reunimos aos outros na sala de estar, onde tomamos alguns coquetéis. É tão bem decorado quanto o nosso quarto: piso de tijolos antigos, um candelabro repleto de velas, molduras de vidros nas paredes contendo grandes peixes lustrosos, que talvez sejam reais. Imagino como raios se faz a taxidermia de um peixe. Pequenas janelas mostram retângulos do crepúsculo azul, e tudo lá fora tem uma qualidade brumosa, ligeiramente sobrenatural.

Cercados por um grupo de convidados, Jules e Will estão iluminados por luz de velas. Will parece contar alguma anedota: os outros escutam sua história, seja qual for, atentos a cada palavra. Reparo que está de mãos dadas com Jules, como se fosse um sacrifício para eles não se tocarem o tempo todo. Os dois ficam tão bem juntos, incrivelmente altos e elegantes, ela em um macacão creme bem-cortado, e ele usando calça escura e uma camisa branca que contrasta com seu bronzeado. Eu estava me sentindo bem comigo mesma, mas agora meu traje parece inadequado em comparação: enquanto, para mim, a & Other Stories é uma extravagância tremenda, tenho certeza de que Jules dificilmente se aventura em lojas de redes.

Paro bem perto de Will, o que não é um mero acaso — pareço ser atraída para ele. É uma experiência emocionante, estar tão perto de alguém que aparece na tela de sua TV. Essa sensação de familiaridade e estranheza ao mesmo tempo. Sinto a pele pinicando com essa proximidade. Tive consciência, quando entrei, do seu olhar examinando meu rosto, meu corpo de alto a baixo rapidamente, antes de terminar sua história. Então eu *estou* bonita. Uma culpa me atravessa. Nesses anos, desde que tive filhos — provavelmente porque estou sempre *com* as crianças —, pareço ter me tornado invisível para os homens. E só quando perdi isso percebi que para mim era algo natural receber esses olhares. E eu gostava.

— Hannah — diz Will, virando-se para mim com aquele famoso sorriso generoso. — Você está deslumbrante.

— Obrigada. — Tomo um gole demorado de champanhe, sentindo-me sensual, um pouquinho inconsequente.

— Eu quis perguntar, no píer... nos conhecemos na festa de noivado?

— Não — respondo, me desculpando. — Não conseguimos sair de Brighton, infelizmente.

— Devo ter visto você em uma das fotos de Jules, então. Seu rosto não me é estranho.

— Talvez.

Duvido. Não consigo imaginar Jules mostrando uma foto em que eu esteja; ela tem uma porção de fotos com Charlie. Mas sei o que Will está fazendo: me ajudando a me sentir bem-vinda, parte da turma. Agradeço a gentileza.

— Sabe — acrescento —, acho que tenho a mesma sensação em relação a você. Será que vi *você* em algum lugar antes? Quem sabe... por exemplo, na tela da minha televisão?

Foi cafona, mas Will ri assim mesmo, uma risada baixa, e sinto como se tivesse vencido alguma coisa.

— Culpado! — exclama ele, erguendo as mãos, e nesse momento sinto uma rajada da colônia de novo: musgo e pinho, terra de floresta em meio a um perfume caro.

Ele me pergunta sobre as crianças, sobre Brighton. Parece fascinado com o que conto. É uma dessas pessoas que faz com que a gente se sinta mais inteligente e atraente do que o normal. Percebo que estou me divertindo, apreciando a deliciosa taça de champanhe gelado.

— Agora — diz Will, guiando-me com a palma da mão nas minhas costas, quente através do meu vestido —, deixe-me apresentar você a alguns convidados. Esta é a Georgina.

Georgina, magra e elegante em um tubinho de seda fúcsia, me dá um sorriso gelado. Ela não consegue mexer muito o rosto, e me esforço para não ficar olhando demais: não sei se já vi botox na vida real.

— Você estava na despedida de solteira? — pergunta ela. — Não me lembro.

— Não pude ir. As crianças... — Em parte, verdade.

Há também o fato de que era em um retiro de ioga em Ibiza e eu não conseguiria pagar por isso nem em um milhão de anos.

— Não perdeu grande coisa — um homem delgado, cabelo ruivo-escuro, entra na conversa. — Apenas um monte de putas bronzeando os seios, fofocando e bebendo garrafas de Whispering Angel. Deus do Céu — diz ele, me examinando de alto a baixo antes de beijar meu rosto. — Você *realmente* se produziu.

— É... Obrigada. — O sorriso dele sugere que a intenção foi gentil, mas não tenho certeza de que foi um elogio.

O homem é Duncan, aparentemente, marido de Georgina. Ele também é um dos padrinhos do noivo, além dos outros três sujeitos. Peter — cabelo penteado para trás, cara de festeiro. Oluwafemi, ou Femi — alto, negro, definitivamente bonito. Angus — louro como Boris Johnson e igualmente barrigudo. Mas, de uma maneira engraçada, todos são bem parecidos. Todos estão com a mesma gravata listrada e camisa branca impecável, sapatos envernizados e paletós de alfaiataria que certamente não são da loja Next, como o do meu marido. Charlie comprou o seu especialmente para este fim de semana, e espero que ele não esteja se sentindo muito deslocado. Pelo menos, está razoavelmente bem-vestido perto do padrinho principal, Johnno, que, apesar do tamanho, de alguma forma me lembra um garoto usando roupas dos achados e perdidos da escola.

Na aparência, são extremamente charmosos, todos eles. Mas me lembro das risadas vindas da torre quando estávamos a caminho do Folly. E, mesmo agora, sem dúvida há algo camuflado embaixo do charme. Sorrisinhos, sobrancelhas erguidas, como se estivessem debochando só entre eles de alguém — possivelmente de mim.

Mudo de lugar para conversar com Olivia, etérea em seu vestido cinza. Parece que nos conectamos um pouco mais cedo na gruta, mas agora ela me responde com monossílabos, sem olhar diretamente para mim.

Algumas vezes, meu olhar encontra o de Will atrás dela. Não acho que seja culpa minha: às vezes tenho a impressão de que ele já estava me observando por um tempo. Não deve ser verdade, mas é excitante. Isso me lembra — sei que é totalmente inapropriado falar isso —, mas me lembra muito aquela sensação de quando começamos a suspeitar de que somos correspondidos por alguém que achamos atraente.

Eu me pego nesse devaneio. A realidade chama, Hannah. Você é uma mulher casada com dois filhos, seu marido está bem ali, e você está de olho em um homem prestes a se casar com a melhor amiga dele, e ela também está logo ali, parecendo a Monica Bellucci, só que mais bem-vestida. *Melhor* cortar um pouquinho o champanhe. Estou entornando. Em parte porque estou nervosa, cercada por essa turma. Mas é também a sensação de liberdade. Nenhuma babá para flagrar nosso vexame mais tarde, nenhuma pessoa pequena para nos acordar de manhã. Há algo de exótico em estar tão arrumada somente na companhia de adultos, um suprimento abundante de bebidas, nenhuma responsabilidade.

— A comida está com um cheiro ótimo — digo. — Quem está cozinhando?

— Aoife e Freddy — responde Jules. — São os donos do Folly. Aoife também é a nossa cerimonialista. Vou apresentar todos vocês a ela no jantar. E Freddy está encarregado do buffet amanhã.

— Dá para ver que vai ser delicioso — respondo. — Meu Deus, estou faminta.

— Bem, seu estômago está completamente vazio — observa Charlie. — Se livrou de tudo no barco, não foi?

— Vomitou? — pergunta Duncan, se divertindo. — Alimentou os peixes?

Fulmino Charlie com um olhar gelado. Sinto como se ele tivesse acabado de desfazer um tanto do esforço que fiz esta noite. Sinto como se ele estivesse caçando risadas, tentando emplacar uma piada às minhas custas. Posso jurar que ele usou uma voz diferente — mais refinada —, mas sei que, se eu lhe chamasse a atenção, ele fingiria que não tinha ideia do que eu estava falando.

— *Enfim* — digo —, vai ser ótimo trocar um pouco os nuggets de frango, que acabo comendo quase toda noite com as crianças.

— Tem restaurantes bons em Brighton, atualmente? — pergunta Jules.

Ela sempre age como se Brighton fosse um fim de mundo.

— Sim — respondo —, tem...

— O problema é que nunca vamos — acrescenta Charlie.

— Não é verdade — discordo. — Fomos naquele restaurante italiano novo...

— Não é novo agora — Charlie me contradiz. — Faz um ano já.

Ele está certo. Não me lembro da última vez em que jantamos fora, além dessa. O dinheiro tem sido curto, e temos que acrescentar o custo da babá na conta. Mas eu preferia que ele não tivesse comentado.

Johnno tenta completar o champanhe de Charlie, e Charlie rapidamente coloca a mão sobre a taça.

— Não, obrigado.

— Ah, que isso, cara — diz Johnno. — Véspera do casamento. Tem que se soltar um pouco.

— Vamos! — repreende Duncan. — São só bolhas, não é crack. Ou vão dizer que vocês estão grávidos?

Os outros rapazes riem disfarçadamente.

— Não — repete Charlie, firme. — Estou pegando leve essa noite. — Percebo que ele fica constrangido ao dizer isso. Mas estou feliz por ele se comportar bem nesse quesito.

— Então, Charlie, garotão — diz Johnno —, conte para a gente. Como vocês dois se conheceram?

Primeiro eu acho que ele se referiu a mim e Charlie. Depois percebo que está falando de Charlie e Jules. Certo.

— Há um milhão de anos... — começa Jules.

Ela e Charlie levantam a sobrancelha um para o outro em perfeita sintonia.

— Eu ensinei Jules a velejar — diz Charlie. — Eu morava na Cornualha. Era meu trabalho de verão.

— E meu pai tem casa lá — explica Jules. — Eu tinha esperança de que, se aprendesse, ele me levaria para passear de barco. Mas, no fim das contas, levar a filha de dezesseis anos em uma viagem de barco ao longo da costa sul não era bem a mesma coisa que pegar sol em St. Tropez na proa com a namorada da vez. — Acabou soando mais amargo do que acho que era sua intenção. — Enfim, Charlie era meu instrutor. — Ela olha para ele. — Eu era *super* a fim dele.

Charlie sorri para ela. Eu dou risadas como os outros, mas não estou achando nenhuma graça. Não é a primeira nem a segunda vez que ouço essa história. É como uma cena que eles apresentam juntos. O garoto humilde da região e a garota grã-fina que vem de fora. Ainda assim, meu estômago se revira quando Jules continua.

— *Você* estava preocupado principalmente em tentar dormir com o máximo possível de garotas da sua idade antes de ir para a faculdade. — De repente é como se ela estivesse falando só com ele. — Mas parecia funcionar. Aquele bronzeado permanente e o corpo que você tinha naquela época provavelmente ajudavam...

— Pois é — diz Charlie. — Melhor corpo da minha vida. Era como frequentar academia e trabalhar ao mesmo tempo, malhando na água todo dia. Infelizmente não dá para ficar tão sarado ensinando geografia para adolescentes de quinze anos.

— Vamos dar uma olhada nesse abdômen agora — diz Duncan, se inclinando para a frente e agarrando a parte de baixo da camisa de Charlie.

Ele levanta a barra e mostra alguns centímetros de uma barriga pálida, mole. Charlie dá um passo para trás, corando, e enfia a camisa de volta.

— Ele parecia tão adulto — continua Jules, sem se intimidar com a interrupção. Ela toca no braço de Charlie, como se fosse dona dele. — Quando se tem dezesseis anos, dezoito parece muito mais velho. E eu era tímida.

— Difícil acreditar nisso — murmura Johnno.

Jules o ignora.

— Mas sei que no início você achou que eu era uma princesinha metida.

— O que provavelmente era verdade — diz Charlie, levantando a sobrancelha, ficando à vontade de novo.

Jules joga nele um pouquinho de champanhe da própria taça.

— Ei!

Eles estão *flertando*. Não tenho outra palavra.

— Mas não, percebi no fim das contas que você na verdade era bem legal — conta ele. — Descobri seu senso de humor malicioso.

— E então acho que continuamos mantendo contato — completa Jules.

— Os celulares começavam a ficar populares — retruca Charlie.

— *Você* virou o tímido no ano seguinte — lembra Jules. — Meus seios tinham finalmente crescido. Eu me lembro de ver você dar uma conferida quando eu andava pelo cais.

Tomo um grande gole do champanhe. Recordo a mim mesma que eles eram adolescentes na época. Que estou com ciúmes de uma garota de dezessete anos que não existe mais.

— É, e você tinha aquele namorado e tal — diz Charlie. — Ele não era meu maior fã.

— Verdade — concorda Jules, com um sorriso de confidente. — Não durou muito. Ele era muito ciumento.

— Então, vocês já transaram? — pergunta Johnno.

E sem mais nem menos: é a pergunta que eu nunca tive coragem de fazer abertamente.

Os padrinhos vão ao delírio.

— Ele perguntou! — gritam eles. — Puta merda!

Eles se aglomeram, animados, alegres, o círculo se fechando mais. Talvez seja por isso que de repente tenho dificuldade de respirar.

— Johnno! — exclama Jules. — Quer parar? É o meu *casamento*!

Mas não responde que não.

Não consigo olhar para Charlie. Não quero saber.

Então, graças a Deus, há uma interrupção: um grande estouro. Duncan abriu uma garrafa de champanhe.

— Meu Deus, Duncan! — exclama Femi. — Você quase arrancou meu olho!

— Como vocês todos se conheceram? — pergunto a Johnno, disposta a capitalizar a distração.

— Ah — responde ele —, foi muitos anos atrás.

Johnno coloca a mão no ombro de Will, e de alguma forma esse gesto faz com que se destaquem dos outros. Perto dele, Will fica ainda mais bonito. Eles são como água e vinho. E tem alguma coisa estranha nos olhos de Johnno. Passo um tempo tentando descobrir exatamente o quê. São muito juntos? Muito pequenos?

— Sim — responde Will. — Todos estudamos na mesma escola.

Fico surpresa. Os outros homens têm aquele refinamento de colégio interno, enquanto Johnno parece mais bruto. Sem aquele jeito de falar sofisticado.

— Trevellyan's — esclarece Femi. — Era como aquele livro com todos os garotos juntos em uma ilha deserta, matando uns aos outros, meu Deus, como é o nome...

— *O Senhor das Moscas* — completa Charlie, um ligeiro traço de superioridade no tom de voz. *Eu posso ter estudado em escola pública*, parece dizer, *mas sou mais culto que você*.

— Não era tão ruim assim — corrige Will rapidamente. — Era mais como... garotos sendo meio selvagens.

— Garotos sendo garotos, ora! — acrescenta Duncan. — Estou certo, Johnno?

— Isso mesmo. Garotos sendo garotos — ecoa Johnno.

— E somos amigos desde então — conclui Will. Ele dá um tapa nas costas de Johnno. — O Johnno aqui costumava dirigir um carro velho enquanto eu estava na faculdade em Edimburgo, não é, Johnno?

— Sim — responde ele. — Eu levava Will para viagens nas montanhas para escalar e acampar. Não deixava ele ficar mole demais. Ou passar o tempo todo transando por aí. — Ele finge parecer arrependido. — Desculpe, Jules.

Jules joga a cabeça para trás num movimento súbito.

— Quem nós conhecemos que fez faculdade em Edimburgo, Han? — pergunta Charlie.

Fico tensa. Como ele pode esquecer quem foi? Então vejo sua expressão ser tomada por horror quando percebe seu erro.

— Vocês conhecem alguém? — pergunta Will. — Quem?

— Ela não ficou lá muito tempo — digo rapidamente. — Sabe, Will, eu estava pensando. Aquela parte de *Sobreviva à Noite*, na tundra ártica. Estava muito frio? Você quase teve queimaduras de frio mesmo?

— Sim — responde Will. — Perdi toda a sensibilidade na ponta desses dedos. — Ele levanta uma das mãos para mim. — As impressões digitais de alguns sumiram.

Estreito os olhos para ver. Não noto nenhuma diferença, na verdade. E, ainda assim, eu me vejo falando:

— Ah, sim, dá para ver. Uau. — Pareço uma fã.

Charlie se vira para mim e diz:

— Eu não sabia que você tinha visto o programa. Quando foi? Nunca assistimos juntos.

Ops. Penso naquelas tardes, colocando as crianças para ver algum programa infantil e assistindo ao programa de Will no meu iPad na cozinha enquanto esquentava o jantar deles. Ele olha para Will.

— Sem ofensa, cara. Eu ainda vou conseguir assistir.

Não é verdade. Dá para ver pelo seu modo de falar que não é verdade. Ele nem tentou parecer sincero.

— Imagina — diz Will suavemente.

— Ah — falo. — Nunca assisti ao programa inteiro. Eu... peguei os destaques, sabe.

— Como costumam dizer, quem se justifica muito... — diz Pete, e segura o ombro de Will, rindo. — Will, você tem uma fã!

Will dá uma gargalhada. Mas posso sentir o calor subindo pelo pescoço até minhas bochechas. Espero que esteja escuro o suficiente aqui para ninguém ver que estou corando.

Merda. Preciso de mais champanhe. Estendo a taça para ser preenchida.

— Ao menos sua esposa sabe como se divertir, cara — diz Duncan a Charlie.

Femi me serve, enchendo a flute até o topo.

— Opa — digo, quando a bebida chega até a borda —, já tem muito.

De repente ouço um "plinc" e sinto um pouco de líquido derramar no meu punho. Percebo, surpresa, que alguma coisa foi jogada em minha bebida.

— O que foi isso? — pergunto, confusa.

— Dê uma olhada — diz Duncan, rindo. — Um desafio. A rainha não pode se afogar. Você tem que beber tudo de uma vez.

Eu o fito, depois observo minha taça. No fundo há uma pequena moeda de cobre, o perfil austero da rainha.

— Duncan! — exclama Georgina, dando risadinhas. — Você é *horrível*!

Acho que não recebo um desafio desses desde que tinha dezoito anos. De repente todos estão me encarando. Olho para Charlie, buscando uma confirmação de que não preciso beber. Mas sua expressão é estranhamente suplicante. É o tipo de olhar que poderia muito bem receber de Ben: *Por favor, não me envergonhe na frente dos meus amigos, mãe.*

Isso é loucura, penso. Eu não preciso beber. Sou uma mulher de trinta e quatro anos. Nem conheço essas pessoas, elas não têm nenhum poder sobre mim. Não vão me obrigar a fazer isso...

— Vira...

— Vira!

Deus, eles começaram a fazer coro.

— Salve a Rainha!

— Ela está se afogando!

— *Vira, vira, vira.*

Posso sentir minhas bochechas ficando vermelhas. Para tirar os olhares de cima de mim, para parar o coro, levo a taça à boca e viro tudo de um gole só. O champanhe, que eu tinha achado uma delícia, está horrível agora, descendo pela garganta amargo e cortante, saindo pelo nariz, enquanto engulo e tusso ao mesmo tempo. Sinto um pouco da bebida escapar pelo meu lábio inferior. Sinto os olhos enchendo de lágrimas. Eu me sinto humilhada.

É como se todos tivessem entendido as regras do que está acontecendo. Todos, menos eu.

Depois, eles comemoram. Mas não acho que a comemoração seja para mim. Estão parabenizando a si mesmos. Sinto-me uma criança cercada por um grupo de crianças más no parquinho. Quando olho para Charlie, ele me dá uma piscadela gentil, se desculpando. De repente me sinto inteiramente sozinha. Viro de costas para o grupo, tentando esconder meu rosto.

Ao fazer isso, vejo de relance algo que faz meu sangue gelar.

Há alguém na janela, no escuro, olhando para dentro, nos observando em silêncio. O rosto está pressionado contra o vidro, as feições distorcidas em uma horrorosa máscara de gárgula, os dentes expostos em um sorriso horrível. Enquanto continuo encarando, incapaz de desviar o olhar, a criatura sibila uma única palavra.

BUUU.

Nem me dou conta da taça escapando de minha mão até ela explodir aos meus pés.

AGORA

A noite do casamento

Passam-se alguns minutos até a garçonete recuperar a consciência. Aparentemente, ela não está machucada, mas o que viu lá fora, seja o que for, a atingiu de tal maneira que ela ficou quase muda. O máximo que conseguem tirar da garota são gemidos baixos, palavras sem sentido.

— Eu pedi que ela fosse até o Folly pegar mais algumas garrafas de champanhe — diz a chefe das garçonetes, ela mesma com uns vinte anos, no máximo, sem ajudar grande coisa.

Há um silêncio palpável sob a tenda. Os convidados procuram seus entes queridos, conferindo se estão presentes e seguros. Mas é difícil distinguir alguém na aglomeração, todos um pouco fora dos eixos depois de um dia de farra. É difícil, também, por causa dessa estrutura moderna: a pista de dança fica em uma tenda, o bar em outra, o salão do jantar principal na maior.

— Ela pode ter se assustado — sugere um homem. — É uma adolescente. Está muito escuro lá fora, e ainda tem o vendaval.

— Mas parece que alguém precisa de ajuda — diz outro homem. — A gente deveria ir lá ver...

— Não dá para todo mundo ficar vagando pela ilha. — Eles escutam a cerimonialista. Ela tem uma autoridade natural, embora pareça tão chocada quanto o resto, o rosto esgotado e branco. — Está *mesmo* um vendaval. Além da escuridão. E tem o pântano, os despenhadeiros. Não quero que mais ninguém... se machuque, se foi isso que aconteceu.

— Ela deve estar se cagando de medo do seguro — murmura um homem.

— A gente deveria ir lá ver — sugere um dos padrinhos do noivo. — Alguns homens. Em grupo, para dar mais segurança.

A véspera

JULES
A noiva

— Pai! — exclamo. — Você assustou a Hannah, coitada!

Quer dizer, foi uma reação *um pouco* exagerada, derrubar a taça daquele jeito. Ela tinha mesmo que fazer uma cena? Abafo minha irritação quando Aoife começa a varrer os cacos, movendo-se discretamente entre nós com uma vassoura.

— Desculpe. — Meu pai sorri para todos quando entra na sala. — Pensei em dar um sustinho em vocês.

Seu sotaque está mais acentuado do que o normal, provavelmente por se encontrar em território familiar, ou quase. Ele cresceu em Gaeltacht, a parte de Galway que fala irlandês, não muito longe daqui. Papai não é um homem grande, mas consegue ocupar um espaço considerável e tem um porte imponente: ombros marcados, o nariz quebrado. É difícil para mim ter uma visão objetiva por causa do que ele representa para mim. Mas suponho que alguém de fora pensaria que ele foi um lutador de boxe ou coisa do tipo, mas não um empresário bem-sucedido do ramo imobiliário.

Séverine, a atual esposa do meu pai — francesa, quase da minha idade, vinte e cinco por cento decote e setenta e cinco por cento delineador líquido —, esgueira-se por trás dele, jogando sua longa crina de cabelo ruivo.

— Bem — digo a papai, ignorando Séverine (não vou me dar o trabalho de passar muito tempo com ela até que ultrapasse a marca dos cinco anos, o recorde do meu pai). — Você chegou... enfim.

Eu sabia que eles chegariam a essa hora. Tive que pedir a Aoife para arrumar um barco. Mas mesmo assim me perguntei se haveria alguma desculpa, algum atraso que significasse que ele não poderia chegar hoje. Não seria a primeira vez.

Reparo que Will e meu pai avaliam um ao outro disfarçadamente. Por mais estranho que pareça, na presença de meu pai, Will parece um pouco diminuído, um pouco menos ele mesmo. Olhando para a sua figura, camisa passada e calças de sarja, tenho medo de que pareça, aos olhos de meu pai, privilegiado e superficial, o protótipo do ex-aluno de colégio interno.

— Não acredito que só agora vocês vão se conhecer — digo.

Não foi por falta de tentativa. Will e eu fomos até Nova York especialmente para encontrá-lo alguns meses atrás. No último minuto, descobrimos que papai tinha sido convocado para uma viagem de negócios na Europa. Imaginei nossos aviões se cruzando em algum lugar sobre o Atlântico. Papai é um Homem Muito Ocupado. Ocupado demais, até mesmo para conhecer o noivo da filha até a véspera do casamento. Minha maldita vida inteira foi assim.

— É um prazer conhecer você, Ronan — diz Will, estendendo a mão.

Papai ignora o gesto e o agarra pelos ombros.

— O famoso Will — diz ele. — Enfim nos conhecemos.

— Ainda não particularmente famoso — brinca Will, dando a papai um sorriso vencedor.

Estremeço. Um raro deslize. Pareceu um ato de falsa modéstia, e tenho absoluta certeza de que papai não disse "famoso" se referindo ao programa de TV. Papai não é fã de celebridades, nem de ninguém fazendo fortuna por qualquer outra coisa que não seja trabalho duro. Ele venceu na vida por conta própria e se orgulha disso.

— E esta deve ser a Séverine — diz Will, inclinando-se para lhe dar dois beijinhos. — Jules falou tanto de você... e dos gêmeos.

Não, eu não falei. Os gêmeos, a prole mais recente do meu pai, não foram convidados.

Séverine abre um sorriso insinuante, derretendo-se com o charme do meu noivo. Isso não vai ajudar Will a subir no conceito do papai. Eu queria não me importar com o que ele pensa. E ainda assim estou aqui, paralisada, observando enquanto os dois circulam um em torno do outro naquele espaço reduzido. É excruciante. Sinto algum alívio quando Aoife entra e nos diz que o jantar vai ser servido.

Aoife é o tipo de mulher de que eu gosto: organizada, competente, discreta. Ela transmite uma frieza, um distanciamento, que, suponho, não agrada todo mundo. Eu prefiro assim. Não quero alguém fingindo ser minha melhor amiga quando está recebendo para fazer algo para mim. Gostei de Aoife desde a primeira vez em que nos falamos ao telefone, e estou meio tentada a lhe perguntar se consideraria deixar tudo isso para ir trabalhar na *The Download*. Ela pode parecer bem despretensiosa, mas tem um lado mais severo.

Passamos para a sala de jantar. Minha mãe e meu pai, como planejado, estão sentados cada um em uma ponta da mesa, fisicamente o mais distante possível um do outro. Não sei nem se meus pais trocaram mais do que poucas palavras desde os anos noventa, e provavelmente é melhor para a harmonia do fim de semana que permaneçam assim. Séverine, por outro lado, está tão perto do meu pai que por pouco não está sentada no colo dele. Eca: ela pode não ter nem metade da idade dele, mas mesmo assim está na casa dos trinta, não é uma adolescente.

Esta noite, pelo menos, todos parecem estar se comportando bem. Acho que as diversas garrafas de Bollinger 1999 que bebemos provavelmente estão ajudando. Até minha mãe está sendo bastante cordial, desempenhando o papel de mãe da noiva com desenvoltura. Seu talento como atriz sempre parece aflorar mais na vida real do que no palco.

Agora Aoife e o marido chegam trazendo as entradas: sopa cremosa de peixe salpicada de salsinha.

— Esses são Aoife e Freddy — apresento a todos.

Não digo que são os anfitriões porque, na verdade, eu sou a anfitriã. Estou pagando por esse privilégio. Então acrescento:

— São os proprietários do Folly.

Aoife assente brevemente.

— Se precisarem de alguma coisa, falem com um de nós dois — diz ela. — Espero que todos aproveitem a estada aqui. E o casamento amanhã é o nosso primeiro na ilha, então será particularmente especial.

— Está lindo — diz Hannah, amável. — E parece delicioso.

— Obrigado — responde Freddy, deixando a voz sair.

Ele é inglês, percebo. Eu tinha presumido que era irlandês, como Aoife.

A cerimonialista assente.

— Nós mesmos pegamos os mexilhões hoje de manhã.

Uma vez que estamos todos servidos, a conversa em volta da mesa continua, com exceção de Olivia, que permanece muda, encarando o prato.

— Tantas memórias boas de Brighton — diz minha mãe para Hannah. — Sabe, atuei lá algumas vezes.

Ah, meu Deus. Não vai demorar para ela começar a contar a todo mundo sobre a vez em que fez sexo com penetração em cena para um filme artístico (nunca foi lançado, provavelmente agora está em sites pornôs).

— Ah — responde Hannah —, nos sentimos um pouco culpados por não irmos ao teatro com muita frequência. Onde você atuou? No Teatro Royal?

— Não — responde mamãe, com aquele tom ligeiramente arrogante que flui em sua voz quando ela é pega no flagra. — É um pouco mais charmoso do que isso. — E balança da cabeça. — Se chama "A Lanterna Mágica". Em Lanes. Você conhece?

— É... não. — E Hannah acrescenta, rapidamente: — Mas, como eu estava dizendo, estamos tão por fora que não conheceríamos de qualquer jeito, mesmo que fosse o lugar da moda.

Ela é gentil, Hannah. É uma das coisas que sei a seu respeito. Isso meio que... sai naturalmente. Eu me lembro de pensar, quando a conheci: ah, é isso que Charlie quer. Alguém amável. Uma mulher delicada e calorosa. Eu sou demais para ele. Sou irritada demais, impulsiva demais. Ele nunca teria me escolhido.

Não tenho mais inveja de Hannah, lembro a mim mesma. Charlie pode já ter sido o gostosão do clube de vela, mas hoje não é mais o mesmo; tem uma pança no lugar da barriga sarada e bronzeada. E se acomodou na carreira também. Se eu tivesse alguma coisa a ver com sua vida, ele estaria lutando por um cargo de vice-diretor. Não há nada menos sexy do que falta de ambição, não é mesmo?

Observo Charlie até seus olhos encontrarem os meus — me certifico de ser a primeira a desviar o olhar. E me pergunto: será que agora é *ele* que está com ciúmes? Já percebi a postura desconfiada que ele assume na presença de Will, como se estivesse tentando encontrar um defeito. Eu o peguei observando nós dois durante os drinques. E senti aquilo novamente, como Will e eu formamos um casal bonito, imaginando a cena pelos olhos de Charlie.

— Que *delícia* — diz mamãe para Hannah. — Cinco anos é uma idade adorável. — Ela certamente está fazendo um ótimo trabalho fingindo interesse. — E como estão os seus dois, Ronan? — pergunta para o outro lado da mesa.

Fico me perguntando se foi um desprezo intencional, não incluir Séverine na pergunta. Na verdade, que se dane, não preciso saber. Apesar de ela se esforçar bastante para passar um ar de descontração, muito pouco do que a minha mãe faz não tem segundas intenções.

— Eles estão bem — responde ele. — Obrigada, Araminta. Vão começar a creche logo, não vão? — Ele se vira para Séverine.

— *Oui* — confirma ela. — Estamos procurando uma creche em que falem francês. É tão importante que eles cresçam... hum... bilíngues, como eu.

— Ah, você é bilíngue? — pergunto.

Não consigo evitar o desdém. Se Séverine percebeu, não reagiu.

— *Oui* — responde, dando de ombros. — Eu frequentei um colégio interno parra meninas no Reino Unido quando eu erra pequena. E meus irmons também forram parra um colégio de meninos lá.

— Meu Deus — diz mamãe, ainda falando somente com papai. — Tudo isso deve ser *exaustivo* na sua idade, Ronan. — Antes que ele tenha a chance de responder, ela bate palmas. — Enquanto estamos entre os pratos — continua, levantando-se —, eu gostaria de falar uma coisinha.

— Não precisa, mãe — retruco.

Todos riem. Mas não estou brincando. Ela está bêbada? É difícil avaliar, todos nós bebemos bastante. E não acho que faça tanta diferença para minha mãe, de qualquer modo. A inibição nunca foi uma de suas características.

— Para minha Julia — diz ela, levantado a taça. — Desde garotinha, você sempre soube *exatamente* o que queria. E ai daqueles que ficassem no seu caminho! Eu nunca fui assim. O que eu quero sempre muda de semana para semana, que é provavelmente o motivo de se eu sempre ter sido tão infeliz. Enfim: você sempre soube. E corre atrás do que quer.

Ah, meu Deus. Ela está fazendo isso porque eu a proibi de fazer um discurso no casamento. Tenho certeza. Ela continua:

— Eu soube no momento em que você me falou do Will que ele era o que você queria.

Não *tão* clarividente como parece, visto que eu contei a ela, nessa mesma conversa, que estávamos noivos. Mas mamãe nunca deixa fatos inconvenientes atrapalharem uma boa história.

— Eles não parecem maravilhosos juntos?

Murmúrios de concordância dos outros. Eu não gosto da ênfase que notei na palavra "parecem".

— Eu sabia que Jules precisava encontrar alguém tão motivado quanto ela — continua mamãe.

E havia uma rispidez na maneira como ela disse "motivado"? Difícil ter certeza. Capturo o olhar de Charlie do outro lado da mesa. Não é de hoje que ele sabe como minha mãe é. Ele pisca para mim, e sinto um calor secreto no estômago.

— E ela tem tanto estilo, a minha filha. A gente sabe disso, não é? Sua revista, sua linda casa em Islington, e agora esse homem maravilhoso aqui. — Ela coloca a mão de unhas vermelhas no ombro de Will. — Você sempre teve bom gosto, Jules.

Como se eu tivesse escolhido um par de sapatos. Como se eu estivesse me casando com Will porque ele se encaixa perfeitamente na minha vida...

— E pode parecer loucura para outras pessoas — continua ela. — Arrastar todo mundo para esta ilha congelante e abandonada no meio do nada. Mas é importante para Jules, então é isso que interessa.

Eu não gosto de como isso soa também. Estou rindo com os outros. Mas no fundo estou me segurando. Quero me levantar e fazer meu próprio discurso, como se ela fosse a advogada de acusação, e eu, a de defesa. Não é essa a sensação que um discurso de alguém que ama você deve despertar, certo?

Eis a verdade que a minha mãe não vai falar: se eu não soubesse o que queria, e não corresse atrás, não teria chegado a lugar algum. Tive que abrir meu próprio caminho. Porque minha mãe não ajudaria em droga nenhuma. Olho para ela, no seu vestido preto de chifon, parecendo um antivestido de noiva, e seus brincos brilhantes, segurando sua taça borbulhante de champanhe, e penso: você não entendeu. Este não é o seu momento. Você não o criou. Eu o criei *apesar* de você.

Seguro a ponta da mesa com uma das mãos, com força, me ancorando. Com a outra, pego minha taça de champanhe e tomo um longo gole. *Diga que você está orgulhosa de mim*, penso. E aí tudo vai ficar bem. *Diga, e eu te perdoo.*

— Isso pode parecer um pouco imodesto — diz mamãe, tocando o esterno. — Mas preciso dizer que estou orgulhosa de mim mesma, por ter criado uma filha tão independente e determinada.

Então ela faz uma pequena reverência, como se estivesse na frente de um público caloroso, que fielmente bate palmas quando ela se senta.

Estou tremendo de raiva. Olho para a flute de champanhe na minha mão e me imagino, por um delicioso e delirante segundo, esmagando-a na mesa, acabando com aquilo tudo. Respiro fundo. E, em vez de disso, me levanto para fazer meu próprio brinde. Serei amável, agradecida, afetuosa.

— Muito obrigada a todos por terem vindo — digo.

Com todas as minhas forças mantenho meu tom caloroso. Estou tão acostumada a dar instruções para meus funcionários que preciso trabalhar para tirar a nota de autoridade da voz. Sei que algumas mulheres se queixam de não conseguirem transmitir firmeza e seriedade. Se eu tenho algum problema, é o oposto. Na nossa festa de Natal, uma das minhas funcionárias, Eliza, ficou bêbada e me disse que tenho cara de escrota constantemente. Eu deixei passar, porque ela estava bêbada e não se lembraria de ter falado isso na manhã seguinte. Mas *eu* certamente não esqueci.

— Estamos tão felizes de ter vocês todos aqui — digo. Sorrio. Sinto o batom seco e duro nos meus lábios. — Sei que foi uma longa viagem... e que é difícil tirar um tempo para se afastar de tudo. Mas, no momento que tomei conhecimento desse lugar, eu soube que era perfeito. Para o Will, tão ligado ao ar livre. E como uma alusão às minhas raízes irlandesas. — Olho para o meu pai, que sorri. — Ver todos vocês juntos aqui, nossos amigos mais próximos e queridos, significa tanto para mim. Para nós dois.

Ergo a taça para Will, e ele ergue a dele. Ele é tão melhor do que eu nisso. Exala charme e calor sem nem tentar. Posso fazer com que as pessoas me obedeçam, com certeza. Mas nem sempre consigo fazer com que gostem de mim. Não como meu noivo consegue. Ele me dá um sorriso malicioso, uma piscadela, e eu imagino a gente continuando o que começamos mais cedo, no quarto...

— Eu não acreditava que esse dia chegaria — continuo, me recompondo. — Estive tão ocupada com a *The Download* nos últimos anos que achava que nunca teria tempo de conhecer alguém.

— Não se esqueça — interrompe Will. — Eu tive que me esforçar muito para convencer você a sair comigo.

Ele está certo. De alguma forma, parecia bom demais para ser verdade. Ele me contou depois que havia acabado de sair de um relacionamento tóxico, que também não estava procurando nada. Mas nós realmente nos conectamos naquela festa.

— Estou tão feliz que você tenha feito isso. — Abro um sorriso para ele. Ainda parece um tipo de milagre, como tudo aconteceu de maneira tão rápida e fácil. — Se eu acreditasse nessas coisas, poderia pensar que fomos unidos pelo destino.

Will sorri para mim. Nossos olhares se conectam, e é como se não houvesse mais ninguém lá. Então de repente penso naquele maldito bilhete. E sinto o sorriso vacilar ligeiramente nos meus lábios.

JOHNNO

O padrinho

Está muito escuro lá fora. A fumaça das lareiras enche a sala, então todos parecem diferentes, com uma névoa em volta das silhuetas. Não exatamente como si mesmos.

Seguimos para o próximo prato, uma sofisticada torta de chocolate amargo. Tento cortá-la e sai tudo voando do meu prato, migalhas de massa explodindo para todo lado.

— Precisa que alguém corte sua comida, garotão? — zomba Duncan, da ponta da mesa.

Ouço os outros caras rindo. É como se nada tivesse mudado. Eu os ignoro.

Hannah se vira para mim e pergunta:

— Então, Johnno, você também mora em Londres?

Percebi que gosto da Hannah. Ela parece gentil. E gosto do seu sotaque da região norte e dos piercings no alto da sua orelha, que deixam ela com cara de garota que curte uma festa, apesar de pelo visto ser mãe de duas crianças. Aposto que Hannah consegue ser bem selvagem quando quer.

— Por Deus, não — respondo. — Odeio a capital. Prefiro o interior sempre. Preciso de espaço para circular livremente.

— Você gosta muito de natureza, então? — continua.

— Sim. Podemos dizer que sim. Eu trabalhava em um centro de aventuras no Lake District. Ensinando a escalar, truques para se virar no meio do mato, essas coisas.

— Ah, uau, acho que faz sentido, porque foi você que organizou a despedida de solteiro, certo?

Ela sorri para mim e eu me pergunto o quanto sabe sobre a despedida de solteiro.

— Sim. Fui eu.

— Charlie não contou muita coisa. Mas ouvi dizer que haveria caiaque e escalada e coisas do tipo.

Ah, então ele não contou para ela nada do que aconteceu. Não estou surpreso. Pensando bem, se eu fosse ele, provavelmente também não contaria. Quanto menos se falar sobre aquilo, melhor. Vamos torcer para que ele tenha escolhido deixar o passado no passado. Coitado. Não foi ideia minha, aquilo tudo.

— Bem, é — continuo. — Sempre gostei dessas coisas.

— Sim! — exclama Femi. — Foi Johnno que descobriu como escalar a parede para subirmos no telhado da quadra de esportes. E você subiu naquela árvore gigante do lado de fora do refeitório, não foi?

— Ah, meu Deus — diz Will a Hannah. — Não deixe que esses caras comecem a falar dos tempos de escola. Não vão parar nunca.

Hannah sorri para ele.

— Parece que você poderia ter seu próprio programa de TV, Johnno.

— Bem — comento. — Engraçado você falar isso, mas eu de fato fiz um teste para o programa.

— Fez? — pergunta Hannah. — Para o *Sobreviva à Noite*?

— Sim. — Ah, Nossa. Por que eu falei isso? *Johnno burro, sempre falando mais do que deveria*. Meu Deus, é humilhante. — Sim, bem, eles fizeram um teste de vídeo, de nós dois, e...

— E Johnno chegou à conclusão de que aquela porcaria não era para ele, não foi? — interrompe Will.

É legal da parte dele tentar me poupar de vergonha. Mas não vejo sentido em mentir agora, devo dizer.

— Ele está sendo um bom amigo — respondo. — A verdade é que meu teste foi uma merda. Basicamente me disseram que eu não fico bem nas câmeras. Não sou como nosso garoto aqui... — Eu me inclino para a frente e bagunço o cabelo de Will, que se afasta, rindo. — Quer dizer, ele está certo.

Não era para mim mesmo. Eu não ia aguentar toda aquela maquiagem que eles tacam na sua cara, as roupas que obrigam você a usar. Não que tenha alguma coisa errada com o que você faz, cara.

— Não me ofendi — diz Will, levantando as mãos.

Ele tem um talento natural para a tela, uma capacidade de ser quem as pessoas quiserem, não importa quem. Quando está no programa, percebo que controla o sotaque, soa um pouco mais como "uma pessoa qualquer". Mas quando está com os caras ricos, os caras de escola particular, que vieram das melhores versões do tipo de escola onde nós dois estudamos, é um deles. Cem por cento.

— De qualquer modo — digo para Hannah. — Faz sentido. Quem iria querer essa fuça horrível na TV, não é? — Faço uma careta.

Vejo Jules desviar os olhos de mim como se eu estivesse me envergonhando. Vaca metida.

— Então de onde surgiu a ideia do programa, Will? — pergunta Hannah.

Eu agradeço por ela tentar mudar de assunto, me poupar de mais humilhação.

— Sim — diz Femi. — Sabe, eu estava pensando nisso. Foi o Sobrevivente?

— Sobrevivente? — Hannah se vira para mim.

— Era um jogo que jogávamos na escola — explica Femi.

A esposa de Duncan, Georgina, entra na conversa:

— Ah, meu Deus. Duncan me contou umas histórias sobre isso. Umas coisas horríveis mesmo. Ele me contou que os garotos eram arrancados das camas de noite, deixados no meio do nada...

— Sim, era isso que acontecia — confirma Femi. — Eles sequestravam um garoto mais novo, tiravam da cama e levavam o mais longe possível da escola, bem no meio da propriedade.

— E estamos falando de uma propriedade enorme — acrescenta Angus. — E no meio do nada. Escuro como breu. Sem luz de lugar nenhum.

— Que coisa de bárbaros! — exclama Hannah, os olhos arregalados.

— Era uma grande tradição — explica Duncan. — Fazem isso há centenas de anos, desde a fundação da escola.

— Will nunca passou por isso, não é, cara? — Femi se vira para ele.

Will levanta as mãos.

— Ninguém nunca foi me pegar.

— É — diz Angus —, porque todos se cagavam de medo do seu pai. Colocavam uma venda nos olhos do garoto da vez — ele se vira para Hannah —, então ele não sabia onde estava. Às vezes, ficava até amarrado em uma árvore, ou uma cerca, e tinha que se soltar. Eu me lembro quando foi a minha vez...

— Você se mijou — completa Duncan.

— Não me mijei nada — replica Angus.

— Se mijou, *sim* — confirma Duncan. — Não vá pensando que nós esquecemos. Mijão.

Angus toma um gole de vinho.

— Está certo, bem, um *monte* de gente também se mijou. Eu estava morrendo de medo, porra.

Eu me lembro do meu Sobrevivente. Embora todo mundo soubesse que ia acontecer alguma hora, nada nos preparava para o momento em que realmente vinham nos buscar.

— A coisa *mais louca* — diz Georgina — é que Duncan não parece achar que era uma coisa ruim. — Ela se vira para ele. — Não é, querido?

— Aquilo moldou quem sou hoje — explica Duncan.

Olho para ele, sentado com as mãos nos bolsos e o peito estufado, como se fosse o rei de tudo ao redor, como se fosse o dono do lugar. E me pergunto como aquilo o moldou, exatamente.

Penso no que me moldou.

— Acho que era inofensivo — opina Georgina —, não é como se alguém tivesse morrido, não é? — Ela dá uma risadinha.

Eu me lembro de acordar, ouvir os sussurros na escuridão que me rodeava. *Segure as pernas dele... você pega a cabeça*. E das risadas enquanto eles me seguravam e amarravam a venda nos meus olhos. Depois as vozes. Gritos e vivas, talvez — mas com a venda tapando também minhas orelhas soavam como animais: uivos e berros. Lá fora, no ar da noite, congelando com os pés descalços. Chacoalhando rápido sobre o chão irregular — um carrinho de mão, acho eu — por tanto tempo que achei que tivéssemos saído do terreno da escola. Então eles me largaram, na mata. Completamente sozinho. Nada além das batidas do meu coração e os barulhos secretos da mata. Tirando a venda, continuei vendo apenas escuridão, nem lua para iluminar. Galhos arranhando meu rosto, árvores tão próximas umas das outras que parecia que não havia uma passagem entre elas, como se estivessem me espremendo. Muito frio, um gosto metálico como sangue no fundo da garganta. Estalos de gravetos sob meus pés descalços. Andando por quilômetros, provavelmente em círculos. A noite inteira, pela mata, até o sol nascer.

Quando voltei para o prédio da escola, senti como se tivesse renascido. Fodam-se os professores que me disseram que eu nunca serviria para nada. Como se eles algum dia tivessem sobrevivido a uma noite daquelas. Eu me senti invencível. Como se fosse capaz de fazer qualquer coisa.

— Johnno — chama Will —, eu estava dizendo que é hora de pegar seu uísque. Para experimentar. — Ele se levanta da mesa e vai buscar uma das garrafas.

— Ah — diz Hannah —, posso olhar? — Ela pega a garrafa de Will. — O design é muito legal, Johnno. Você encomendou de alguém?

— Sim. Tenho um amigo em Londres que é designer gráfico. Ele fez um bom trabalho, não é?

— Sem dúvida — concorda ela, assentindo e tracejando as letras com o dedo. — É isso que eu faço. Sou ilustradora profissional. Mas parece que não trabalho há um milhão de anos agora. Estou de licença-maternidade permanente.

— Posso dar uma olhada? — pergunta Charlie. Ele pega a garrafa e lê o rótulo, franzindo a testa. — Você fez parceria com alguma destilaria? Porque diz aqui que é envelhecido por doze anos.

— Sim — respondo, sentindo-me em uma entrevista, ou em um teste. Como se ele estivesse tentando me desmascarar. Talvez seja coisa de professor de escola. — Fiz.

— Bem — diz Will, abrindo a garrafa com um floreio. — A prova de fogo! — Ele grita para a cozinha: — Aoife... Freddy. Podem nos trazer uns copos de uísque, por favor?

Aoife traz alguns em uma bandeja.

— Pegue um para você também — diz Will, como se ele fosse o lorde da propriedade — e para Freddy. Todos vamos provar! — Então, quando Aoife tenta negar com um gesto de cabeça: — Eu insisto!

Freddy vem, arrastando os pés, e para ao lado da esposa. Ele mantém o olhar baixo e mexe na fita do avental enquanto os dois ficam lá parados, constrangidos. *Cara esquisito,* Duncan sibila para o resto de nós. Ainda bem que o sujeito está olhando para o chão.

Dou uma conferida em Aoife. Ela não é tão velha quanto achei a princípio: talvez tenha uns quarenta anos, por aí. Mas se veste como mais velha. É bonita também — uma beleza refinada. Eu me pergunto o que ela está fazendo com um marido tão desmancha-prazeres.

Will serve o uísque. Jules pede para botar só um dedinho:

— Lamento, mas nunca fui de beber uísque.

Ela toma um gole e a vejo estremecer antes de ter tempo de colocar a mão na boca para esconder. Mas a mão só chama mais atenção. O que talvez, pensando bem, fosse sua intenção. Está bem claro que ela não é a minha maior fã.

— É bom, cara — elogia Duncan. — *Lembra* um pouco o Laphroaig, sabe?

— Sim — digo. — Acho que sim. — Confio na opinião de Duncan quando o assunto é uísque.

Aoife e Freddy engolem suas doses o mais rápido possível e voltam depressa para a cozinha. Entendo. Minha mãe trabalhava no country clube local — provavelmente os pais de Angus e Duncan eram sócios de lá ou de algum clube parecido. Ela dizia que os golfistas às vezes tentavam oferecer alguma bebida, achando que estavam sendo muito generosos, mas só causavam constrangimento.

— Achei gostoso à beça — comenta Hannah. — Estou surpresa. Preciso dizer, Johnno, normalmente não sou fã de uísque. — Ela toma outro gole.

— Bem — diz Jules. — Nossos convidados são muito sortudos. — Ela sorri para mim.

Mas sabe aquela coisa que dizem sobre o sorriso não chegar aos olhos? Foi exatamente isso.

Abro um sorriso para todos eles. Mas estou um pouco nervoso. Acho que foi toda aquela conversa sobre o Sobrevivente. É difícil lembrar que, para eles, para basicamente todos os outros ex-alunos da Trevellyan's, era só um jogo.

Olho para Will. Ele está com a mão na nuca de Jules, rindo para todos em volta. Parece um homem que tem tudo na vida. E suponho que tenha mesmo. Então penso: não o afeta também, toda a conversa sobre antigamente? Nem um pouquinho?

Preciso afastar esse pensamento esquisito. Eu me estico para pegar a garrafa de uísque no meio da mesa.

— Acho que está na hora de um jogo de bebida — decido.

— Ah... — diz Jules, provavelmente prestes a negar, mas é abafada pelos gritos de aprovação dos caras.

— Sim! — berra Angus. — Tapão?

— Isso! — responde Femi. — Como no colégio! Lembram das doses de enxaguante bucal que virávamos? Porque tinha cinquenta por cento de teor alcoólico?

— Ou daquela vodca que você conseguiu contrabandear, Dunc — lembra Angus.

— Tudo bem — digo, saltando da mesa. — Vou pegar um baralho. — Já estou me sentindo melhor agora que tenho algo para me distrair.

Vou até a cozinha e encontro Aoife parada de costas para mim, verificando uma espécie de lista em uma prancheta. Quando tusso, ela dá um pulinho.

— Aoife, querida, você tem um baralho?

— Tenho. — Ela dá um passo para se afastar, como se tivesse medo de mim. — Claro. Acho que tem um na sala de estar. — Seu sotaque é bonito. Sempre gostei de garotas irlandesas. Ela pronuncia o "t" carregado, o que me faz sorrir.

Seu marido está lá também, ocupado no fogão.

— Está preparando as coisas para amanhã? — pergunto, enquanto espero por Aoife.

— Uhum — responde ele, sem fazer contato visual.

Fico aliviado quando Aoife volta com o baralho depois de mais ou menos um minuto.

De volta à mesa, distribuo as cartas.

— Vou sair para dormir meu sono da beleza — anuncia a mãe de Jules. — Nunca fui chegada a muita bebida.

Não é verdade, vejo Jules murmurar. O pai da noiva e a madrasta francesa gostosa pedem licença também.

— Para mim não — diz Hannah. Ela olha para Charlie. — Tivemos um longo dia, não é, amor?

— Não sei... — fala Charlie.

— Vamos lá, garotão — incentivo. — Vai ser divertido! Viva um pouco!

Ele não parece convencido.

As coisas perderam um pouco o rumo na despedida de solteiro. Charlie, pobre companheiro, não estudou em uma escola como a nossa, então realmente não estava preparado para aquilo. Ele é só um... professor de geografia. Sinto como se ele tivesse ido para algum lugar sombrio naquela noite. Qualquer um teria, imagino. Ele mal falou com qualquer um de nós pelo resto do fim de semana.

Foi porque reunimos aquele grupo de rapazes de novo, acho. A maioria frequentou Trevellyan's. Estávamos todos ligados por aquele lugar. Não como Will e eu estamos ligados — isso é uma coisa só nossa. Mas estamos todos unidos pelas outras coisas. Os rituais, a amizade masculina. Quando nos juntamos, há um tipo de mentalidade de grupo.

Acabamos seguindo a onda.

HANNAH

A acompanhante

Desde o incidente com a moeda, fiquei mais cuidadosa em relação aos amigos do noivo. Quanto mais bebem, mais coisas vêm à tona: coisas sombrias e cruéis, escondidas por trás do comportamento de alunos de colégio interno particular. E odeio perceber que meu marido está se comportando como um adolescente que quer ser aceito nesse grupo.

— Tudo bem — diz Johnno. — Todo mundo pronto? — Ele olha ao redor da mesa.

Já defini o que tem de esquisito em seus olhos. São tão escuros que não dá para dizer onde a íris termina e a pupila começa. Essa característica lhe confere um olhar estranho, vazio, de modo que, mesmo quando ele está rindo, parece que seus olhos não acompanham. E o resto do seu rosto é um pouco expressivo demais, em comparação, alterando-se a cada poucos segundos, a boca muito grande e inquieta. Existe uma espécie de energia maníaca nele. Espero que seja inofensiva. Como um cachorro que pula em cima de você, grande e assustador, mas na verdade só quer pegar a bolinha... não morder o seu rosto.

— Charlie — diz Johnno. — Você *vai* jogar conosco?

— Charlie — murmuro, tentando atrair a atenção do meu marido.

Ele mal olhou para mim a noite toda, ocupado demais com Jules ou tentando ser um dos rapazes da turma. Mas quero fazer com que ele abra os olhos.

Charlie é um homem bastante moderado: raramente levanta a voz, raramente fica bravo com as crianças. Quando elas são repreendidas, em geral é por minha conta. Então não é como se ele assumisse uma versão mais intensa de si mesmo quando bebe, o álcool não potencializa seus defeitos. Na vida cotidiana, ele nem tem muitos defeitos. Bom, talvez toda aquela raiva esteja lá, escondida, em algum lugar sob a superfície. No entanto, eu poderia jurar, nas poucas vezes em que o vi bêbado, que é como se meu marido fosse encarnado por outra pessoa. E isso é ainda mais apavorante. Ao longo dos anos, aprendi a reconhecer os sinais mais imperceptíveis. A boca levemente frouxa, as pálpebras caídas. Tive que aprender porque sei que o estágio seguinte não é nada bonito. É como se detonassem uma pequena dinamite dentro do seu cérebro.

Finalmente, Charlie olha para mim. Balanço a cabeça, lenta e deliberadamente, para não deixar dúvidas quanto ao recado. *Não faça isso.*

— Que porra é essa? — cacareja Duncan. Ah, meu Deus, ele percebeu o meu gesto e se vira para Charlie. — Ela te mantém em rédea curta, garotão?

As orelhas de Charlie ficam vermelhas.

— Não — responde. — É claro que não. Tudo bem. Estou dentro.

Merda. Estou dividida entre querer ficar para tentar impedi-lo de fazer alguma coisa estúpida e achar que devo ir embora, sem me preocupar com as consequências, e deixá-lo se estrepar. Principalmente depois de todo aquele flerte tão pouco sutil com Jules.

— Eu dou as cartas — se oferece Johnno.

— Espere — interrompe Duncan, ficando de pé e batendo palmas. — Temos que falar o lema da escola primeiro.

— Isso mesmo — concorda Femi, e se junta a ele. Angus também se levanta. — Venham, Will, Johnno. Pelo velhos tempos e coisa e tal.

Johnno e Will se levantam.

Eu os observo: todos, salvo Johnno, elegantemente vestidos, as camisas brancas e as calças escuras, relógios caros no punho. Fico imaginando por que esses homens, que aparentemente se deram tão bem na vida, ainda estão obcecados com a época da escola. Não consigo me imaginar falando insistentemente sobre aquela porcaria de escola que frequentei, a Dunraven High. Não guardei nenhum ressentimento dela, mas tampouco fico pensando muito a respeito. Como todo mundo, saí com uma camisa de uniforme toda rabiscada e nunca mais olhei para trás. Para esses homens, a vida não era sair da escola às três e meia da tarde e correr para a frente da televisão para assistir a *Hollyoaks* — eles devem ter passado boa parte da infância trancados naquele lugar.

Duncan começa a batucar devagar com o punho na mesa. Olha ao redor, incentivando os outros a fazerem o mesmo. E eles fazem. Gradativamente, o batuque vai ficando mais alto, mais rápido, mais frenético.

— *Fac fortia et patere* — recita Duncan, em uma língua que imagino que seja latim.

— *Fac fortia et patere* — repetem os outros.

E então, em uma espécie de murmúrio baixo e intenso:

— *Flectere si nequeo superos,*
Acheronta movebo.
Flectere si nequeo superos,
Acheronta movebo!

Observo os homens, como seus olhos parecem brilhar à luz das velas tremeluzentes. Seus rostos estão corados — estão animados, embriagados. Sinto um formigamento na coluna. Com as velas e a escuridão instalando-se através das janelas e o estranho ritmo do canto, do batuque, a sensação é que de repente estou assistindo a um ritual satânico. Há um elemento ameaçador, tribal. Coloco a mão no peito e sinto o coração batendo rápido demais, como o de um animal assustado.

O batuque se intensifica para um clímax, até ficar tão frenético que os pratos e os talheres estão pulando por toda a mesa. Um copo que estava na beirada cai no chão e se despedaça. Ninguém além de mim percebe.

— *Fac fortia et patere!*
Flectere si nequeo superos,
Acheronta movebo!

E então, exatamente no segundo que sinto que não consigo mais tolerar aquilo, todos dão um urro e param. Eles se encaram. Suas testas brilham de suor. Suas pupilas parecem maiores, como se tivessem usado alguma droga.

Grandes risadas de hienas agora, os dentes à mostra, tapinhas nas costas uns dos outros, socos com força suficiente para machucar. Reparo que Johnno não está rindo tão alto quanto os outros. Seu riso de certa forma não convence.

— Mas o que significa? — pergunta Georgina.

— Angus — diz Femi, a fala enrolada —, você é o especialista em latim.

— A primeira parte — explica Angus — é a seguinte: "Realize feitos corajosos e aguente firme", que era o lema da escola. A segunda foi acrescentada por nós, alunos: "Se não consigo mover o céu, então vou despertar o inferno." Era entoada nos jogos de rúgbi.

— E em outras ocasiões também... — diz Duncan, com um sorriso malicioso.

— É tão ameaçador... — observa Georgina.

Mas ela está encarando seu marido vermelho, suado, com os olhos selvagens, como se nunca o tivesse achado tão atraente.

— Era mais ou menos esse o propósito.

— Muito bem, *damas*! — grita Johnno. — Hora de parar a brincadeira e começar a beber de verdade.

Mais um urro de aprovação. Femi e Duncan misturam o uísque com o vinho, mais o molho que sobrou da refeição, sal e pimenta; assim, o resultado é uma sopa marrom nojenta. E então o jogo começa: todos os rapazes batendo as mãos na mesa e berrando a plenos pulmões.

Angus é o primeiro a perder. Enquanto bebe, derrama a mistura no branco imaculado de sua camisa, manchando-a de marrom. Os outros zombam dele.

— Idiota! — grita Duncan. — A maior parte desceu pelo seu pescoço.

Angus engole o último trago e engasga. Seus olhos estão arregalados.

Will vem a seguir. Ele devora tudo com habilidade. Observo os músculos de seu pescoço se mexendo. Ela vira o copo de cabeça para baixo sobre a própria cabeça e ri, sarcástico.

O próximo a terminar todas as cartas é Charlie. Ele fita o copo e respira fundo.

— Vamos nessa, mariquinhas! — grita Duncan.

Não consigo assistir à cena. Não preciso assistir. Dane-se o Charlie, penso. Este deveria ser o nosso fim de semana juntos. Se ele quer se afundar desse jeito, que se afunde. Sou esposa, não a mãe dele. Eu me levanto.

— Vou dormir. Boa noite para todos.

Mas ninguém responde, nem mesmo olham para mim.

* * *

Entro na sala de estar contígua e, ao atravessá-la, paro em choque. Uma figura está sentada no sofá, na penumbra. Depois de um tempo, reconheço Olivia.

— Ah, oi — digo.

Ela ergue o olhar. As longas pernas estão estendidas, os pés, descalços.

— Oi.

— Já cansou daquilo lá?

— Já.

— Eu também — digo. — Vai ficar acordada ainda um tempinho?

Ela dá de ombros.

— Não vale a pena ir para a cama. Meu quarto é bem ao lado *daquilo*.

Como se aproveitasse a deixa, ecoa uma explosão de gargalhadas debochadas da sala de jantar. Alguém urra:

— Beba! Pode ir virando tudo!

E depois um coro: *Vira, vira, vira* — que se transforma de repente em *desperte o inferno, desperte o inferno, DESPERTE O INFERNO!* Sons da mesa sendo esmurrada. Depois alguma coisa quebrando — outro copo? Uma voz arrastada:

— Johnno, seu babaca estúpido!

Pobre Olivia, sem escapatória. Fico parada perto da porta.

— Tudo bem — diz ela. — Não preciso de ninguém para me fazer companhia.

No entanto, sinto que devo ficar. Sinto-me mal por ela. E, para falar a verdade, percebo que *quero* ficar. Gostei de estar com ela mais cedo na gruta, fumando. Havia um quê de emocionante naquilo, uma empolgação estranha. Conversar com ela, o gosto do tabaco, quase pude me imaginar aos dezenove anos de novo, falando dos rapazes com quem eu tinha dormido; não mais a mãe de dois, com financiamentos até a raiz dos cabelos. E também há o fato de que Olivia me faz lembrar alguém. Só não sei quem. Isso me incomoda, como se eu tentasse achar uma determinada palavra que, mesmo na ponta da língua, ficasse escapando.

— Na verdade — digo —, não estou tão cansada assim. E não tenho que acordar cedo amanhã para cuidar de duas crianças ensandecidas. Tem vinho no meu quarto, posso ir lá pegar.

Ela sorri com a ideia, o primeiro sorriso dela que vejo. E então estica o braço para trás da almofada e puxa uma garrafa de vodca de primeira qualidade.

— Roubei da cozinha mais cedo — explica.

— Ah. Oba, melhor ainda.

Isso é mesmo como ter dezenove anos de novo.

Ela me passa a garrafa. Desenrosco a tampa, dou um gole. A bebida queima como um raio congelante em minha garganta e engasgo.

— Uau. Não consigo me lembrar da última vez em que fiz isso. — Passo a garrafa para Olivia e limpo a boca. — Nos interromperam mais cedo, não foi? Você estava me contando sobre aquele cara... Callum? O término.

Olivia fecha os olhos, respira fundo.

— Acho que o término foi só o começo — diz.

Outra explosão de gargalhadas da sala vizinha. Mais uma rodada de mãos esmurrando a mesa. Mais uma vez, gritos de homens embriagados. Uma colisão na porta, e então Angus cai dentro da sala, a calça na altura dos tornozelos, o pau caído obscenamente.

— Desculpe, senhoras — diz, o olhar malicioso de bêbado. — Não reparem.

— Ah, pelo amor de Deus — esbravejo —, só... saia daqui agora, porra, e nos deixe sozinhas!

Olivia me olha, impressionada, como se achasse que eu não fosse capaz de me comportar assim. Eu também não achava. Não sei de onde isso saiu. Talvez seja a vodca.

— Sabe de uma coisa? — digo. — Provavelmente este aqui não é o melhor lugar para bater papo.

Ela assente e sugere:

— Podemos ir até a gruta?

— Hum...

Eu não tinha planejado uma excursão noturna pela ilha. E tenho certeza de que é perigoso andar por aí à noite, com o pântano e tudo o mais.

— Deixe para lá — acrescenta Olívia, rápido. — Entendi. É só... é meio esquisito, mas... achei mais fácil conversar lá.

E de repente a mesma sensação de novo. Uma empolgação estranha, a sensação de transgredir as regras.

— Não — digo. — Vamos. E leve a garrafa.

Saímos furtivamente do Folly pela porta dos fundos. É mesmo muito apavorante à noite, este lugar. Tão silencioso, a não ser pelo som das ondas nas pedras não muito longe. De vez em quando, ouvimos um cacarejo esquisito, gutural, que eriça todos os pelos dos meus braços. Percebo ao fim que deve ser algum tipo de pássaro. Um pássaro bem grande, pelo visto.

No caminho, as casas em ruínas surgem perto de nós à luz da lanterna do meu celular. As janelas escuras, quebradas, são como cavidades oculares vazias, e tenho uma sensação inquietante de que alguém pode estar lá, olhando para fora, nos observando passar. Além do mais, ouço ruídos vindos lá de dentro: rangidos, arranhões, farfalhar. É provável que sejam ratos — mas isso também não é nada tranquilizador.

Percebo coisas se movimentando em torno de nós, rápidas demais para serem vistas com clareza, captadas em um instante pela luz fraca da lua. Alguma coisa voa tão perto de meu rosto que sinto algo roçar em minha bochecha. Dou um pulo para trás, a mão levantada para afastá-la. Um morcego? Definitivamente era grande demais para ser um inseto.

Quando entramos na gruta, uma figura escura aparece na parede de rocha em frente, um formato humano. Quase deixo a garrafa cair de susto, até que, depois de um segundo, noto que é minha própria sombra.

Este lugar é suficiente para fazer qualquer um acreditar em fantasmas.

AGORA

A noite do casamento

Os quatro amigos do noivo formaram uma equipe de busca. Levam um kit de primeiros socorros. Pegam dos suportes as grandes tochas da entrada para iluminar o caminho.

— Muito bem, rapazes — diz Femi. — Todo mundo pronto?

Há uma energia estranha, fervilhando na preparação deles, beirando um entusiasmo inapropriado. Eles poderiam ser comparados a escoteiros se aprontando para uma missão: meninos de escola, como antigamente, partindo para um desafio à meia-noite.

Os outros convidados se amontoam em volta deles, observando os preparativos, aliviados porque alguém assumiu o controle da situação, permitindo que eles permaneçam ali, num lugar quente e iluminado.

Aos que ficam na tenda olhando, o grupo parece aldeãos medievais rumo a uma caça às bruxas: as tochas, o fervor. O vento e a falta de luz ajudam a criar um clima surreal. A descoberta macabra que supostamente os espera lá fora assumiu uma dimensão fantástica, distante da realidade. Além do mais, é difícil saber no que acreditar: podem realmente confiar nas palavras de uma adolescente histérica? Algumas pessoas ainda têm esperança de que tudo não tenha passado de um terrível engano.

Assistem, em silêncio, ao pequeno grupo passar pela entrada esvoaçante da tenda. Adentrando a noite barulhenta e revolta, adentrando a tempestade, erguendo as tochas.

A véspera

OLIVIA

A madrinha

Na gruta, o mar avançou, as ondas praticamente batendo em nossos pés, a água preta como tinta. O local fica parecendo menor, mais claustrofóbico. Hannah e eu temos que nos sentar mais perto uma da outra do que antes, nossos joelhos se tocando, uma vela que roubamos da sala de estar empoleirada na pedra na nossa frente em sua manga de vidro.

Agora compreendo por que é chamada de Gruta Sussurrante. A maré alta mudou a acústica do lugar, e tudo o que dizemos é sussurrado de volta para nós, como se alguém estivesse lá nas sombras, repetindo cada palavra. É difícil acreditar que não tem ninguém. Reparo que eu me viro o tempo todo para verificar, para garantir que estamos sozinhas.

Não consigo distinguir Hannah muito bem na luz suave da vela. Mas ouço sua respiração, sinto seu perfume.

Passamos a garrafa de vodca uma para a outra. Já estou um pouco alta, acho, por causa do jantar. Não consegui comer muito, e o álcool foi direto para minha cabeça. Mas preciso ficar mais bêbada para contar para ela, bêbada a ponto de meu cérebro não reprimir as palavras. Parece idiota, já que recentemente tenho tido uma necessidade tão intensa de contar sobre aquilo para alguém que às vezes é como se fosse irromper de mim, sem qualquer aviso.

No entanto, agora que efetivamente chegou a hora de contar, sinto a língua presa.

Hannah fala primeiro.

— Olivia.

A gruta responde em um sussurro: *Olivia, Olivia, Olivia.*

— Meu Deus — diz Hannah —, esse eco. O seu ex... ele fez alguma coisa com você? Uma pessoa que eu conheço... — Ela hesita, recomeça: — ... minha irmã, Alice. Ela tinha um namorado quando estava na universidade. E ele reagiu muito mal mesmo ao término do namoro. Quer dizer, muito, *muito* mal...

Espero que Hannah diga algo mais, mas ela não diz. Só pega a garrafa de mim e toma um gole muito longo, o equivalente a umas quatro doses.

— Não, não foi nada disso. Sim, o Callum foi meio filho da puta. Quer dizer, ele não foi muito sutil quando ficou com a Ellie logo em seguida. Mas foi ele que terminou, então não teve isso. — Pego a garrafa de volta, tomo um grande gole. Sinto o gosto do batom dela no gargalo. — Foi nas férias de verão, quando o semestre acabou. Eu estava hospedada na casa de Jules em Islington, enquanto ela estava viajando a trabalho por alguns dias.

Falo para o escuro, a gruta sussurrando minhas próprias palavras de volta para mim. Eu me vejo contando a Hannah como me senti sozinha. Como eu estava numa cidade tão grande, que sempre achei tão emocionante, mas percebi que não tinha com quem dividir aquilo. Era uma noite de sexta-feira, e eu tinha ido ao Sainsbury's, perto da casa de Jules; comprei um pacote de batata frita para a janta, leite e cereal para o café da manhã, e na volta passei por todas aquelas pessoas de pé do lado de fora dos bares, bebendo, rindo. Como me senti patética, com minha sacola de compras cor de laranja e uma noite de Netflix pela frente. Era em momentos como esse que eu sempre pensava em Callum e no que nós poderíamos estar fazendo juntos, e assim eu acabava me sentindo ainda mais sozinha.

Ainda não consigo acreditar que estou lhe contando tudo isso, mal a conheço. Mas talvez seja exatamente essa a questão. Talvez, de todas as pessoas na ilha, ela seja a única a quem posso contar, *porque* ela é basicamente uma estranha. Sem dúvida a vodca também ajuda, e, além disso, está tão escuro aqui que quase não vejo o rosto dela. Mesmo assim, não acho que consiga contar tudo. Só de pensar nisso entro em pânico. Mas quem sabe posso começar aos poucos e ver se, quando tiver contado a maior parte da história, terei coragem suficiente para prosseguir.

— Eu estava no celular — continuo —, e percebi que Callum estava com a Ellie. Ela postava todas as fotos no Snapchat. Havia uma dela sentada no colo dele. E depois outra dos dois se beijando, enquanto ela mostrava o dedo médio para a câmera como se não quisesse que a pessoa tirasse a foto... e aí vai lá e compartilha a porra da foto para o mundo inteiro ver.

Hannah bebe a vodca e expira.

— Isso deve ter feito você se sentir péssima. Ver isso. Nossa, as redes sociais dão cada problema.

— É mesmo. — Dou de ombros. — Eu fiquei me sentindo meio... merda. — Para evitar soar uma completa psicopata, não conto para ela quantas vezes olhei aquelas fotos, como fiquei parada apertando minha sacola da Sainsbury's e chorando ao mesmo tempo. — Minhas colegas ficavam me dizendo que eu tinha que me divertir. Sabe, tipo mostrar para o Callum o que ele estava perdendo. Elas viviam me dizendo para entrar em aplicativos de paquera, mas eu não queria fazer isso na universidade, onde todo mundo conhece todo mundo.

— Aplicativos tipo Tinder?

Acho que ela quer mostrar que está por dentro.

— Tipo isso, só que ninguém mais usa Tinder na realidade.

— Desculpe. Sou uma idosa, lembre-se. O que eu sei sobre isso?

Ela fala com um ligeiro tom de melancolia.

— Você não é tão velha assim.

— Bem... obrigada.

O joelho dela bate no meu.

Tomo mais um gole de vodca. E me lembro de que, naquela noite no apartamento de Jules, bebi um tanto do vinho dela, o que me fez perceber como tudo o que bebíamos nos bares perto da faculdade por 3 libras o copo tinha um gosto absolutamente horrível. Lembro-me de como me senti sofisticada andando de um lado para outro, de calcinha e sutiã, com uma das enormes taças de Jules. Fiquei imaginando que o apartamento era meu, que eu ia sair e encontrar um homem e levá-lo para casa e foder com ele. E *isso* ensinaria uma lição ao Callum.

É claro que eu não planejava *de fato* fazer aquilo. Só havia transado com uma pessoa, o Callum. E mesmo com ele fora bem comedido.

— Criei um perfil — conto a Hannah. — Resolvi que Londres era diferente. Em Londres eu podia ter um encontro e isso não viraria assunto pelo campus todo na manhã seguinte.

— Estou bem impressionada — diz Hannah. — Nunca tive coragem de fazer uma coisa dessas. Mas você não estava, sabe... preocupada com a sua segurança?

— Não sou nenhuma idiota. Não dei meu nome verdadeiro. Nem a idade.

— Ah — aquiesce Hannah. — Certo.

Tenho a impressão de que ela não ficou convencida e faz um tremendo esforço para não dizer mais nada.

Na verdade, disse que tinha vinte e seis anos. A foto do perfil nem parecia comigo. Vasculhei o armário da Jules, fiz uma maquiagem perfeita. Mas ficar diferente era exatamente o *objetivo*.

— Eu virei Bella — digo. — Sabe, como a Bella Hadid?

Conto a Hannah que fiquei sentada na cama e rolei as fotos de todos aqueles caras até meus olhos arderem.

— A maioria delas era vulgar. Na academia, tipo levantando a camisa, ou usando óculos escuros que na cabeça deles passava um ar descolado. — Quase desisti. — Mas acabei dando match com um cara — conto a Hannah. — Ele chamou minha atenção. Ele era... diferente.

Dei o primeiro passo. Não é do meu feitio, de jeito nenhum, mas eu estava meio alterada por causa do vinho da Jules.

Livre para um encontro?, escrevi.

Estou, veio a resposta dele. *Gostaria muito, Bella. Quando pode ser?*

Que tal hoje à noite?

Houve um longo intervalo. Depois: *Você não perde tempo.*

Esta é a minha única noite livre pelas próximas semanas. Gostei da ideia. Como se eu tivesse lugares melhores para ir.

Tudo bem, ele respondeu. *Está marcado.*

— Como era ele? — pergunta Hannah, o queixo na mão.

Parece fascinada, me observando com atenção.

— Mais gostoso do que na foto. E um pouco mais velho do que eu.

— Muito mais velho?

— Hmm... talvez uns quinze anos?

— Certo. — Será que está tentando não parecer chocada? — E como ele era? Quando vocês realmente se encontraram?

Penso naquele dia. É difícil lembrar qual foi minha primeira impressão dele.

— Achei ele atraente. E... tinha cara de homem. Perto dele, o Callum era um garoto. — Tinha ombros largos, como se malhasse bastante, e estava bronzeado. Já o Callum era um garotinho magricelo e bonitinho. Resolvi que homens de verdade eram o meu novo lance. — Mas — dou de ombros, mesmo que ela não possa me ver — eu não sei. Suponho que, por mais gostoso que ele fosse, no início, parte de mim teria preferido que fosse o Callum.

Hannah assente.

— Sim — diz, solidária. — Eu entendo. Quando se tem o coração focado em alguém, nem o Brad Pitt basta...

— Brad Pitt é um *velho*.

— Hmm... Harry Styles?

Quase me fez sorrir.

— É. Pode ser. Ou o Timothée Chalamet. — Sempre achei que Callum se parecia um pouco com ele. — Mas o Callum provavelmente não pensava em mim fazia um tempo, sobretudo não enquanto os peitos enormes e estúpidos da Ellie estivessem na cara dele. — Eu disse a mim mesma que era melhor parar de pensar nele.

— E esse cara... como era o nome dele?

— Steven.

— Ele falou alguma coisa? Quando vocês se encontraram, sobre você ser tão mais nova?

Olho de soslaio para ela. Eu me sinto ligeiramente julgada.

— Desculpe — diz Hannah, dando uma risada. — Mas, falando sério, ele falou alguma coisa?

— É, falou. Me perguntou se eu tinha mesmo vinte e seis anos. Mas não falou como se estivesse desconfiado, foi mais como, sei lá, uma piada interna. Não pareceu incomodado de verdade, não na hora. E ele foi legal — respondo, embora já nem lembre muito bem. — Eu estava me divertindo. Ele ria de todas as minhas piadas. E fazia *milhares* de perguntas sobre mim.

Projeto minha mente de volta para aquela noite: no bar com os drinques subindo à cabeça. Tomei Negroni porque achei que me faria parecer mais velha.

— Meu plano original era tirar uma foto e postar no Instagram. — Mostrar para Callum o que ele estava perdendo.

— Imagino... — Hannah me olha — que aconteceu um pouco mais do que isso?

— Aconteceu. — Tomo um longo trago de vodca.

Houve um momento, eu me lembro, quando pensei que talvez ele fosse se despedir, mas ele abriu a porta do táxi, virou-se para mim e disse: "Então, não vai entrar?" E no táxi (nem era um Uber, era um táxi mesmo), uma vozinha ficava martelando: *O que você está fazendo? Você mal conhece esse homem!* Mas a minha parte bêbada, a parte que estava a fim, mandava a vozinha calar a boca.

Fomos para o apartamento de Jules, porque ele havia acabado de se mudar e quase não tinha móveis ainda. Não me senti muito confortável com isso, mas disse a mim mesma que lavaria os lençóis.

"Uau. Que lugar *incrível*. Tudo isto é seu?"

"É, sim", respondi, sentindo que tinha ficado muito mais sofisticada aos olhos dele.

— E então transamos — conto a Hannah. — Acho que eu queria fazer antes que a bebedeira passasse.

— Foi bom? — pergunta ela. Parece animada. — Não transo há séculos. Desculpe. Sei que é uma pergunta meio íntima.

Tento não pensar em Hannah transando com Charlie.

— Foi bom — respondo. — Foi meio... sabe. Meio selvagem. Ele me empurrou na parede, puxou minha saia para cima, baixou minha calcinha. E ele... Pode me passar a vodca? — Hannah me entrega a garrafa e tomo um gole rápido. — Ele me chupou, mesmo eu não tendo tomado banho. Ele disse que preferia assim.

— Certo — diz Hannah. — Ok. Uau.

Callum e eu nunca tínhamos feito nada muito ousado. Acho que o sexo com Steven foi melhor do que qualquer coisa que eu tenha feito com Callum, mesmo que, depois de Steven me fazer gozar com a boca na primeira vez, por um minuto eu tenha sentido uma vontade esquisita de chorar.

— Nós nos encontramos, tipo, mais algumas vezes depois.

Apesar de não enxergar muito bem, sinto, pela proximidade, a movimentação de Hannah assentindo. Quando dou por mim, estou contando a ela como eu gostava de me ver como ele parecia me ver: sensual, ousada. Apesar de às vezes me sentir fora da minha zona de conforto, nem sempre inteiramente à vontade com todas as coisas que ele me pedia para fazer na cama.

— Quer dizer — explico —, era diferente com o Callum, quando parecia que nós dois éramos...

— Almas gêmeas — completa Hannah.

— Exato. — É uma expressão bastante clichê, mas é exatamente isso. — Com Steven, era outra coisa. Era como se ele só mostrasse uma parte bem pequena de si mesmo, e isso...

— Deixava você com vontade de ver mais?

— Pois é. Eu estava meio que obcecada por ele, acho. E ele era tão adulto e sofisticado, mas *me* desejava. E então... — Dou de ombros. — Eu fodi com tudo.

— Como assim? — Hannah franze a testa.

— Não sei. Acho que eu queria mostrar para ele que era *madura*. E parecia que nós nunca *fazíamos* nada juntos, só nos encontrávamos para, sabe, transar. Eu tinha essa... essa sensação de que ele talvez estivesse interessado exclusivamente por causa disso.

Hannah assente.

— Mas, no final do verão, a revista de Jules ia dar uma festa no Museu Victoria & Albert, e achei que seria uma boa levar o Steven. Um encontro romântico de verdade. Tipo, para impressionar. Fazer com que ele pensasse que eu era adulta e madura.

Conto a Hannah como foi subir a escadaria e ver tantas pessoas glamorosas e adultas zanzando para lá e para cá, todas parecendo estrelas de cinema. E que o cara verificando os nomes me examinou como se eu não devesse estar ali, enquanto Steven parecia se encaixar à perfeição.

— Fiquei um pouco nervosa — confesso. — Principalmente tendo que apresentar Steven a Jules. E havia bebida de graça. Eu bebi além da conta, tentando me sentir mais confiante. Fiz um papelão. Tive que ir ao banheiro vomitar. Cheguei ao fundo do poço. E então Steven me colocou em um táxi e me mandou de volta para a casa da Jules, e não pude nem pedir que ele fosse comigo, porque ela estaria lá mais tarde. Eu me lembro dele contando as notas para pagar a corrida. E depois pedindo ao motorista que me deixasse em casa em segurança, como se eu fosse uma criança.

— Ele deveria ter ido com você — diz Hannah. — Ele é quem deveria ter garantido que você chegasse bem em casa. E não deixar a tarefa para um motorista de táxi.

Dou de ombros.

— Talvez. Mas eu dei um puta vexame. Não me surpreende que ele quisesse se livrar de mim.

Eu me lembro de observá-lo pela janela e pensar: *Estraguei tudo*. E que, se eu fosse ele, talvez voltasse para a festa para me divertir com pessoas da minha idade que se garantissem na bebida.

— Depois disso, ele começou a dar uns perdidos. — Caso Hannah não entenda, explico: — Sabe, não responder? Mesmo com os dois tracinhos azuis.

Ela assente.

— Voltei para a universidade. Estava meio bêbada e triste depois de uma noitada e enviei *dez* mensagens para ele. Tentei telefonar no caminho para os dormitórios, às duas da madrugada. Ele não atendeu. Não respondeu às minhas mensagens. Eu sabia que nunca mais veria o Steven de novo.

— Que merda — comenta Hannah.

— É.

— Então, foi isso? — pergunta ela, quando não digo mais nada. — Você *chegou* a ver o Steven de novo? — E depois, diante do meu silêncio: — Olivia?

Mas não consigo falar. Era como se antes eu estivesse sob a influência de algum tipo de encantamento, a história saiu fácil. Agora parece que as palavras estão entaladas em minha garganta.

Há uma imagem na minha mente. Vermelho no branco. Muito sangue.

Quando voltamos ao Folly, Hannah diz que está exausta.

— Vou direto para a cama — avisa.

Eu entendo. Na gruta, era diferente. Sentadas lá à luz da vela, com a vodca, a sensação era de que podíamos falar qualquer coisa. Agora quase parece uma superexposição. Como se tivéssemos ultrapassado um limite.

Sei que não vou conseguir dormir, principalmente com os rapazes ainda no meio do jogo, bem ao lado do meu quarto. Assim, fico encostada na parede do lado de fora por um tempo, tentando acalmar os pensamentos que giram a mil por hora na minha cabeça.

— Olá.

Quase tenho uma síncope.

— Mas que merda...

É o padrinho, Johnno. Não gosto dele. Percebi como olhou para mim mais cedo. E está bêbado: dá para ver, e olhe que *eu* estou bem bêbada. Na luz que escapa da sala de jantar, vejo seu sorriso malicioso, meio lascivo.

— Quer um tapa? — Ele segura um enorme baseado, exalando um cheiro enjoativo de maconha.

A ponta que ele colocou na boca está úmida.

— Não, obrigada.

— Muito bem-comportada.

Faço menção de entrar, mas, quando chego na porta, ele segura meu braço com força.

— Sabe, deveríamos dançar juntos amanhã, eu e você. Padrinho e madrinha.

Balanço a cabeça.

Johnno se aproxima, me puxa para perto. Ele é muito maior do que eu. Mas não teria coragem de fazer nada aqui, teria? Com todo mundo no andar de cima?

— Você deveria pensar nisso — diz. — Pode se surpreender. Um homem mais velho.

— Tire as mãos de mim, porra — sibilo.

Penso na minha lâmina, que está lá em cima. Gostaria de tê-la aqui, só por precaução.

Arranco meu braço de seu aperto e, ao mesmo tempo, me atrapalho com a porta, meus dedos não funcionando direito. Eu o sinto me observando o tempo todo.

JOHNNO

O padrinho

Estou de volta ao meu quarto, já terminei meu baseado. Consegui pegar o bagulho em Dublin assim que cheguei, perambulando perto do Temple Bar com os turistas. Não sei se é tão forte quanto o do meu fornecedor de sempre, mas com sorte vai me ajudar a dormir. Preciso de um pouco de ajuda hoje.

Aqui na ilha é como se estivéssemos de volta na Trevellyan's. Talvez tenha a ver com o lugar. Os despenhadeiros, o mar. Só se ouve o som das ondas batendo nas pedras lá embaixo. Lembro-me do dormitório: as fileiras de camas e as grades do lado de fora das janelas. Para nos manter seguros ou nos manter lá dentro — talvez um pouco de cada. E o som das ondas, também, rolando pela praia. *Shh, shh, shh.* Lembrando-me de manter segredo.

Não penso nisso, não de verdade, há anos. Não consigo. É preciso deixar para trás algumas coisas. Mas a sensação que eu tenho é que estar nesta ilha me força a encará-las de frente. E, quando essa merda acontece, não consigo nem respirar direito.

Deito na cama. Estou bêbado o suficiente para entrar em coma alcoólico, e ainda tem a erva. Mas sinto como se alguma coisa rastejasse por toda a minha pele, um milhão de baratas na cama comigo. Estão aqui para me impedir de descansar por um segundo sequer. Quero me coçar, arrancar minha pele se for preciso, fazer isso parar. E, se de fato conseguir dormir, receio ter sonhos como os da noite passada. Nem lembro há quanto tempo eu não tinha esses sonhos... muitos anos. É a companhia. É este lugar.

Está tão escuro aqui. Escuro demais. Sinto como se a escuridão me esmagasse. Uma sensação de estar me afogando. Sento-me na cama, recordo a mim mesmo que estou bem. Não há nada tentando me sufocar, nenhuma barata à vista. Pode ser a maconha — bagulho diferente, me deixando mais paranoico. Vou tomar um banho, é isso que vou fazer. Apreciar a água quente e gostosa.

Então acho que vejo uma coisa, no canto do quarto. Crescendo, ganhando forma, saindo da escuridão.

Não. É minha imaginação. Deve ser. Não acredito em fantasmas.

Só pode ser a maconha, o uísque. Meu cérebro está me pregando peças. Merda, mas eu tenho certeza de que há alguma coisa ali. Posso ver de esguelha, mas, quando viro o rosto, desaparece. Fecho os olhos como um menininho com medo dos monstros embaixo da cama, aperto minhas pálpebras com os dedos até enxergar pontos prateados. Não adianta. Até de olhos fechados eu vejo. Tem um rosto. E não é uma coisa, é alguém. Eu sei quem é.

— Fica longe de mim, porra — sussurro. Depois tento de outro jeito: — Desculpe. Não foi minha culpa. Eu não achei...

Meu estômago se revira. Consigo chegar ao banheiro bem a tempo de vomitar no vaso sanitário, meu corpo inteiro tremendo de medo.

JULES

A noiva

Charlie e eu estamos nas ameias, olhando o brilho das luzes lá na costa. Deixamos os outros naquele jogo nojento. Há alguma coisa ilícita nisso, só nós dois aqui em cima. Algo inconsequente. Talvez seja por estarmos no topo do mundo com um precipício bem à nossa frente — invisível, mas bem ali —, acrescentando um frisson de excitação, fazendo tudo parecer ligeiramente carregado de perigo. Ou por estarmos encobertos pela escuridão. Pela sensação de que qualquer coisa poderia acontecer aqui em cima e ninguém saberia.

— É tão bom ter você aqui — digo a ele. — Sabe que você é o *meu* padrinho, de verdade?

— Obrigado. É bom estar aqui. Por que escolheu este lugar?

— Ah, você sabe. Minhas raízes irlandesas. E é tão exclusivo, gosto da ideia de ser a primeira. Tem o isolamento também, bom para impedir quaisquer paparazzi.

— Eles tentariam mesmo tirar fotos do casamento?

Ele soa incrédulo, como se não acreditasse que a fama de Will justificaria isso.

— Talvez sim. E combina tanto com a persona de Will, casar em um lugar selvagem.

Tudo o que eu disse é verdade, de certa maneira. Mas não é só isso.

Deito a cabeça no ombro dele. Tenho a impressão de que ele fica tenso. Talvez não seja mais tão natural quanto antes, estar fisicamente perto desse jeito. Aliás, será que algum dia foi?

Charlie pigarreia.

— Posso fazer uma pergunta?

Ele parece sério. Sinto um toque de cautela.

— Vá em frente.

— Ele faz você feliz de verdade, não faz?

Afasto alguns centímetros a cabeça de seu ombro.

— Como assim?

Sinto que ele dá de ombros.

— Só isso mesmo. Você sabe como eu me preocupo com você, Jules.

— Sim. Ele me faz feliz. E eu poderia fazer a mesma pergunta sobre Hannah.

— É *muito* diferente...

— É mesmo? Como? — Não quero ouvir a resposta; não preciso de outra pessoa me falando que foi tudo muito rápido, entre mim e Will. E então, porque bebi mais do que pretendia esta noite, e porque não sei quando vou ter outra oportunidade, acrescento: — Está dizendo que *você* teria me feito mais feliz?

— Jules... — Ele pronuncia meu nome como uma espécie de gemido. — Não faça isso.

— Isso o quê? — pergunto inocentemente.

— Nós não teríamos dado certo. Somos amigos, bons amigos. Você sabe.

Com isso sinto seu corpo se afastar um pouco, recuando da beira do precipício.

Sei mesmo? E ele está *realmente* tão convencido disso? O que sei é que ele já me quis. Ainda penso naquela noite. A lembrança que me voltou tantas vezes... Quando eu precisava de uma inspiração no banho, por exemplo. Nunca falamos sobre aquela noite desde então. E, por não termos falado, seu poder foi preservado. Tenho certeza de que ele sente o mesmo.

— Éramos pessoas diferentes na época — diz Charlie, como se tivesse lido minha mente. Eu me pergunto se ele está tão convencido de suas palavras quanto tenta transparecer. — Eu não estava perguntando por causa de nada *disso*. Não foi por ciúme... ou coisa parecida.

— *Verdade?* Porque me parece que você está com um pouco de ciúme.

— Não estou, eu...

— Eu falei como ele é bom de cama? Esse é o tipo de coisa que amigos devem contar um ao outro, não é?

Sei que estou me excedendo, mas não consigo evitar.

— Olhe — diz Charlie. — Eu só quero que você seja feliz.

Maldito paternalismo. Tiro de vez a cabeça do ombro dele. Sinto a distância entre nós aumentando agora, tanto metafórica quanto fisicamente.

— Sou perfeitamente capaz de saber o que me faz e o que não me faz feliz — digo. — Caso você não tenha notado, tenho trinta e quatro anos. Não sou uma virgem de dezesseis anos encantada por você.

Charlie faz uma careta.

— Meu Deus, eu sei. Desculpe, não quis dizer isso. Eu me preocupo, só isso.

Algo de repente me passa pela cabeça.

— Charlie? Você me escreveu um bilhete?

— Um bilhete?

A resposta está em sua surpresa. Não foi ele.

— Não é nada — digo. — Esqueça. Quer saber? Acho que vou deitar. Se for agora, consigo ter oito horas de sono antes de amanhã.

— Tudo bem — diz ele.

Sinto que Charlie está aliviado por eu encerrar nossa conversa, e isso me deixa com raiva.

— Me dá um abraço? — peço.

— Claro.

Eu me debruço nele. Seu corpo é mais macio do que o de Will, bem menos rijo do que já foi. Mas o cheiro é o mesmo. Tão familiar, de certo modo, o que é estranho, considerando quanto tempo se passou.

Ainda está aqui, eu acho. Ele deve sentir também. A atração nunca vai embora de verdade, não é? Tenho certeza: ele está com ciúme.

Quando volto para o quarto, Will está tirando a roupa e sorri para mim. Eu vou até ele.

— Devemos continuar de onde paramos mais cedo? — murmura.

É uma maneira, penso, de apagar a humilhação da conversa com Charlie.

Abro com força os botões que restam fechados de sua camisa, ele arranca uma das alças do meu macacão tentando tirá-lo. Com ele, é sempre como a primeira vez — aquele ímpeto —, só que melhor, agora que sabemos exatamente o que o outro quer. Nós trepamos apoiados na cama, ele por trás. Eu gozo, com força. Não faço questão de ser silenciosa. De uma maneira estranha, parece que a maior parte da noite, desde que fomos interrompidos mais cedo, foi uma preliminar. Sentindo o olhar dos outros em nós: inveja, admiração. Vendo, na reação deles, como ficamos bonitos juntos. E sim, a dor de ter cruzado a linha com Charlie e sido rejeitada. Talvez ele nos escute.

Depois Will vai tomar um banho. Ele é impecável quando se trata de cuidados pessoais — perto da rotina dele, a minha chega a ser desleixada. Lembro-me de ficar um pouco surpresa ao descobrir que o bronzeado permanente de seu rosto não era por causa da exposição constante aos elementos da natureza, mas à loção autobronzeadora da Sisley, a mesma que eu uso.

É só agora, sentada na poltrona de roupão, que percebo um cheiro estranho, mais poderoso do que o odor salgado e efêmero do sexo. É mais forte, sem dúvida cheiro de mar: um travo amoníaco, de maresia, de peixe no fundo da garganta. E, ali da minha poltrona, a sensação é de que emana dos cantos sombrios do quarto, ganhando textura e profundidade.

Eu me levanto e abro a janela. Agora à noite o ar está bem gelado. Ouço as ondas batendo nas pedras lá embaixo. Mais adiante, a água é prateada ao luar, como metal fundido, tão brilhante que mal consigo olhar. Dá para ver as ondulações mesmo daqui, como músculos se movendo sob a pele, cheio de propósito. Ouço uma crepitação acima de mim, no telhado, talvez. Parece uma gozação.

Claro que o cheiro do mar deveria ser mais forte do lado de fora do que aqui dentro, penso. Mas a brisa que entra é fresca e inodora em comparação. Não consigo entender. Vou até a penteadeira e acendo minha vela aromática. Então me sento na cadeira e tento me acalmar. Mas quase consigo ouvir as batidas do meu próprio coração. Muito rápidas, uma palpitação no peito. Será que é apenas o resultado da atividade física que tivemos? Ou algo além disso?

Eu deveria falar com Will sobre o bilhete. Se tenho mesmo que fazer isso, este é o momento. Mas já tive um confronto esta noite — com Charlie — e não consigo encarar a questão, bater o pé e exigir uma explicação. E provavelmente não é nada. Tenho noventa e nove por cento de certeza. Talvez noventa e oito.

A porta do banheiro se abre. Will entra no quarto, a toalha enrolada na cintura. Embora eu tenha acabado de transar com ele, por um segundo me distraio olhando seu corpo: as retas e as curvas, os músculos marcados no abdômen, nos braços e nas pernas.

— O que você ainda está fazendo acordada? — pergunta ele. — Nós precisamos descansar. Amanhã é o grande dia.

Viro de costas para ele e deixo meu roupão cair no chão, com certeza sentindo seus olhos em mim. Desfrutando desse poder. Então levanto a coberta e me deito na cama. Nesse momento, minhas pernas encostam em alguma coisa. Sólida e fria, a consistência de carne morta. Sem querer enfio o pé na coisa, que cede, molenga, e ao mesmo tempo tenta se enrolar em minhas pernas.

— Meu Deus! Puta merda!

Dou um salto da cama, tropeço e caio, quase deitada, no chão.

— Jules! O que foi?

Mal consigo responder a princípio, assustada e repugnada demais pelo que acabei de sentir. O pânico sobe pela minha garganta, quase me sufocando. O choque reverbera pelo meu corpo, profundo e visceral e animal. Parece um pesadelo — o tipo de coisa que só se encontra na cama em um sonho, e se acorda suando frio e percebendo que era tudo imaginação. Mas foi real. Ainda consigo sentir o toque gelado em minhas pernas.

— Will — digo, finalmente recuperando a voz. — Tem alguma coisa... na cama. Embaixo das cobertas.

Ele alcança a cama em dois passos rápidos, puxa o edredom com as duas mãos e o joga longe. Eu não consigo evitar um grito. Lá, esparramado no meio do colchão, está um corpo preto e gigante de alguma criatura marinha, os tentáculos estendidos em todas as direções.

Will dá um pulo para trás.

— Que merda é essa? — Ele soa mais irritado do que assustado. Repete, como se a coisa na cama pudesse de alguma maneira responder. — Que merda é essa?

O cheiro do mar, de coisa podre, salgada, está insuportável agora, emanando daquela massa preta na cama.

E então, recuperando-se muito mais rápido do que eu, Will volta para perto da cama. Quando ele estende a mão, eu grito:

— Não toque!

Mas ele já agarrou os tentáculos e deu um puxão. Eles se soltam e a coisa parece se quebrar... É uma cena horrível e nojenta. Estava lá enquanto trepávamos, esperando por nós embaixo das cobertas...

Will dá uma risada curta e forte, totalmente desprovida de graça.

— Veja... é só alga marinha. Uma maldita alga marinha!

Ele a segura no alto. Eu me aproximo. Ele está certo. Vi várias dessas espalhadas pelas praias daqui, cordas escuras, grossas e grandes trazidas pelas ondas. Will a joga no chão.

Aos poucos, todo o espetáculo perde o aspecto macabro e monstruoso, reduzindo-se a uma confusão horrível. Fico consciente da indignidade da minha posição, esparramada como estou, nua, no chão. Sinto o coração desacelerar. Respiro com mais facilidade.

Mas tem um detalhe... Como isso veio parar aqui? Por que está aqui?

Alguém fez isso conosco. Alguém trouxe isso para cá, escondeu embaixo do edredom, sabendo que só encontraríamos quando fôssemos para a cama.

Eu me viro para Will.

— Quem poderia ter feito isso?

Ele dá de ombros.

— Bem, tenho minhas suspeitas.

— O quê? Quem?

— Era uma pegadinha que costumávamos pregar nos garotos mais novos no colégio. Descíamos pelo despenhadeiro e pegávamos algas marinhas nas praias, o máximo que conseguíamos carregar. Aí escondíamos na cama deles. Então meu palpite é que foi o Johnno ou o Duncan. Ou todos eles. Provavelmente acharam que seria engraçado.

— Você chama isso de *pegadinha*? Não estamos no colégio, Will. É a véspera do nosso casamento! Que merda é essa?

De certa forma, minha raiva é um alívio.

Will dá de ombros.

— Não é uma pegadinha com você, mas comigo. Sabe, em nome dos velhos tempos. Eles não tiveram a intenção de chatear você...

— Vou lá agora juntar todos eles, descobrir quem foi. Mostrar a eles como achei engraçado.

— Jules. — Will segura meus ombros. E depois diz, ternamente: — Olhe, se você fizer isso... bem, você pode falar coisas das quais vai se arrepender. Ia estragar tudo para amanhã, não é mesmo? Poderia mudar a dinâmica toda.

Eu consigo, de certa forma, entender o que Will está dizendo. Meu Deus, ele é sempre tão sensato, chega a irritar algumas vezes, sempre tomando a medida mais razoável. Olho para a massa preta, agora no chão. É difícil acreditar que aquilo não foi uma mensagem sombria.

— Olhe — diz Will delicadamente. — Nós dois estamos cansados. Foi um dia longo. Não vamos nos preocupar com isso agora. Podemos pegar um lençol limpo no quarto livre.

O quarto livre estava destinado aos pais de Will. Eles relutaram diante da ideia excêntrica de se hospedarem na ilha. Will não pareceu surpreso: "Meu pai nunca ficou particularmente impressionado com nada que eu fiz, me casar sem dúvida não seria uma exceção." Soou amargo. Ele não fala muito sobre o pai, o que paradoxalmente me dá a impressão de que ele é ainda mais influenciado pelo homem do que gostaria de admitir.

— Pegue um edredom limpo também — peço a Will.

Estou meio tentada a dizer que quero mudar para o outro quarto. Mas seria irracional, e me orgulho de ser o oposto disso.

— Claro. — Will gesticula em direção à alga marinha. — E vou resolver isso aqui também. Já lidei com coisa muito pior, pode acreditar.

No programa, Will escapou de lobos e ficou cercado por morcegos-vampiros — embora ele nunca fique longe da equipe de resgate —, então isso tudo deve parecer um pouco ridículo para ele. Um pouco de algas marinhas nos lençóis não é nada considerando um cenário mais amplo.

— Vou conversar com os rapazes amanhã de manhã — diz ele. — Falar que eles são uns idiotas de merda.

— Tudo bem.

Ele é tão bom em confortar os outros. Ele é tão... bem, só tem uma palavra de verdade para ele: perfeito.

E ainda assim, neste momento, o pior momento, as palavras naquele bilhetinho horrível vêm à tona.

Não é o homem que você pensa... traidor... mentiroso...
Não se case com ele.

— Uma boa noite de sono — diz Will, de forma tranquilizadora. — É disso que precisamos.

Concordo.

Mas acho que não vou pregar os olhos.

AOIFE

A cerimonialista

Ouço um barulho lá fora. É um barulho estranho, um lamento. Parece mais humano do que animal — mas ao mesmo tempo tampouco parece inteiramente humano. No nosso quarto, Freddy e eu nos entreolhamos. Todos os convidados já se recolheram também, há cerca de meia hora. Pensei que nunca se cansariam. Tivemos que esperar até o último segundo, caso eles precisassem de alguma coisa. Escutamos as batidas da sala de jantar, o coro. Freddy, que aprendeu um pouco de latim na escola, conseguiu traduzir o cântico: "Se não consigo mover o céu, vou despertar o inferno." Senti um arrepio ao ouvir isso.

Eles são como meninos que cresceram demais, os amigos do noivo. Eu diria que falta neles a inocência infantil: mas alguns meninos nunca foram realmente inocentes. O que quero dizer é que, como adultos, deveriam ter mais juízo. E existe um comportamento de matilha neles, como cães que podem se comportar bem sozinhos, mas, uma vez juntos, não pensam por si só. Vou precisar ficar de olho neles amanhã, ter certeza de que não vão se empolgar demais. Segundo minha experiência, os eventos mais elegantes, frequentados pelos convidados mais endinheirados e respeitáveis, são os que mais saem do controle. Organizei um casamento em Dublin no qual estava presente metade da elite política de lá. Até mesmo o Taoiseach estava presente. E as coisas pegaram fogo entre o noivo e o sogro antes da primeira dança.

Aqui temos todo o perigo extra da ilha. O caráter selvagem deste lugar impregna a pele. Esses convidados vão se sentir bem distantes dos códigos morais normais da sociedade, a salvo dos olhos intrometidos. Esses homens são ex-alunos de internato particular. Passaram a maior parte da vida sendo forçados a seguir um código rígido de regras que provavelmente não terminou quando saíram da escola: escolhas de universidade, profissão, casa. Minha experiência me diz que aqueles que têm o maior respeito pelas regras também são os que mais apreciam quebrá-las.

— Eu vou — decido.

— Não é seguro — diz Freddy. — Eu vou com você.

Digo a Freddy que vou ficar bem. Para tranquilizá-lo, acrescento que vou pegar o atiçador de fogo ao lado da lareira antes de sair. Sou a mais corajosa de nós dois, eu sei. Não digo isso com orgulho. É simplesmente porque, quando o pior já aconteceu, a gente acaba perdendo o medo de qualquer coisa.

Adentro a noite, apreciando a escuridão, o veludo negro que me envolve. Nenhuma luz do Folly tem algum impacto sobre a escuridão, embora a da cozinha esteja acesa — e também uma das janelas do andar de cima, do quarto que hospeda o casal prestes a se casar. Bem, sei por que estão acordados. Ouvimos os pés da cama arrastarem no piso em intervalos regulares.

Não vou acender a lanterna ainda. Vai me fazer parecer estúpida na escuridão. Fico parada por ali, escutando atentamente. A princípio só consigo distinguir os golpes da água nas pedras e um sussurro desconhecido que, afinal percebo, vem da tenda, o tecido farfalhando com o vento leve, cerca de cinquenta metros adiante.

E então o outro barulho recomeça. Consigo reconhecê-lo melhor agora. É alguém soluçando. Homem ou mulher, entretanto, é impossível dizer. Eu me viro procurando o som e penso ter vislumbrado um movimento pelo canto do olho, na direção dos anexos atrás do Folly. Não sei como vi, já que está tão escuro. Mas é algo que existe em nós, acho eu, no nosso lado animal. Nosso olhar fica alerta diante de qualquer perturbação, qualquer mudança de padrão na escuridão.

Talvez tenha sido um morcego. Às vezes no crepúsculo não é possível vê-los voando, tão rápidos que mal dá para ter certeza. Mas eu acho que era maior. Tenho certeza de que era uma pessoa, a mesma que estava chorando encoberta pela escuridão. Quando eu vinha aqui anos atrás, embora a ilha fosse habitada na época, já havia histórias de fantasmas. As mulheres de luto pelos maridos, brutalmente assassinados. As vozes do pântano, privadas de um sepultamento digno. Na época nós morríamos de medo. E, contra a minha vontade, é o que sinto agora, a pele retraindo em volta dos ossos.

— Olá? — grito.

O som para, abruptamente. Como não obtenho resposta, acendo a lanterna. Aponto a luz para todos os lados.

Traço um arco lento, e o feixe passa por alguma coisa. Volto a lanterna, iluminando a figura que está olhando para mim. A luz revela o cabelo escuro rebelde, os olhos brilhantes. Um ser saído direto do folclore: a Púca. Um duende fantasma, presságio de desgraça iminente.

Involuntariamente, dou um passo para trás, a luz da lanterna tremendo. Mas aos poucos reconheço. É só o padrinho, caído na parede de um dos anexos.

— Quem está aí? — A voz soa arrastada e rouca.

— Sou eu — digo. — Aoife.

— Ah, Aoife. Veio me dizer que é hora de apagar as luzes? Hora de ir para a cama como um bom menino?

Ele me lança um sorriso enviesado. Mas está sem muita emoção, e acho que aquilo são marcas de lágrimas captadas na luz.

— Não é seguro andar em volta dos anexos — digo, objetiva. Em algum lugar aqui há uma maquinaria velha de fazenda que poderia cortar uma pessoa ao meio. — Principalmente sem lanterna — acrescento. *E principalmente tão bêbado assim*, penso.

Apesar disso, por mais estranho que pareça, sinto como se estivesse protegendo a ilha dele, não o contrário.

Ele se levanta, vem na minha direção. É um homem grande, bêbado, e não só isso: noto um bafo enjoativo de maconha. Afasto-me dele mais um passo e percebo que estou segurando com força o atiçador de fogo. Então ele sorri, mostrando dentes tortos.

— É — diz ele. — Hora do menino-Johnny ir para a cama. Acho que já exagerei nas coisas de gente grande, sabe. — Ele gesticula como se estivesse bebendo de uma garrafa, depois fumando. — Sempre fico um pouco fora de mim quando exagero nas duas coisas ao mesmo tempo. Pensei que estava vendo umas merdas.

Balanço a cabeça, embora ele não possa me ver. *Pensei o mesmo.*

Observo quando ele se vira de costas e vai cambaleando para o Folly. O bom humor forçado não me convenceu nem por um segundo. Apesar do sorriso, ele parecia em um misto de sofrimento e medo. Parecia um homem que tinha visto um fantasma.

O dia do casamento

HANNAH

A acompanhante

Quando acordo, minha cabeça está doendo. Penso em todo aquele champanhe — e depois a vodca. Olho o alarme: sete da manhã. Charlie está em sono pesado, deitado de costas. Eu o ouvi entrar na noite passada, tirar a roupa. Eu esperava que cambaleasse, xingasse, mas parecia surpreendentemente no controle de suas faculdades.

— Han — murmurou para mim, ao se deitar. — Saí do jogo das bebidas. Só tomei aquela primeira.

Aquilo me deixou um pouco menos hostil em relação a ele.

Em seguida, fiquei imaginando por onde ele teria andado durante todo aquele tempo. Com quem. Lembro-me do flerte com Jules. Lembro-me de Johnno perguntando se eles tinham dormido juntos... e de nenhum dos dois respondendo.

Então, não reagi ao seu comentário. Fingi que estava dormindo.

Mas acordei excitada. Tive uns sonhos bem malucos. Acho que, em parte, foi culpa da vodca. Mas também da lembrança de Will me olhando no início do jantar. Depois, da conversa com Olivia na gruta no final da noite: sentadas tão perto no escuro, com a água batendo em nossos pés e apenas a luz da vela, passando a garrafa de uma para a outra. De certa maneira, aquilo foi secretamente sensual. Eu me vi me projetando em cada palavra de Olivia, as imagens que ela pintava ficaram vívidas para mim no escuro. Como se fosse eu a mulher imprensada na parede, a saia levantada até a cintura, a boca de alguém em mim. O cara pode ter sido um babaca, mas o sexo pareceu muito bom. E me fez recordar a emoção ligeiramente perigosa de dormir com um desconhecido, quando não dá para prever quais serão os próximos movimentos.

Viro-me para Charlie. Talvez agora seja a hora de quebrar nossa greve de sexo, reconquistar aquela intimidade perdida. Enfio a mão debaixo das cobertas, roçando os pelos de seu peito e descendo...

Charlie desperta assustado. E então, com a voz pastosa de sono, fala:

— Agora não, Han. Estou cansado.

Retiro a mão, ofendida. "Agora não", como se eu fosse um incômodo. Cansado porque ficou até tarde da noite fazendo só Deus sabe o quê; tendo falado, no barco a caminho da ilha, que este seria um fim de semana para *nós*. Sabendo como estou magoada neste momento. Sinto uma ânsia repentina e apavorante de dar com o livro de capa dura da mesa de cabeceira na cabeça dele. É assustadora, a onda de raiva. É como se eu a estivesse nutrindo há algum tempo.

Então tenho um pensamento furtivo. Eu me permito imaginar como deve ser, para Jules, acordar ao lado de Will. Eu os ouvi na noite passada — todo mundo no Folly deve ter ouvido. Penso de novo na força dos braços de Will quando ele me tirou do barco ontem. Penso também em como o flagrei me olhando na noite passada, com um olhar estranho, inquisidor. A sensação de poder, ciente de estar atraindo a atenção dele.

Charlie faz um murmúrio no sono e capto um sopro do amargo bafo matutino. Não consigo imaginar Will tendo mau hálito. De repente, sinto que é importante me retirar deste quarto, destes pensamentos.

Não há sons de movimentação no Folly; então presumo que sou a primeira a acordar.

Deve estar um vento bem forte hoje, a julgar pelo assobio que escuto perto das velhas pedras enquanto vou descendo furtivamente a escada. De vez em quando as vidraças das janelas chacoalham como se alguém tivesse batido nelas. Fico pensando se pegamos o melhor do clima ontem. Jules não vai gostar disso. Entro na cozinha na ponta dos pés.

Aoife está lá dentro, vestindo calça e camisa branca impecáveis, uma prancheta na mão. Parece já estar de pé há muito tempo.

— Bom dia — diz ela, e sinto que está analisando meu rosto. — Como está hoje?

Tenho a impressão de que Aoife não deixa passar quase nada, com aqueles olhos claros e avaliadores. Ela é bem bonita, uma beleza discreta. Acho que se esforça para minimizar isso, mas transparece. Sobrancelhas escuras com um belo formato, olhos cinza-esverdeados. Eu daria tudo por essa elegância natural, estilo Audrey Hepburn, essas maçãs do rosto.

— Estou bem. Desculpe. Não imaginei que alguém mais estivesse acordado.

— Começamos logo que o sol nasceu — diz ela. — Afinal, hoje é o grande dia.

Eu tinha praticamente me esquecido do casamento em si. Como será que Jules está se sentindo hoje? Nervosa? Não consigo imaginá-la nervosa.

— É claro. Eu ia sair para caminhar. Um pouco de dor de cabeça.

— Bom — diz ela com um sorriso. — É mais seguro andar até o topo da ilha, seguindo a trilha depois da capela, pelo lado oposto da tenda. Assim você fica longe do pântano. E pegue galochas perto da porta. É preciso ter o cuidado de ficar nas partes mais secas, senão pode pisar na turfa. Além disso, lá em cima tem sinal de telefone, se precisar fazer alguma ligação.

Alguma ligação. Ah, meu Deus, as crianças! Com uma pontada de culpa, me dou conta de que as crianças saíram completamente de minha cabeça. *Meus próprios filhos*. Fico chocada ao perceber como este lugar já me fez perder a dignidade.

Saio e encontro a trilha, ou o que resta dela. Não é tão fácil quanto Aoife fez parecer: mal dá para ver o caminho que deve ter sido formado apenas pelas pegadas das pessoas, onde a grama não cresceu tanto quanto no entorno. Enquanto sigo, as nuvens se aglomeram rapidamente no alto, indo em direção ao mar aberto. Definitivamente está ventando mais hoje, e está mais nublado, embora de vez em quando o sol dê as caras, deslumbrante, por trás das nuvens. A enorme tenda, à minha esquerda, farfalha ao vento quando passo por ela. Eu poderia dar uma espiada lá dentro. No entanto, sou atraída para o cemitério, à minha direita, além da capela. Talvez isso seja um reflexo do meu estado de espírito nessa época do ano, o humor mórbido que toma conta de mim todo mês de junho.

Vagando entre as sepulturas, diversas cruzes celtas se destacam, mas também vejo imagens esmaecidas de âncoras, flores. A maior parte das lápides é tão antiga que quase não está mais legível. Mesmo que estivesse, é outro idioma; gaélico, suponho. Algumas estão tão quebradas ou gastas que perderam o formato original. Sem pensar de fato no que estou fazendo, toco na lápide mais próxima e sinto os pontos em que a pedra áspera foi alisada pelo vento e pela água durante décadas. Algumas parecem um pouco mais recentes, talvez de pouco antes de os ilhéus partirem de vez. Mas a maioria está coberta de mato e musgo, como se ninguém cuidasse delas há tempos.

Então, me deparo com um túmulo que se destaca, porque não há nada crescendo sobre ele. Na realidade, está em bom estado, enfeitado com flores silvestres enfiadas em um pequeno vidro de geleia. Pelas datas — calculo rapidamente —, deve ter sido uma criança, uma menininha: *Darcey Malone*, segundo a lápide, *Perdeu-se no mar*. Olho para o mar. Muitas pessoas se afogaram tentando fazer a travessia, Mattie nos contou. Ele não mencionou exatamente *quando* aconteceram os afogamentos, percebo agora. Eu tinha suposto centenas de anos. Mas talvez tenha sido mais recente. Para pensar: essa criança era filha de alguém.

Eu me abaixo e toco na lápide. Sinto uma dor no fundo da garganta.

— Hannah! — Eu me viro para o Folly. Aoife está lá, me olhando. — Não é por aí — diz, apontando para a trilha que se afasta da capela. — Por ali!

— Obrigada! — grito para ela. — Desculpe! — Sinto como se tivesse sido flagrada invadindo alguma propriedade.

À medida que me afasto do Folly, os indícios da trilha vão desaparecendo. Trechos de terra gramados e seguros vão sumindo embaixo de meus pés, dando lugar a um lodo preto. A água fria do pântano já se infiltrou em minha galocha direita, e meu passo guincha por causa da meia ensopada. A ideia de cadáveres em algum lugar aqui embaixo me faz estremecer. Fico me perguntando se hoje à noite alguém vai se dar conta de que está dançando em cima de um cemitério.

Levanto o celular. Sinal completo, como prometeu Aoife. Ligo para casa. Apesar do barulho do vento, consigo ouvir a ligação chamando e depois a voz de minha mãe:

— Alô?

— Liguei muito cedo?

— Meu Deus, não, querida. Já estamos de pé faz umas... bem, *parecem* horas.

Quando ela passa o telefone para Ben, mal consigo escutar o que ele diz, a voz está aguda e alta demais.

— O que foi, querido? — Aperto o celular no ouvido.

— Eu disse alô, mamãe.

Ao ouvir sua voz, sinto algo no fundo do meu peito, a força da nossa conexão. Quando procuro alguma comparação para o meu amor pelos meus filhos não é o meu amor por Charlie que me vem à cabeça. É algo mais animalesco, poderoso, de sangue. O amor pela linhagem. A comparação mais próxima é o meu amor por Alice, minha irmã.

— Onde você está? — pergunta Ben. — Parece o barulho do mar. Tem barco aí? — Ele é obcecado por barcos.

— Tem, nós viemos de barco.

— Era grande?

— Mais ou menos.

— A Lottie ficou bem doente ontem, mãe.

— O que aconteceu com ela? — pergunto imediatamente.

Meu maior medo é que aconteça alguma coisa com as pessoas que eu amo. Quando eu era pequena e acordava no meio da noite, às vezes eu ia até a cama da minha irmã, Alice, verificar se ela estava respirando, porque a pior coisa que eu podia imaginar era que ela fosse tirada de mim. "Estou bem, Han", ela sussurrava, e pelo seu jeito de falar dava para perceber que estava sorrindo. "Mas você pode deitar aqui comigo, se quiser." E eu me deitava, espremida atrás dela, sentindo o movimento tranquilizador de suas costelas durante a respiração.

Minha mãe pega o telefone.

— Nada para se preocupar, Han. Ela exagerou ontem de tarde. O seu pai, aquele pateta, deixou que ela ficasse sozinha com um pão de ló, enquanto eu estava fazendo compras. Ela está bem agora, amor, ali no sofá, assistindo aos desenhos da CBeebies na televisão, pronta para tomar café da manhã. Agora, vá lá se divertir no seu fim de semana glamoroso.

Não me sinto muito glamorosa no momento, penso, com a meia ensopada e a brisa fazendo meus olhos lacrimejarem.

— Tudo bem, mãe, vou tentar telefonar amanhã, a caminho de casa. Eles não estão deixando você maluca?

— Não. Para ser franca... — O tom de emoção em sua voz é inconfundível.

— O quê?

— Bom, é uma boa distração. Positiva. Cuidar da próxima geração. — Ela hesita, respira fundo. — Sabe... nesta época do ano.

— É. Eu entendo, mãe. Sinto a mesma coisa.

— Tchau, querida. Se cuida.

Quando desligo, tenho um estalo. É *dela* que Olivia me faz lembrar? De Alice? Tudo é igual: a magreza, a fragilidade, o constante ar de surpresa. Eu me lembro de quando vi minha irmã pela primeira vez depois que ela voltou para casa, da faculdade, para as férias de verão. Ela perdera um terço do peso. Parecia estar com uma doença grave... como se algo a estivesse comendo de dentro para fora. E a pior parte era que ela achava que não podia falar sobre o que tinha acontecido com ninguém. Nem mesmo comigo.

Volto a andar. E, então, paro e olho ao redor. Não sei se estou seguindo o caminho certo, mas não está óbvio qual caminho é o certo. Não consigo ver o Folly ou mesmo a tenda daqui, ambos escondidos pela elevação do terreno. Supus que seria mais fácil retornar, porque já teria passado pela trilha. Agora, porém, sinto-me desorientada — meus pensamentos estavam em algum outro lugar. Devo ter tomado uma rota diferente; parece ainda mais pantanoso aqui. Tenho que pular entre tufos de grama mais seca para evitar trechos molhados e pretos de turfa. Sigo com dificuldade. Então, fico meio empacada e tento dar um grande salto. Mas calculei mal: meu pé escorrega e a galocha esquerda vai parar não em um montinho de grama, mas na superfície mole da turfa.

Eu afundo... e continuo afundando. Tudo acontece muito rápido. O chão se abre e engole o meu pé. Perco o equilíbrio, tropeço para trás, e meu outro pé também cede com um terrível barulho de sucção, tão rápido quanto a goela preta daquele cormorão engolindo o peixe. Em questão de instantes, a turfa engole as minhas botas, e eu afundo ainda mais. Nos primeiros segundos, fico paralisada de surpresa, congelada. Depois percebo que tenho que agir, me salvar. Estico a mão para a porção de terra seca na minha frente e agarro dois montes de grama.

Dou um impulso para me erguer. Nada acontece. A sensação é de que estou ficando presa depressa. Como vai ser constrangedor, penso, voltar para o Folly completamente suja e tentar explicar o ocorrido. Depois percebo que ainda estou afundando. A terra preta está passando dos meus joelhos, chegando ao meio da coxa. Pouco a pouco está me engolindo.

De repente, não me importo mais com qualquer constrangimento. Estou genuinamente apavorada.

— Socorro! — grito.

Mas minhas palavras são engolfadas pelo vento. Não há a mínima chance de minha voz avançar alguns metros, quanto mais chegar ao Folly. Ainda assim, tento de novo e grito:

— Alguém me ajuda!

Penso nos corpos no pântano. Imagino mãos esqueléticas se estendendo das profundezas da terra em minha direção, prontas para me puxarem. E começo a agarrar a terra, usando toda a minha força para subir, bufando e urrando com o esforço, como um animal. Parece que nada acontece, mas trinco os dentes e tento com ainda mais força.

E então tenho a nítida sensação de estar sendo observada. Um frio desce por minha coluna.

— Está precisando de uma mãozinha aí?

Levo um susto. Não consigo me virar direito para ver quem falou. Lentamente, eles dão a volta e param na minha frente. São dois dos padrinhos do noivo: Duncan e Pete.

— Estávamos fazendo uma pequena expedição — diz Duncan. — Sabe, explorando o terreno.

— Não imaginávamos que íamos ter o prazer de resgatar uma donzela em apuros — completa Pete.

Suas expressões são quase inteiramente neutras. Mas o canto dos lábios de Duncan tremelica um pouco, e tenho a sensação de que estavam rindo de mim; e de que talvez estivessem observando por um tempo meu desespero. Não quero contar com a ajuda deles. Mas também não estou em posição de escolher muito.

Cada um deles segura uma das minhas mãos. Com os dois puxando, finalmente consigo liberar um pé. Acabo perdendo a bota para o pântano, que a engole tão rápido quanto a abocanhou. Puxo o outro pé e me agarro na terra, a salvo. Por um instante, fico esparramada no chão, tremendo de exaustão e adrenalina, incapaz de encontrar a energia para ficar de pé. Quase não consigo acreditar no que acabou de acontecer. Depois me lembro dos dois homens me olhando, ainda segurando minhas mãos. Levanto-me com dificuldade, agradecendo, soltando as mãos dos dois o mais rápido que a polidez permite: o contato entre nossos dedos de repente me parece uma intimidade excessiva. Agora que a adrenalina está diminuindo, penso na imagem que eles viram enquanto me puxavam: minha blusa se abrindo e expondo meu sutiã velho, bochechas coradas e suadas. Também me ocorre que estamos isolados, aqui. Eles são dois, eu, só uma.

— Obrigada, rapazes — digo, odiando a hesitação em minha voz. — Acho que vou direto para o Folly agora.

— Isso — fala Duncan com a voz arrastada. — Tem que limpar toda essa sujeira para mais tarde.

Não sei se estou interpretando demais ou se realmente há algo sugestivo em como ele diz isso.

Sigo o caminho do Folly o mais rápido possível, considerando que estou só de meia e ao mesmo tempo tomando o cuidado de pisar apenas nos locais mais seguros. Subitamente, quero muito voltar lá para dentro, e sim, voltar para Charlie. Tomar a maior distância possível do pântano. E, para ser sincera, dos meus salvadores.

AOIFE

A cerimonialista

Estou em minha mesa repassando o planejamento de hoje. Gosto desta mesa. Suas gavetas estão cheias de memórias. Fotografias, cartões-postais, cartas — papel amarelado pelo tempo, a caligrafia rabiscada de criança.

Sintonizo o rádio na previsão do tempo. Temos algumas estações de Galway aqui.

— Probabilidade de vento esta tarde — diz o homem do tempo. — Não há confirmações ainda sobre a força do vendaval, mas a maior parte de Connemara e do oeste de Galway vai ser afetada, em especial as ilhas e áreas costeiras.

— Isso não é nada bom — diz Freddy, parando atrás de mim.

Escutamos o homem no rádio anunciar que os ventos vão soprar com mais força após as cinco da tarde.

— Nesse momento todos já estarão dentro da tenda, em segurança — digo. — E a estrutura deve aguentar bem, mesmo que vente bastante. Não temos motivos para preocupação.

— E a parte elétrica? — pergunta Freddy.

— Está tudo direito, não está? A menos que aconteça uma tempestade de verdade. E ele não disse nada sobre isso.

Estamos acordados desde o amanhecer. Freddy fez até uma viagem à cidade com Mattie para apanhar alguns suprimentos de última hora, enquanto eu fiquei checando se tudo estava em ordem aqui. O florista vai chegar em breve para arrumar os ramos de flores silvestres da região na capela e na tenda: verônicas e orquídeas selvagens e flores azuis.

Freddy volta para a cozinha para dar os toques finais em qualquer prato que possa ser preparado com antecedência: os canapés e os aperitivos, as entradas frias de peixe da loja de salmões Connemara Smokehouse. Ele é apaixonado por comida, o meu marido. Fala sobre um prato que pensou da mesma forma que um grande músico fala com entusiasmo de uma composição. Vem desde a infância: ele diz que isso começou por não ter tido uma alimentação muito variada quando era jovem.

Vou até a tenda. Ocupa a mesma terra mais alta que a capela e o cemitério, a uns cinquenta metros a leste do Folly, ao longo de um trecho de terra mais seca, com a parte mais pantanosa de turfa de cada lado. Escuto uma correria frenética à frente e então elas aparecem: lebres que saltam de repente de suas "formas", os orifícios que fazem na urze para hibernar. Elas correm diante de mim por um tempo, os rabinhos brancos balançando, as pernas poderosas dando impulso, antes de desviarem para o gramado alto em ambos os lados e desaparecerem. No folclore gaélico, as lebres são metamorfoses; às vezes, quando as vejo aqui, penso em todas as almas perdidas de Inis an Amplóra se materializando uma vez mais para correr no meio da urze.

Dentro da tenda, dou início às minhas tarefas, enchendo os aquecedores e dando os retoques finais nas mesas: os cardápios em aquarela pintados à mão, os guardanapos de linhos em seus aros de prata maciça, cada um impresso com o nome do convidado que o levará de lembrança. Mais tarde, haverá um contraste notável entre o refinamento dessas mesas lindamente montadas e a natureza selvagem no lado de fora. Mais tarde, quando as acendermos, haverá o perfume das velas do Cloon Keen Atelier, um perfumista exclusivo de Galway, enviadas da loja por uma soma considerável.

A tenda treme ao meu redor, enquanto faço as verificações. É bem impressionante pensar que, dentro de algumas horas, este local, tão vazio a ponto de ecoar, estará lotado de gente. A luz aqui é fosca e amarela, em comparação com a luz fria e brilhante do exterior, mas hoje à noite esta estrutura toda vai reluzir como uma daquelas lanternas de papel que lançamos no céu noturno. As pessoas do outro lado serão capazes de olhar para cá e ver que alguma coisa emocionante está acontecendo em Inis an Amplóra — a ilha famosa por ser um lugar morto, uma ilha assombrada, como se só existisse na história. Se eu fizer meu trabalho direito, esse casamento vai garantir que voltem a falar da ilha no presente.

— Toc, toc!

Eu me viro. É o noivo. Com a mão erguida fingindo bater na aba de lona, como se fosse uma porta de verdade.

— Estou procurando dois rapazes errantes — diz. — Nós tínhamos que vestir nossos trajes matutinos. Você por acaso os viu?

— Ah. Bom dia. Não, acho que não vi seus amigos. Dormiu bem?

Ainda não consigo acreditar que é ele mesmo, em carne e osso: Will Slater. Freddy e eu assistimos a *Sobreviva à Noite* desde o início. Não mencionei esse fato aos noivos, porém, para que não ficassem com medo de que criássemos constrangimentos para eles ou para nós mesmos.

— Dormi bem! Muito bem.

Ele é muito atraente na vida real, mais do que na tela. Estico o braço para endireitar um garfo e evitar ficar olhando muito para ele. Pode-se ver que sempre teve essa aparência. Algumas pessoas são esquisitas e desajeitadas quando criança, mas se tornam adultos atraentes. Esse homem, porém, veste sua beleza com tanta graça e facilidade. Suspeito que tire grande proveito disso; está claro que ele conhece muito bem o próprio poder. Cada movimento é como observar o funcionamento de uma máquina absolutamente precisa, um animal no auge de seu desempenho.

— Fico feliz que tenha dormido bem.

— Ah — diz ele —, se bem que tivemos um probleminha quando fomos para a cama.

— O que houve?

— Alga marinha embaixo da coberta. Uma pegadinha dos rapazes.

— Ah, meu Deus! Sinto muito. Deveriam ter chamado o Freddy ou a mim. Nós podíamos ter retirado a alga e refeito a cama com lençóis novos.

— Você não tem que se desculpar — diz, aquele sorriso charmoso de novo. — Garotos são assim, não mudam. — Ele dá de ombros. — Mesmo que o Johnno seja um garoto meio crescido. — Ele para do meu lado, perto o suficiente para eu sentir seu cheiro. Dou um pequeno passo para trás. — Está lindo aqui, Aoife. Muito impressionante. Você está fazendo um ótimo trabalho.

— Obrigada. — Meu tom de voz não dá muito espaço para conversa.

Mas imagino que Will Slater não esteja acostumado a ser cortado; todo mundo que ele encontra deve ficar doido para conversar com ele. Eu me dou conta, quando ele não se mexe, de que talvez até encare minha resposta fria como um desafio.

— Então, qual é a sua história, Aoife? — pergunta, a cabeça inclinada para o lado. — Vocês não se sentem sozinhos, morando aqui, só vocês dois?

Será que ele está genuinamente interessado ou apenas fingindo? Por que quer saber sobre mim? Dou de ombros.

— Não, na verdade, não. De qualquer modo, sou do tipo introspectiva. No inverno, para ser franca, parece que só sobrevivemos. Ficamos aqui por causa do verão.

— Mas como vocês vieram parar aqui?

Sua curiosidade parece autêntica. Ele é mesmo dessas pessoas que convencem que estão fascinadas por cada palavra que você diz. Acho que tudo faz parte do seu charme.

— Eu vinha para cá nas férias de verão, quando era criança. Com minha família.

Não falo muito sobre essa época. No entanto, há muita coisa que eu poderia contar a ele. Poderia falar dos picolés de morango baratos nas praias de areia branca, a mancha vermelha colorindo nossos lábios e línguas. Das piscinas que se formavam nas pedras no outro lado da ilha, de examinar o conteúdo de nossas redes com dedos ávidos para encontrar camarões e pequeninos caranguejos translúcidos. De mergulhar no mar turquesa nas enseadas abrigadas até nos acostumarmos com a temperatura congelante. É óbvio que não vou contar nada disso: não seria apropriado. Preciso manter aquele distanciamento essencial dos convidados.

— Ah — diz ele. — Não achei que você tivesse o sotaque local.

Fico imaginando o que ele esperava. Expressões regionais e trevos verdes e *leprechauns*?

— Não, sou de Dublin, mas meu sotaque não é muito pronunciado. Também já morei em outros lugares. Quando era mais nova, nos mudávamos muito por causa do trabalho do meu pai. Ele era professor universitário. Moramos na Inglaterra por um tempo, até mesmo nos Estados Unidos.

— Você conheceu o Freddy fora? Ele é inglês, não é?

Ainda tão interessado, tão charmoso. A situação me deixa meio desconfortável. Fico me perguntando o que exatamente ele quer saber.

— Freddy e eu nos conhecemos há muito tempo.

Ele dá aquele sorriso cativante e interessado.

— Namorados de infância?

— Pode-se dizer que sim.

Mas no fundo não é isso. Freddy é muitos anos mais jovem do que eu, e no início éramos amigos, durante anos, antes de qualquer coisa. Ou talvez nem mesmo amigos, mas nos apegamos um ao outro como salva-vidas mútuos. Não muito depois de minha mãe se transformar em uma casquinha da mulher que foi um dia. Vários anos antes do ataque cardíaco do meu pai. Mas eu jamais contaria tudo isso ao noivo. Além de todo o resto, na minha profissão é muito importante nunca se mostrar humana demais, falível demais.

— Entendo — diz ele.

— Agora — digo, antes que a pergunta seguinte se forme em seus lábios, seja qual for. — Se não se importar, é melhor eu continuar com os preparativos.

— Claro. Temos belos festeiros chegando à noite, Aoife. Só espero que não causem muita confusão.

Ele passa a mão no cabelo e abre um sorriso malicioso, o que, imagino, tenha intenção de mostrar uma atitude arrependida e conquistadora. Seus dentes são muito brancos. Tão brilhantes, na verdade, que me levam a pensar se ele faz algum tipo de clareamento.

Então ele se aproxima e coloca uma das mãos no meu ombro.

— Você está fazendo um trabalho fantástico, Aoife. Obrigado.

Deixa a mão ali por um tempo um pouco longo demais, chego a sentir o calor da sua palma atravessando minha camisa. De repente, a noção de que só estamos nós dois nesse espaço amplo e vazio pesa sobre mim.

Sorrio — meu sorriso mais profissional e polido — e dou um pequeno passo para o lado. Suponho que um homem como ele seja muito confiante de seu poder sensual. Parece charme no início, mas por baixo há algo mais sombrio, mais complicado. Não acho que ele esteja realmente atraído por mim, nem de longe. Ele coloca a mão no meu ombro porque pode. Talvez eu esteja interpretando demais. Porém, talvez seja um lembrete de que é ele quem está no comando, de que estou trabalhando para ele. De que devo dançar conforme sua música.

AGORA

A noite do casamento

A equipe de busca sai marchando em direção à escuridão. Imediatamente são atacados pelo vento, pela força uivante. As chamas das tochas crescem e sibilam e ameaçam se extinguir. Os olhos dos homens se enchem de água, os ouvidos escutam um zumbido. De cabeça abaixada, eles têm que avançar contra o vento, como se fosse uma massa sólida.

A adrenalina atravessa seus corpos, é uma luta entre os homens e os elementos da natureza. Um sentimento trazido da infância — profundo, animalesco, inominável —, agitando lembranças de noites não tão diferentes assim da de hoje. Eles contra a escuridão.

Avançam, lentamente. A extensão mais longa de terra entre o Folly e a tenda, ladeada pelo pântano de turfa em cada lado: é ali que vão começar a busca. Gritam "Tem alguém aí?" e "Alguém ferido?" e "Estão ouvindo?".

Ninguém responde. O vento parece engolir suas vozes.

— Talvez seja melhor nos dividirmos! — grita Femi. — Para acelerar a busca.

— Ficou maluco? — replica Angus. — Com um pântano de cada lado? A gente não sabe onde ele começa. Ainda mais no escuro. Não estou... não estou com medo. Mas não me agrada a ideia de encontrar, sabe... alguma merda sozinho.

Então eles permanecem juntos, próximos uns dos outros.

— Ela deve ter se esgoelado — grita Duncan. — Aquela garçonete. Para ser ouvida por cima desse barulho.

— Ela devia estar apavorada — berra Angus.

— Está com medo, Angus?

— Não. Vá à merda, Duncan. Mas é... realmente difícil ver...

Suas palavras se perdem em uma rajada de vento especialmente forte. Em uma chuva de centelhas, duas das grandes tochas se apagam como velinhas de aniversário. Mas eles continuam empunhando os suportes de metal como se fossem espadas.

— Para falar a verdade — grita Angus —, talvez eu esteja com um pouco de medo, sim. É alguma vergonha isso? Vai ver não estou gostando de ficar aqui fora em uma tempestade do caralho, ou... ou de imaginar o que podemos encontrar...

As palavras são interrompidas por um grito de pânico. Eles se viram, segurando as tochas no alto, e veem Pete agarrando o nada, a panturrilha submersa.

— Idiota — fala Duncan —, deve ter se afastado da parte mais seca.

No entanto, ele está aliviado, todos estão. Por um momento, acharam que Pete tivesse encontrado alguma coisa.

Eles o puxam.

— Meu Deus — grita Duncan, enquanto Pete, livre, se esparrama, de quatro, ao lado deles —, você é a segunda pessoa que tivemos que resgatar hoje. Mais cedo, Femi e eu encontramos a mulher do Charlie guinchando igual a um porco presa nesse maldito pântano.

— Os corpos... — balbucia Pete — no pântano...

— Ah, cale essa boca, Pete — esbraveja Duncan com raiva. — Deixe de ser estúpido. — Ele balança a tocha mais perto do rosto de Pete e se vira para os outros. — Vejam os olhos dele... Pete está chapado. Eu sabia. Por que ele veio conosco? Só vai atrapalhar, porra.

Todos ficam aliviados quando Pete cala a boca. Ninguém menciona os corpos de novo. Faz parte do folclore, eles sabem. Podem ignorar esse fato — ainda que na escuridão seja mais difícil do que na luz do dia, quando tudo é mais familiar. No entanto, não podem ignorar o objetivo da missão, a perspectiva do que podem encontrar. Há perigos reais ali, uma paisagem pouco conhecida e traiçoeira no escuro. Só agora estão começando a se dar conta disso de verdade. A compreender como estão despreparados.

Mais cedo naquele dia

JULES

A noiva

Abro os olhos. O grande dia.

Não dormi bem na noite passada e, quando consegui pregar os olhos, tive um sonho estranho: a capela em ruínas se reduzia a pó ao meu redor conforme eu entrava. Acordei me sentindo incomodada, inquieta. Um toque de paranoia da ressaca por ter bebido muito, sem dúvida. E tenho certeza de que ainda sinto resquícios do fedor da alga, embora já tenha sido tirada há horas.

Will se mudou para o quarto livre logo cedo em respeito à tradição, mas eu me pego desejando que ele estivesse aqui. Não importa. A adrenalina e a força de vontade me farão seguir em frente; precisam me fazer seguir em frente.

Olho para o vestido pendurado no cabide forrado. As abas do tecido de proteção dançam delicadamente de um lado ao outro com alguma brisa misteriosa. Já entendi a esta altura que neste lugar há correntes de ar que conseguem entrar de alguma forma, mesmo com portas e janelas fechadas. Elas passam por nós fazendo piruetas, beijam nossa nuca, causam comichão em nossa espinha, suaves como a ponta dos dedos.

Sob o roupão de seda, estou usando a lingerie que escolhi para hoje, da marca Coco de Mer. A mais delicada renda Leavers, fina como uma teia de aranha, e cor de creme, como manda o figurino. Muito tradicional, à primeira vista. Mas atravessando a calcinha há uma fileira de pequeninos botões madrepérola, para que possa ser completamente aberta. Bonito, e bem atrevido. Sei que Will vai gostar de descobrir isso, mais tarde.

Um vislumbre de movimento na janela chama minha atenção. Abaixo, nas pedras, vejo Olivia. Ela está usando o mesmo suéter largo e jeans rasgado de ontem, caminhando descalça em direção à beirada, onde o mar bate no granito com enormes explosões de água branca. Por que, meu Deus, ela não está se aprontando, como deveria? Mantém a cabeça inclinada, os ombros curvados, o cabelo esvoaçando para trás parecendo mais uma corda embolada. Há um momento em que Olivia está tão perto da beira, da violência da água, que minha respiração falha. Ela poderia cair e eu não seria capaz de descer daqui a tempo de salvá-la. Ela poderia se afogar bem ali, enquanto estou aqui, impotente.

Arranho a janela, mas acho que ela está me ignorando ou — admito que é o provável — não consegue me ouvir por causa do barulho das ondas. Por sorte, entretanto, ela se afasta um pouco do precipício.

Ótimo. Não vou me preocupar mais com ela. É hora de começar a me arrumar de verdade. Eu poderia facilmente ter contratado um maquiador para vir até esta ilha, mas de maneira alguma entregaria o controle sobre minha aparência a outra pessoa em um dia tão importante. Se Kate Middleton fez a própria maquiagem, eu também posso.

Pego a bolsa com os produtos de que vou precisar, mas um tremor um pouco inesperado em minhas mãos faz tudo se espatifar no chão. Merda. Eu *nunca* sou desastrada. Será que estou... nervosa?

Olho para o conteúdo espalhado, tubos dourados brilhantes de batons e rímel rolando pelo assoalho, um pó compacto caído de cabeça para baixo com uma trilha cor de bronze em seu encalço.

Lá, no meio de tudo aquilo, está um pequenino pedaço de papel dobrado, ligeiramente escurecido de fuligem. Aquela imagem gela o meu sangue. Fito o papel, incapaz de desviar o olhar. Como é possível que uma coisa tão pequena possa ter ocupado um espaço tão imenso em minha mente nos últimos meses?

Por que eu guardaria um negócio desses?

Eu o desdobro, muito embora não seja necessário: as palavras estão gravadas na minha memória.

Will Slater não é o homem que você pensa.
Ele é um traidor e um mentiroso. Não se case com ele.

Tenho certeza de que foi um maluco qualquer. Will sempre recebe correspondência de estranhos que pensam que o conhecem e sabem tudo de sua vida. Às vezes me incluem em sua fúria. Eu me lembro de quando vazaram algumas fotos de nós dois. "Will Slater fazendo compras com a namorada, Julia Keegan." Era um dia parado no *Mail Online*, sem dúvida.

Embora eu soubesse — *soubesse* — que era uma péssima ideia, acabei indo até a seção dos comentários no fim da página. Nossa. Eu já tinha visto aquele chorume antes, mas, quando é direcionado para a gente, é uma sensação particularmente venenosa, especialmente pessoal. Foi como tropeçar em uma câmara de ressonância dos piores pensamentos que eu tenho sobre mim mesma.

Meu Deus ela acha que é tudo isso mesmo?

Parece uma verdadeira p*ta se quer saber minha opinião.

Nossa, amor você nunca ouviu falar que não é para dormir com um homem que usa a calça mais justa do que a sua?

Will! EU TE AMO! Me escolha em vez dela! :) :) :) Ela não merece você.......

Nossa, eu odeio ela só de olhar. Vaca convencida.

Quase todos os comentários eram desse tipo. Foi difícil acreditar que havia tantas pessoas desconhecidas nutrindo esse sentimento de asco por mim. Depois rolei para baixo até encontrar uma ou outra opinião que divergia:

Ele parece feliz. Ela vai ser boa para ele!

Além disso ela é dona da The Download — melhor site do muuuundo. Eles formam um belo par.

Mesmo essas vozes mais gentis eram perturbadoras à sua maneira: como algumas delas pareciam conhecer Will... e *me* conhecer. Tanto que estavam em posição de comentar o que era bom para ele. Will não é um nome tão conhecido do público. Mas no nível de fama dele, é ainda mais comum coisas desse tipo, porque ele ainda não ultrapassou o patamar em que as pessoas se acham donas dele.

O bilhete, entretanto, é diferente desses comentários na internet. É mais íntimo. Foi deixado na caixa de correio sem selo, ou seja, alguém deixou lá pessoalmente. Quem quer que tenha escrito, sabe onde moramos. Ele ou ela foi até nossa casa em Islington — que era, até recentemente, quando Will se mudou, *minha* casa. Pouco provável, com certeza, que tenha sido um maluco qualquer. A não ser que seja o pior tipo de maluco.

Contudo, me ocorre que poderia muito bem ser alguém que nós dois conhecemos. Até mesmo alguém que estará nesta ilha hoje.

Na noite em que o bilhete chegou, eu o joguei na lareira. Segundos depois, peguei-o de volta, queimando meu punho ao fazer isso. Ainda tenho a marca: uma cicatriz rosada, brilhante e alta na pele macia. Toda vez que olho para ela, penso no bilhete, onde ele está escondido. Cinco pequenas palavras:

Não se case com ele.

Rasgo o bilhete ao meio. Rasgo de novo, e de novo, até virar confete. Mas não basta. Levo os pedaços de papel para o banheiro e dou a descarga, assistindo atentamente até que todos tenham desaparecido, girando para dentro do vaso. Eu os imagino viajando pelo encanamento, para o Atlântico, o mesmo oceano que nos rodeia. Pensar nisso me perturba mais do que provavelmente deveria.

De qualquer modo, está fora da minha vida agora. Foi embora. Não vou mais pensar nele. Pego a escova de cabelo, o curvador de cílios, o rímel: meu arsenal de armas, minha aljava.

Hoje vou me casar, e essa noite vai ser um maldito arraso.

AGORA

A noite do casamento

— Nossa, é difícil andar assim. — Duncan levanta a mão para proteger o rosto do vento cortante e balança a tocha com a outra, lançando faíscas no ar. — Alguém está vendo alguma coisa?

Mas ver o quê? Essa é a pergunta que ocupa os pensamentos dos homens. Todos com as palavras da garçonete ainda na cabeça. *Um corpo*. Cada calombo ou torrão no chão é uma fonte de terror em potencial. As tochas que eles estendem à frente não ajudam tanto quanto deveriam; só deixam o restante da noite ainda mais negro.

— É como voltar à escola — grita Duncan aos outros. — Nos arrastando no escuro. Alguém quer brincar de Sobrevivente?

— Deixe de ser babaca, Duncan — grita Femi. — Você esqueceu o que temos que procurar?

— Verdade. Acho que não dá para chamar de Sobrevivente, então.

— Não tem graça — repreende Femi.

— Tudo bem, Femi! Se acalme. Eu só estava tentando aliviar o clima.

— Não acho que seja a hora para isso — retruca Duncan, agressivo.

— Estou aqui fora procurando, não estou? Melhor do que aqueles filhos da puta covardes na tenda.

— Sobrevivente não era engraçado, de qualquer jeito — grita Angus. — Era? Agora eu entendo isso. Eu... eu cansei de fingir que era tudo uma grande brincadeira. Aquilo era muito errado. Alguém podia ter morrido... alguém morreu, na verdade. E a escola não fez nada...

— Foi um acidente — interrompe Duncan. — Quando o garoto morreu. Não foi por causa do Sobrevivente.

— Ah, não? — retruca Angus. — Como você chegou a essa conclusão? Só porque você amava toda aquela merda. Eu sei que você ficou todo animado quando chegou a sua vez de assustar os garotos mais novos. Não dá para continuar sendo um babaca sádico agora, não é? Aposto que você não sentiu tanta adrenalina desde...

— Pessoal — repreende Femi, sempre o apaziguador. — *Não* é hora para isso.

Eles ficam em silêncio durante algum tempo, continuando a difícil caminhada pela escuridão, sozinhos com os próprios pensamentos. Nenhum deles nunca havia enfrentado um clima assim. O vento vem e vai em rajadas tempestuosas. De vez em quando, cessa por tempo suficiente para que consigam ouvir os próprios pensamentos. Mas esses intervalos são só a preparação para a próxima investida: um murmúrio frenético, como milhares de insetos zunindo. No seu auge, aumenta em um uivo tão horrível quanto o grito agudo de uma pessoa, um eco do berro da garçonete. Os homens sentem a pele açoitada pelo grito, os olhos cegos pelas lágrimas. Eles não aguentam mais; a tempestade, porém, está só começando.

— Não parece real, não é?

— O que, Angus?

— Bem, você sabe... um minuto estamos todos na tenda, nos divertindo, comendo bolo de casamento. Agora estamos aqui fora procurando... — Ele reúne coragem para falar alto — um *corpo*. O que você acha que pode ter acontecido?

— Ainda não sabemos o que estamos procurando — responde Duncan. — Estamos confiando na palavra de uma garota.

— Sim, mas ela parecia ter bastante certeza...

— Bom — diz Femi —, tinha muita gente bêbada lá. Estava bastante fora de controle. Não é tão difícil imaginar, não é? Alguém saindo da tenda no escuro, um acidente...

— E aquele cara, o Charlie? — sugere Duncan. — Ele estava muito mal.

— É — grita Femi —, ele estava podre de bêbado. Mas depois do que fizemos com ele na despedida de solteiro...

— Quanto menos a gente falar sobre esse assunto, melhor, Fem.

— Mas vocês viram a madrinha mais cedo? — grita Duncan. — Alguém mais pensou a mesma coisa que eu?

— O quê? — retruca Angus. — Que ela estava tentando... sabe...?

— Se matar? — completa Duncan. — Sim, acho. O comportamento dela está bem estranho desde que chegamos, não é? Uma pilha de nervos, visivelmente. Não duvido que tenha feito alguma coisa estúp...

— Alguém está vindo — grita Pete, interrompendo Duncan, e aponta para a escuridão atrás deles —, alguém está chegando perto...

— Ah, *cale a boca*, seu babaca — repreende Duncan. — Nossa, ele está me irritando. Nós deveríamos levar Pete de volta para a tenda. Porque eu juro...

— Não. — Angus hesita. — Ele está falando a verdade. Tem alguma coisa ali...

Os outros se viram para olhar também, movendo-se em um círculo desajeitado, batendo um no outro, enfrentando a apreensão. Todos ficam em silêncio e se viram para trás, escrutinando a noite.

No escuro, uma luz balança na direção do grupo. Eles estendem as tochas, esforçando-se para ver o que é.

— Ah — grita Duncan, com algum alívio. — É só... aquele gordo, o marido da cerimonialista.

— Calma! — diz Angus. — O que é aquilo... na mão dele?

Mais cedo naquele dia

OLIVIA

A madrinha

Pela janela vejo os barcos com os convidados chegando à ilha, ainda figuras escuras e distantes na água, mas se aproximando cada vez mais. Tudo vai acontecer logo. Eu deveria estar me arrumando, e Deus sabe que estou acordada desde cedo. Levantei com uma dor no peito e a cabeça latejando, então saí para pegar um pouco de ar. Mas agora estou sentada aqui no meu quarto de calcinha e sutiã. Não consegui me forçar a pôr a roupa, a entrar naquele vestido. Encontrei uma pequena mancha vermelha na seda clara: o corte que fiz na coxa deve ter sangrado um pouco ontem, quando experimentei o vestido. Graças a Deus Jules não percebeu. Ela teria surtado. Esfreguei o vestido na pia do corredor com água fria e sabão. Saiu quase tudo, felizmente. Ficou apenas um minúsculo ponto rosa-escuro, como um lembrete.

E me fez lembrar o sangue, meses atrás. Eu não sabia que seria tanto sangue. Fecho os olhos. Mas ainda consigo ver, por baixo das pálpebras.

Olho para fora da janela de novo, penso nas pessoas chegando. Estou me sentindo claustrofóbica neste lugar desde que cheguei, sentindo que não há saída, nenhum lugar para onde fugir... mas vai ficar muito pior hoje. Em menos de uma hora, Jules vai me chamar e terei que caminhar até o altar na frente dela, com todos os olhares voltados para nós. E então aquelas pessoas

— familiares, desconhecidos — com quem eu terei que falar. Acho que não vou conseguir. De repente, não consigo respirar.

Penso que a única vez em que me senti um pouco melhor desde que cheguei aqui foi na noite passada, na gruta, conversando com Hannah. Não tenho conseguido falar com ninguém como falei com ela; nem com minhas amigas. Não sei o que vi em Hannah. Acho que foi porque ela também pareceu um peixe fora d'água, como se também estivesse tentando se esconder de tudo.

Eu poderia ir atrás de Hannah. Conversar com ela agora, acho. Contar o resto. Colocar tudo para fora. Só de pensar nisso fico tonta, enjoada. Mas talvez eu me sentisse melhor também, de certo modo — tiraria um pouco do peso no meu peito.

Minhas mãos tremem quando coloco o jeans e o suéter. Se eu contar a ela, não terá volta. Mas acho que já me decidi. Acho que preciso fazer isso, antes que eu fique completamente louca.

Saio do quarto me arrastando. Meu coração foi parar na garganta, batendo tão forte que mal consigo engolir. Cruzo de mansinho a sala de jantar, subo a escada. Não posso encontrar com ninguém no caminho, ou vou perder a coragem.

O quarto de Hannah fica no final do corredor comprido, se não me engano. Ao me aproximar, percebo o murmúrio de vozes saindo lá de dentro, cada vez mais altas.

— Ah, pelo amor de Deus, Han — ouço. — Você está sendo completamente ridícula...

A porta está aberta, apenas uma fresta. Dou uma olhada mais de perto. Não dá para ver Hannah, só Charlie, apenas de cueca, segurando a quina da cômoda como se estivesse tentando conter sua raiva.

Paro na hora. Sinto como se tivesse visto alguma coisa que não deveria, como se os estivesse espionando. Foi burrice minha não pensar que Charlie estaria lá também — Charlie, minha lamentável paixonite adolescente. Não consigo. Não consigo ir até lá e bater na porta, perguntar se Hannah pode conversar... Não com eles seminus, claramente no meio de algum tipo de discussão. Então praticamente dou um pulo quando outra porta se abre atrás de mim.

— Ah, olá, Olivia.

É Will. Está usando calça de terno e uma camisa branca aberta, mostrando o peitoral bronzeado e musculoso. Rapidamente desvio o olhar.

— Eu *pensei* que tinha ouvido alguém aqui fora — diz ele, franzindo a testa. — O que você está fazendo aqui em cima?

— N-nada — digo, ou tento dizer, porque mal sai som algum da minha boca, apenas um sussurro rouco.

Dou meia-volta para ir embora.

De volta ao meu quarto, sento-me na cama. Fracassei. É tarde demais. Perdi a chance. Eu deveria ter encontrado uma maneira de contar a Hannah ontem à noite.

Observo pela janela os barcos se aproximando: cada vez mais perto. Parece que estão trazendo alguma coisa ruim para a ilha. Mas isso é bobagem. Porque já está aqui, não é? Sou eu. Eu sou a coisa ruim. O que eu fiz.

AOIFE

A cerimonialista

Os convidados estão chegando. Vejo os barcos se aproximarem do ancoradouro, pronta para dar as boas-vindas. Sorrio e balanço a cabeça, tento ser bem formal. Estou usando um vestido liso, azul-marinho, um salto plataforma baixo. Elegante, mas não em excesso. Não seria adequado parecer uma das convidadas. Se bem que eu não precisava ter me preocupado com isso. Está claro que todas as convidadas se empenharam *bastante* nos trajes: brincos cintilantes e saltos dolorosamente altos, bolsas mínimas e estolas de pele autêntica (pode ser verão, mas não deixa de ser o frio verão irlandês). Chego a ver algumas cartolas. Suponho que, quando os anfitriões são a dona de uma revista de variedades e um astro da TV, o convidado tem que elevar o nível.

Eles desembarcam em grupos de cerca de trinta pessoas. Eu os observo apreciando a ilha e sinto uma onda de orgulho pessoal com isso. Seremos cento e cinquenta pessoas à noite, muita gente para apresentar a Inis an Amplóra.

— Onde fica o banheiro mais próximo? — pergunta um homem, nervoso, com cara de enjoo, puxando o colarinho como se estivesse sufocando.

Vários convidados, aliás, estão com uma cara péssima por baixo de sua elegância. E, no entanto, o mar ainda não está lá muito agitado no momento, a água entre branco e prata, tão reluzente refletindo a fria luz do sol que chega a ser ofuscante. Protejo os olhos com a mão e, com um sorriso amável, indico o caminho. Talvez eu deva oferecer fortes comprimidos contra enjoo para a viagem de volta, se o tempo ficar tão ventoso quanto sugere a previsão meteorológica.

Eu me lembro da primeira vez que viemos aqui na infância, descendo da velha barcaça. Não nos sentimos mareados, não que eu me lembre. Ficávamos de pé na proa e segurávamos na grade, dando gritinhos quando as ondas jogavam o barco para cima e a água jorrava em grandes arcos, nos ensopando. Lembro que fingíamos estar montados em uma imensa serpente marinha.

Estava quente para esta parte do mundo naquele verão, e o sol logo nos secava. Além disso, crianças são valentes. Eu descia a praia correndo até a água, como se não fosse nada. Imagino que ainda não tinha aprendido a ter cautela com o mar.

Um elegante casal na casa dos sessenta anos desembarca do último barco. De alguma forma percebo, mesmo antes de se aproximarem e se apresentarem, que são os pais do noivo. Ele deve ter puxado a beleza da mãe, além do tom de pele e do cabelo, provavelmente, embora ela agora esteja grisalha. Mas ela não demonstra nem metade da autoconfiança natural do filho. Dá a impressão de alguém tentando se esconder, mesmo que seja nas próprias roupas.

Os traços do pai do noivo são mais fortes, mais acentuados. Ninguém o descreveria como atraente, mas dá para imaginar um perfil como o dele no busto de um imperador romano: as sobrancelhas altas, arqueadas, o nariz adunco, a boca firme, de lábios finos, ligeiramente cruel. Ele tem um aperto de mão forte, quase esmaga os ossos da minha. E ostenta um ar de importância, como um político ou um diplomata.

— Você deve ser a cerimonialista — diz, com um sorriso, mas seus olhos são observadores, avaliadores.

— Sou, sim.

— Ótimo, ótimo. Imagino que tenha reservado um assento para nós na frente da capela.

No casamento do filho deles, era o mínimo que se podia esperar. Mas acho que esse homem esperaria um assento na frente de qualquer evento.

— É claro. Vou levá-los até lá agora.

— Sabe — diz ele, enquanto caminhamos em direção à capela —, é engraçado. Sou diretor de escola, de uma escola para rapazes, a Trevellyan's. E mais ou menos um quarto desses convidados estudou lá. É esquisito, ver os rapazes todos adultos.

Sorrio, mostrando um interesse educado ao perguntar:

— O senhor reconhece todos eles?

— A maioria. Mas nem todos, nem todos. Principalmente as figuras mais espalhafatosas, como acho que você os chamaria. — Ele dá uma risada. — Já percebi que alguns deles deram uma segunda olhada ao me verem. Tenho a reputação de ser um disciplinador um pouco severo. — Ele parece orgulhoso disso. — Provavelmente já estão com medo de fazerem alguma besteira, só de notarem minha presença.

Sem dúvida, penso. Sinto como se conhecesse esse homem, embora nunca o tenha visto na vida. Meu instinto me faz não gostar dele.

Mais tarde, me encontro com Mattie, que foi o capitão do último barco, para agradecer.

— Parabéns — digo. — Tudo correu muito bem. Você fez um ótimo trabalho sincronizando tudo.

— E você fez um ótimo trabalho trazendo alguém para se casar aqui. Ele é famoso, não é?

— E ela também é conhecida. — Contudo, duvido que Mattie esteja a par de revistas femininas virtuais. — Oferecemos um bom desconto no final, mas vai valer a pena pela propaganda.

Ele aquiesce.

— Vai colocar este lugar no mapa, vai, sim. — Ele olha para a água, piscando por causa do sol. — Foi fácil velejar de manhã. Mas não vai ser assim mais tarde, tenho certeza.

— Tenho acompanhado a previsão — digo.

É difícil imaginar que o tempo vai virar, vendo agora este sol esplendoroso.

— É — concorda Mattie. — Parece que o vento vai aumentar. Acho que de noite vai ficar bem ruim. Tem uma das feias se formando no mar.

— Uma tempestade? — pergunto, surpresa. — Pensei que seria apenas um pouco de vento.

Ele me lança um olhar que demonstra exatamente o que pensa da ingenuidade dessa dublinense: por mais tempo que moremos aqui, Freddy e eu, seremos sempre recém-chegados para eles.

— Você não precisa de um cara do tempo dentro de um estúdio em Galway para te falar — diz ele. — Use os seus olhos.

Ele aponta para uma mancha escura, ao longe, no horizonte. Até eu, que não sou nenhum marinheiro, como Mattie, posso ver que isso não está com uma cara nada boa.

— Lá está — diz Mattie, com ar de triunfo. — A sua tempestade.

JOHNNO

O padrinho

Will e eu estamos nos aprontando no quarto vago. Os outros rapazes devem se juntar a nós a qualquer momento, então quero dizer logo o que eu vinha planejando. Sou ruim nisso, em falar como me sinto. Mas tento mesmo assim.

— Eu queria te dizer, cara... Bom, você sabe, estou muito honrado em ser o seu padrinho.

— Nunca cogitei mais ninguém para o posto — diz ele. — Você sabe disso.

Bom, veja bem, não estou *inteiramente* seguro de que seja verdade. Foi um ato meio desesperado, o que eu fiz. Porque talvez eu estivesse errado, mas fiquei com a impressão de que, durante um tempo, Will tentou me cortar da vida dele. Desde que o lance do programa de TV começou, eu mal conseguia ver o cara. Ele nem tinha me contado sobre o noivado; descobri pelos jornais. E isso me chateou, não vou fingir que não. Então liguei para ele e disse que queria sair para beber alguma coisa e comemorar.

E, no meio dos drinques, eu disse: "Aceito! Vou ser seu padrinho."

Será que ele ficou meio constrangido na hora? Difícil dizer no caso de Will: ele sempre mantém um ar tranquilo. Depois de uma pausa breve, ele assentiu e disse: "Você leu a minha mente."

Não foi tão inusitado assim. Ele havia me prometido isso, na verdade. Quando éramos crianças, na Trevellyan's.

"Você é o meu melhor amigo, Johnno", ele me falou uma vez. "*Numero uno*. Meu padrinho de casamento." Não me esqueci disso. A história nos une, a nós dois. De fato, acho que ambos sabíamos que eu era a única pessoa para este posto.

Eu me olho no espelho, ajeito a gravata. O terno sobressalente de Will ficou horrível em mim. Nenhuma surpresa, na verdade, considerando que o tamanho é três vezes menor que o meu. E considerando que estou com cara de quem virou a noite, o que de fato aconteceu. Já estou suando no tecido de lã justo demais. Perto de Will, estou ainda mais ridículo, porque o terno dele parece ter sido costurado no corpo por uma maldita legião de anjos. O que não deixa de ser, de certa maneira, porque foi feito sob medida na Savile Row.

— Não estou no meu melhor momento — digo.

O eufemismo do século.

— É um castigo merecido — responde Will — por ter esquecido o seu terno. — E ri de mim.

— É. Sou um estúpido mesmo. — Também estou rindo.

Fui pegar meu terno com Will algumas semanas atrás. Ele sugeriu a loja Paul Smith. Obviamente, todos os vendedores me olhavam como se eu fosse roubar alguma coisa. "É um terno bom", me disse Will, "provavelmente o melhor que você vai encontrar, a não ser que procure na Savile Row." Eu realmente acho que fiquei bem, não há como negar. Nunca tive um terno bom antes. Não usava nada tão elegante desde o colégio. E eu gostava de como afinava minha silhueta. Eu relaxei um pouco nos últimos anos. "Sinal de muita curtição!", eu diria, batendo na pança. Mas não me orgulho disso. Aquele terno escondia tudo. Ele me deixava com cara de patrão, de alguém que eu definitivamente não era.

Viro-me de lado no espelho. Os botões do paletó parecem prestes a estourar. Sim, sinto falta daquele terno da Paul Smith que disfarçava a barriga. Seja como for. Não adianta chorar pelo leite derramado, como diria minha mãe. E não vale a pena ser vaidoso. Afinal de contas, nunca fui mesmo atraente.

— Ha... Johnno! — diz Duncan, entrando rapidamente no quarto, muito elegante em um terno que lhe veste bem. — Que merda é essa? Seu terno encolheu quando lavou?

Pete, Femi e Angus entram logo atrás.

— Bom dia, bom dia, camaradas — diz Femi. — Está todo mundo chegando. Uma turma de alunos antigos da Trevs aportou lá no ancoradouro.

— Johnno, santo Deus! — urra Pete. — Essa calça está tão apertada que dá para ver o que você comeu no café da manhã, cara.

Estendo os braços, um para cada lado, e desfilo para eles, me fazendo de bobo como sempre.

— Meu Deus do céu, e olhe só para você. — Femi se volta para Will. — Que pedaço de mau caminho!

— Mas ele sempre foi um bandido na pele do mocinho — diz Duncan. Ele se inclina para bagunçar o cabelo de Will, que rapidamente apanha um pente e arruma tudo de novo. — Não é verdade? Aquele rostinho bonito. Nunca teve problemas com os professores, não é?

Will ri e dá de ombros.

— Nunca fiz nada de errado.

— Conte outra! — grita Femi. — Você se safava de tudo. Nunca foi pego. Ou eles faziam vista grossa, filhinho do diretor.

— Não — retruca Will. — Sempre fui muito bem-comportado.

— Bom — diz Angus —, nunca vou entender como você conseguiu a nota máxima naqueles testes do ensino médio, já que não estudou nada.

Dou uma espiada em Will, tentando captar seu olhar: será que Angus adivinhou? Mas ele continua:

— Você nasceu com a bunda virada para a lua, porra.

E ele vai para cima de Will para lhe dar um beliscão no braço. Não, pensando melhor, ele não soa desconfiado, só admirado.

— Ele não tinha escolha — argumenta Femi. — Não é, cara? Seu pai teria deserdado você.

Femi sempre teve um dom de interpretar as pessoas.

— Sim. — Will dá de ombros. — É verdade.

Ser filho do diretor poderia ser o equivalente a ter uma doença contagiosa no colégio. Mas Will se saiu bem. Tinha uma tática. Como no caso da garota da escola local com quem ele dormiu; ele mostrou as fotos polaroide da garota com os peitos de fora para todo mundo do nosso ano. Depois disso, Will se tornou intocável. E, na verdade, ele ficava sempre me empurrando para fazer as coisas, porque sabia que ia conseguir se safar, provavelmente. Enquanto eu morria de medo, pelo menos no início, de perder a bolsa de estudos, o que teria sido catastrófico para os meus pais.

— Lembra aquela pegadinha das algas? — comenta Duncan. — Foi tudo ideia sua, cara. — Ele aponta para Will.

— Não — rebate Will. — Tenho certeza de que não foi ideia minha.

Foi, com certeza.

Os mais jovens, que nunca tinham visto aquilo, ficavam putos, e nós ficávamos do outro lado escutando, morrendo de rir. Ser do grupo dos novatos era assim mesmo. Todos tínhamos passado por aquilo. Era preciso aguentar a pressão. Porque depois chegava sua vez de fazer merda com os outros.

Houve um garoto no colégio que nem ligou para a alga na cama. Um aluno do primeiro ano com um nome esquisito, meio feminino. Enfim, nós o chamávamos de Malocado, porque combinava. Ele era completamente obcecado por Will, o responsável pelo dormitório dele; talvez fosse até um pouco apaixonado. Não de uma forma sexual, pelo menos acho que não. Era mais uma coisa de garoto novinho em relação aos mais velhos. Ele começou a pentear o cabelo igual. E meio que ficava rodeando a gente. Às vezes, o encontrávamos espreitando atrás de um arbusto ou coisa parecida, nos observando, e ele sempre ia para todas as nossas partidas de rúgbi. Era o menor menino da escola, tinha um sotaque engraçado e usava uns óculos enormes; portanto, se tornou o candidato ideal para nossas provocações. Mas se esforçava ao máximo para ser aceito. E, na verdade, eu me lembro de ter ficado bem impressionado por ele ter sobrevivido àquele primeiro período sem sofrer nenhum colapso nervoso, como ocorria com alguns garotos. Mesmo quando fizemos a brincadeira das algas, ele não esperneou igual aos outros meninos, como aquele gordinho amigo dele — Balofo, acho que era assim que o chamávamos —, que correu para contar à inspetora geral da escola. Eu fiquei bem impressionado com isso.

Torno a prestar atenção na conversa. Sinto como se tivesse voltado à superfície depois de um mergulho.

— Sempre éramos nós que levávamos a culpa pelas pegadinhas — diz Duncan —, que nos ferrávamos.

— Eu mais do que todos — diz Femi. — Obviamente.

— Falando em algas marinhas — começa Will —, não teve graça nenhuma. A noite passada.

— O que não teve graça? — Olho para os outros, que parecem confusos.

Will levanta as sobrancelhas.

— Acho que vocês sabem. A alga na cama. Jules teve *um ataque*. Ficou puta da vida.

— Bom, não fui eu, cara — digo. — Sério. — Eu seria o último a resgatar lembranças da escola.

— Nem eu — diz Femi.

— Eu também não — acrescenta Duncan. — Não tive nem oportunidade. Georgina e eu estávamos ocupados com outra coisa antes do jantar, se é que me entendem... certamente eu tinha coisa melhor para fazer do que sair por aí recolhendo algas.

— Bem, eu sei que foi um de vocês. — Will franze a testa e olha para mim pelo que parece uma eternidade.

Alguém bate à porta.

— Salvos pelo gongo! — exclama Femi.

É o Charlie.

— Parece que as flores para a lapela estão aqui? — pergunta ele, sem olhar para nenhum de nós em especial.

Pobre coitado.

— Estão ali — diz Will. — Jogue uma para o Charlie, por favor, Johnno.

Apanho um pequeno galho de folhagem verde com flores brancas e o atiro para Charlie, mas não com força *suficiente* para atingi-lo. Charlie dá uma espécie de salto para pegar, mas não consegue e cambaleia.

Quando afinal pega o enfeite, sai o mais rápido possível, sem dizer uma palavra. Olho para os outros, e todos abafamos o riso. E, por um instante, é como se fôssemos crianças de novo, como se não pudéssemos nos controlar.

— Rapazes? — chama Aoife. — Johnno? Todos os convidados já chegaram. Estão na capela.

— Certo — diz Will. — Como estou?

— Um babaca horroroso — respondo.

— Obrigado. — Ele endireita o paletó no espelho. Depois, enquanto os outros avançam, vira-se para mim. — Outra coisa, companheiro — diz, a meia voz. — Antes de descermos, sabendo que não vou ter outra oportunidade depois… O discurso. Você não vai me matar de vergonha, não é? — diz, com um sorriso, mas percebo o tom sério.

Sei que há coisas que Will não quer que eu mencione. Mas ele não precisa se preocupar: eu também não quero mencioná-las. Não seria bom para nenhum de nós dois.

— Não, amigo, você vai se orgulhar de mim.

JULES

A noiva

Ao colocar a coroa de ouro na cabeça, minhas mãos — não consigo deixar de notar — me traem com um tremor revelador. Viro o rosto de um lado para outro. É o único elemento excêntrico do meu traje, a única concessão a uma fantasia romântica. Mandei fazer em um chapeleiro de Londres. Não queria um arco só de flores, pois ficaria um pouco hippie e infantil, e senti que a coroa seria uma solução estilosa. Uma vaga alusão a uma noiva do folclore irlandês, digamos.

O adorno brilha, fazendo um belo contraste com meu cabelo escuro, tenho que admitir. Pego o buquê do jarro de vidro, um ramo de flores silvestres: verônicas, orquídeas selvagens e flores azuis.

Depois desço a escada.

— Você está deslumbrante, querida.

Meu pai está na sala de estar, muito garboso. Sim, meu pai vai me levar ao altar. Considerei outras possibilidades, de verdade. Obviamente ele não é um símbolo das alegrias do matrimônio. No fim das contas, porém, a garotinha dentro de mim, que gosta de ordem, que quer as coisas feitas da maneira correta, venceu. Além disso, quem mais poderia me levar? Minha *mãe*?

— Os convidados já estão todos na capela — diz ele. — Então, está tudo à nossa disposição agora.

Em poucos minutos cobriremos o curto trajeto, na entrada de pedrinhas, que separa o Folly da capela. Esse pensamento faz meu estômago se embrulhar, o que é ridículo. Não consigo me lembrar da última vez em que me senti dessa forma. Dei uma TEDx no ano passado sobre publicações digitais para uma sala com oitocentas pessoas e não fiquei assim.

Olho para o meu pai.

— Então — digo, mais para me obrigar a esquecer o estômago embrulhado do que outra coisa —, você finalmente conheceu o Will. — Minha voz soa estranha e ligeiramente engasgada. Dou uma tossida. — Antes tarde do que nunca.

— Sim. Foi mesmo.

— O que isso quer dizer? — Tento manter o tom despreocupado.

— Nada, Juju. Só que, sim, enfim conheci seu noivo.

Eu sei, ainda antes de a pergunta atravessar meus lábios, que eu não deveria fazê-la. Mas tampouco consigo *deixar de* perguntar. Preciso saber a opinião dele, goste dela ou não. Mais do que de qualquer outra pessoa, sempre busquei a aprovação de meu pai. Quando abri os resultados do meu exame final do curso secundário, no estacionamento da escola, foi dele, e não da minha mãe, a expressão de satisfação que eu imaginava, ou o "Parabéns, garota". Por isso, faço a pergunta.

— *E então?* Você *gostou* dele?

Meu pai ergue as sobrancelhas.

— Você quer mesmo ter essa conversa agora, Jules? Meia hora antes de se casar com o sujeito?

Ele está certo, suponho. É uma hora inacreditavelmente inoportuna. Contudo, agora que demos o primeiro passo, não há como retroceder. E estou começando a suspeitar de que a falta de resposta é uma resposta em si.

— Quero. Quero saber. *Você gostou dele?*

Meu pai faz uma espécie de careta.

— Ele parece um homem muito charmoso, Juju. Muito bonito também. Até eu percebo isso. Um bom partido, sem dúvida.

Nada bom pode vir daí. E, no entanto, não consigo parar.

— Mas você deve ter tido uma primeira impressão mais forte. Você sempre me disse que tinha um talento para analisar as pessoas. Que é uma habilidade muito importante nos negócios, que você precisava fazer isso muito rapidamente... blá-blá-blá.

Ele faz um barulho, uma espécie de gemido, e coloca as mãos nos joelhos como se estivesse se sustentando. E sinto uma pequena e intensa semente de pavor, cultivada desde que vi o bilhete hoje de manhã, começando a brotar no meu estômago.

— Me diga — insisto. Sinto o sangue latejando nos ouvidos. — Me conte qual foi a primeira impressão que você teve dele.

— Escute, não acho que minha opinião seja importante — responde papai. — Sou apenas o seu coroa. Quem sou eu para dizer alguma coisa? E você está com ele há quanto tempo agora... Dois anos? Acho que é tempo suficiente para saber.

Na realidade, não são dois anos. Nem perto disso.

— Sim. É tempo suficiente para saber se é a pessoa certa. — É o que venho dizendo tantas vezes até agora, para amigos, colegas. É o que inclusive falei na noite passada, no meu brinde. E todas as vezes antes, eu tinha certeza disso. Pelo menos... achava que tinha. Então, por que, agora, minhas palavras soam tão vazias? Não consigo deixar de sentir que estou falando para convencer não a meu pai, mas a mim mesma. Desde que descobri o bilhete de novo, os antigos pressentimentos ficaram mais fortes. Não quero pensar nisso, então mudo de tática. — De qualquer modo — acrescento —, para ser franca, papai, provavelmente conheço melhor o Will do que a você, considerando que só passamos seis semanas juntos em toda a minha vida.

Minha intenção era magoar, e vejo o efeito: ele se encolhe como se tivesse sido atingido por um soco.

— Ora, lá vem você. É tudo o que tinha para dizer. Não vai precisar da minha opinião.

— Ótimo, papai. Ótimo. Mas quer saber? Só desta vez, você poderia ter me apoiado e dito que achou o Will um sujeito incrível. Mesmo que tivesse que mentir. Você sabe o que eu precisava ouvir de você. É... é tão egoísta.

— Olhe. Me desculpe. Mas... não posso mentir para você, filha. Entendo se não quiser que eu a leve ao altar.

Ele fala com ar magnânimo, como se tivesse me feito um grande favor. E sinto aquilo me atingir lá no fundo.

— É claro que você vai me levar até aquele maldito altar — disparo. — Você mal participou da minha vida, mal teve tempo de vir ao meu casamento. Sim, sim, eu sei... os dentes dos gêmeos estão começando a nascer, ou seja o que for. Mas sou sua filha há trinta e quatro anos. Você sabe como é importante para mim, por mais que eu peça a Deus para que não fosse assim. Você é um dos motivos para eu ter escolhido me casar aqui, na Irlanda. Porque sei como valoriza essa ascendência, e eu também valorizo. Eu *gostaria* que não fosse importante para mim, sua opinião. Mas importa para cacete, sim. Então, você vai me levar ao altar. É o mínimo que pode fazer. Vai cruzar comigo aquele corredor e parecer encantado comigo a cada passo na direção daquele altar.

Alguém bate à porta. Aoife enfia a cabeça.

— Tudo pronto?

— Não — respondo. — Para falar a verdade, preciso de mais um instante.

Subo a passos firmes a escada até o quarto. Procuro por alguma coisa, o formato certo, o peso certo. Saberei quando encontrar. Lá está a vela aromática... ou, não, a jarra em que estava meu buquê de noiva. Eu a levanto e avalio seu peso na mão, me preparando. Depois a jogo na parede, observando, satisfeita, quando a parte de cima explode em cacos de vidro.

Depois enrolo a mão em uma camiseta — sempre tive o cuidado de evitar cortes, isso não é um ritual de automutilação —, pego a base que permaneceu intacta da jarra e bato com ela na parede repetidas vezes, até só sobrarem pequenos fragmentos. Fico ofegante com o esforço, os dentes trincados. Faz algum tempo que não faço isso; algum, não, muito tempo. Não queria que Will visse esse meu lado. E tinha me esquecido de como faz bem. *Liberar* tudo. Destravo os dentes. Inspiro, expiro.

Agora, tudo parece um pouco mais claro, mais tranquilo.

Limpo a bagunça, como sempre. Sem me apressar. Hoje é o meu dia. Eles que esperem.

De frente para o espelho, levanto as mãos e ajeito o enfeite da cabeça, que escorregou para o lado. Vejo que meu esforço deixou uma cor bastante agradável em meu rosto. Perfeito: uma noiva ruborizada. Levo as mãos ao rosto e o massageio, endireitando, remodelando minha expressão para transparecer uma alegria feliz e cheia de expectativas.

Se Aoife e meu pai ouviram alguma coisa, não transparecem. Aquiesço para os dois.

— Estou pronta.

Depois grito por Olivia. Ela sai do pequeno cômodo perto da sala de jantar. Está ainda mais pálida do que o normal, se isso é possível. Milagrosamente, porém, está pronta: vestido, sapatos, guirlanda de flores nas mãos. Rapidamente pego com Aoife meu próprio buquê. Em seguida sigo para fora, com passos largos, deixando Olivia e papai vindo atrás de mim. Eu me sinto uma rainha guerreira rumo a uma batalha.

Ao cobrir o trajeto para o altar, meu humor muda, minha certeza enfraquece. Eu vejo todos se virando para mim, os rostos não passam de um borrão, estranhamente sem traços. A voz da cantora de música folclórica irlandesa me envolve, e, por um instante, as notas soam tristes e isso me deixa perplexa, porque se trata de uma canção de amor. As nuvens se movem rapidamente sobre os pináculos em ruínas... velozes, como em um pesadelo. O vento aumentou e assobia entre as pedras. Por um entranho momento, tenho a sensação de que nossos convidados são todos estranhos, de que estou sendo observada, em silêncio, por uma congregação de pessoas que nunca vi na vida. Sinto o pavor subir pelo meu corpo, como se eu tivesse entrado em um tanque cheio de água fria. Todas elas são desconhecidas para mim, inclusive o homem esperando na outra ponta, que vira o rosto quando me aproximo. A conversa angustiante com meu pai fica girando em minha cabeça; porém, mais retumbantes do que tudo são as palavras que ele não disse. Afrouxo o braço preso ao dele e tento abrir alguma distância entre nós, como se seus pensamentos pudessem me infectar mais.

Então, de repente, é como se uma névoa clareasse e consigo vê-los direito: amigos e familiares, sorrindo e acenando. Nenhum deles, graças a Deus, apontando celulares para nós. Evitamos isso com uma nota severa no convite pedindo que os convidados não tirassem fotos durante a cerimônia. Consigo relaxar o rosto, sorrir. E aí, além de todos eles, de pé no centro do corredor, literalmente cercado por um halo de luz que por um breve momento atravessou as nuvens: meu futuro marido. Ele parece perfeito em seu terno. Está iluminado, mais bonito do que jamais o vi. Sorri para mim e é como o sol, agora quente em minhas bochechas. Em torno dele, a capela em ruínas se eleva, completamente linda, aberta para o céu.

Está perfeito. Está exatamente como planejei, melhor do que planejei. E o melhor de tudo é o meu noivo — lindo, radiante — me esperando no altar. Olhando para ele, indo em sua direção, é impossível acreditar que esse homem seja um completo desconhecido para mim.

Sorrio.

HANNAH

A acompanhante

Durante a cerimônia, fiquei sentada sozinha, espremida em um banco com alguns primos de Jules — Charlie tinha um assento reservado na frente, por ser padrinho. Houve um momento esquisito quando Jules caminhou até o altar. Ela estava com uma expressão que eu nunca tinha visto. Parecia quase amedrontada: os olhos arregalados, a boca contraída. Eu me perguntei se mais alguém tinha notado, ou até mesmo se eu imaginara aquilo, porque, quando chegou no altar e cumprimentou o noivo, ela já estava sorridente, a noiva radiante que todos esperavam ver. À minha volta só se ouvia suspiros, sussurros sobre como eles ficavam maravilhosos juntos.

A cerimônia toda vem correndo de forma muito tranquila desde então: sequer gaguejaram nos votos, como em alguns casamentos aos quais já fui. Os dois falam as palavras em alto e bom som, enquanto todos nós observamos em silêncio. O único som concorrendo com eles é o assobio do vento entre as pedras. Mas, no fundo, não estou olhando para Jules e Will. Estou tentando dar uma espiada em Charlie, lá na frente. Quero ver a expressão dele quando Jules disser *aceito*. Mas é impossível: só consigo ver sua nuca, os ombros. Repreendo a mim mesma mentalmente: o que eu imaginava ver? Que prova estou procurando?

E de repente tudo terminou. As pessoas se levantam ao meu redor em uma súbita explosão de barulho, todos rindo e conversando. A mesma mulher que cantou enquanto Jules entrava na capela também canta enquanto saímos, as notas do violino ao fundo. As palavras são todas em gaélico, e sua voz alta, límpida, etérea, ecoa com uma atmosfera de mistério entre as paredes em ruínas.

Sigo a trilha de convidados no lado de fora, desviando dos gigantescos arranjos florais: grandes ramos de folhagens e flores silvestres coloridas que suponho serem muito chiques e acertadas para o entorno dramático. Penso no nosso casamento, e em como Karen, uma amiga da minha mãe, nos deu um desconto para comprarmos as flores — tudo em tons pastel antigo. Mas eu não podia reclamar; nós nunca poderíamos pagar um florista. Imagino como deve ser ter dinheiro para fazer exatamente o que se quer.

Os outros convidados são todos muito prósperos, bem-vestidos. Quando olhei em volta para o resto da congregação na capela, percebi que ninguém mais aqui está usando um fascinator. Talvez não esteja na moda. Todas as outras mulheres parecem usar chapéus caros, daqueles que provavelmente vêm em uma caixa própria feita sob medida. A sensação é de que estou de volta ao dia em que Alice e eu, não tendo percebido que se tratava do dia de usar roupa casual na escola, fomos de uniforme. Lembro-me de me sentar na assembleia escolar e desejar entrar em combustão espontânea, para não ter que passar o dia atraindo todos os olhares.

Foram distribuídas pétalas de rosas secas para jogarmos em Will e Jules quando eles saíssem da capela. Mas o vento está tão forte que as sopra rapidamente para longe. Não vejo uma única pétala chegar nos recém-casados. São todas carregadas em uma grande nuvem em direção ao mar. Charlie sempre me diz que sou supersticiosa demais, mas, no lugar de Jules, eu não gostaria disso.

Os noivos e o grupo de padrinhos e parentes saem para a sessão de fotos, enquanto os convidados se encaminham para o lado de fora da tenda, onde há um bar. Preciso de alguma coisa que me dê coragem, percebo. Vou até lá com cuidado pela grama, meus saltos afundando a cada dois passos. Dois barmen estão anotando os pedidos, agitando coqueteleiras. Peço um gim-tônica, que vem com um grande galho de alecrim dentro.

Converso um pouco com os barmen porque eles são os rostos mais amigáveis da multidão. São jovens locais, de férias da faculdade: Eoin e Seán.

— Normalmente a gente trabalha no grande hotel na cidade — conta Seán. — Pertencia à família Guinness. Um castelo grande no lago. É lá que em geral as pessoas querem se casar. Nunca ouvi falar de um casamento aqui, além dos de antigamente. Já ouviu falar que esta ilha é mal-assombrada?

— É verdade. — Eoin se inclina para a frente, abaixando a voz. — Minha avó conta umas histórias bem assustadoras.

— Os corpos nas turfas — acrescenta Seán. — Ninguém sabe com certeza como as pessoas morreram, mas acham que foram cortadas em pedaços pelos vikings. Não foram enterradas em solo santificado, então todo mundo diz que são almas inquietas.

Eu sei que provavelmente só estão querendo zoar com a minha cara, mas mesmo assim sinto uma pontada de inquietação.

— E existem boatos de que foi por isso que os moradores abandonaram o lugar — diz Eoin. — Porque as vozes no pântano ficaram altas demais. — Ele sorri para Seán, depois para mim. — Se quer saber, não tenho nenhuma vontade de ficar aqui hoje depois de escurecer. É a ilha dos fantasmas.

— Com licença — fala, irritado, um homem de óculos escuros aviador e paletó de tweed atrás de mim. — Isso tudo parece muito interessante, mas se importa de me preparar um Old Fashioned?

Tomo isso como um sinal para deixá-los trabalhar em paz.

Resolvo dar uma espiada na tenda, na entrada iluminada pelas tochas. No interior há um aroma floral delicioso das inúmeras velas que devem ter custado bem caro. E, ainda assim (não me orgulho de ficar satisfeita com isso), definitivamente resta um cheiro de lona úmida. Afinal de contas, não deixa de ser uma grande tenda. Mas *que* tenda. Tendas, no plural, na verdade: uma delas, menor, em uma das extremidades, teve o chão forrado com um piso de vinil para a pista de dança e um palco montado para uma banda; na outra extremidade, há uma tenda contendo outro bar. Meu Deus. Por que ter um bar no seu casamento quando se pode ter dois? Na tenda principal, garçons de camisa branca se deslocam com a graça de bailarinos, ajeitando garfos e lustrando taças.

No meio de tudo, em um suporte prateado, está um bolo imenso. É tão lindo que me deixa triste pensar que mais tarde Jules e Will vão enfiar uma faca nele. Não consigo nem começar a estimar o valor de um bolo desses. Provavelmente custou o meu casamento com Charlie inteiro.

Saio da tenda novamente e fico arrepiada com uma rajada de vento. A ventania definitivamente está aumentando. Em alto-mar, as ondas estão com uma considerável crista branca.

Olho a multidão. Todas as pessoas que conheço neste casamento estão no grupo dos noivos. Se eu não me munir de coragem, vou ficar aqui parada sozinha até Charlie voltar — e, assim que ele terminar com as fotos, acho que vai direto para as tarefas de mestre de cerimônias. Então tomo um grande gole do meu gim e vou até o primeiro grupo que vejo.

As pessoas são gentis, mas percebo que formam um grupo de amigos pondo a conversa em dia — e não me encaixo ali. Fico parada e beberico meu drinque, tentando não espetar meu olho com o alecrim. Como todos os outros tomando gim-tônica estão conseguindo? Talvez ensinem isso no colégio particular: como beber coquetéis com decorações rebuscadas. Porque todos aqui, sem sombra de dúvidas, estudaram em alguma escola chique.

— Você sabe qual a hashtag? — pergunta uma mulher. — Sabe, do casamento? Procurei no convite, mas não achei.

— Não sei se tem hashtag — responde a amiga. — De qualquer forma, o sinal aqui é tão ruim que você não vai conseguir postar nada.

— Talvez seja *por isso* que escolheram este lugar para o casamento — diz a primeira, com ar de entendida. — Sabe, por causa do Will.

— É bem misterioso — acrescenta a outra mulher. — Tenho que admitir que eu estava esperando a Itália. Perto de um dos lagos, talvez. Acho que está na moda, não é?

— Mas a Jules é do tipo que *lança* moda — uma terceira mulher entra na conversa. — Talvez esta seja a novidade... — Uma forte rajada de vento quase faz seu chapéu voar, e ela o segura com a mão firme. — Casamentos em ilhas abandonadas no meio do nada.

— É bem romântico, não é? Toda essa natureza rústica e a glória dos lugares em ruínas. Lembra aquele poeta irlandês. Keats.

— Yeats, querida.

As mulheres têm o bronzeado forte e genuíno de férias nas ilhas gregas. Acabo confirmando, porque elas começam a conversar sobre isso em seguida, comparando os benefícios de Hidra em relação a Creta.

— Nossa — diz uma delas —, por que alguém viajaria de classe econômica com os filhos? Sabe, é querer começar as férias com o pé esquerdo.

Eu me pergunto o que elas diriam se eu entrasse na conversa e começasse a debater os benefícios de um camping em New Forest em relação a outro. *Particularmente, acho que tudo se resume a qual tem o melhor banheiro químico,* eu diria, no mesmo tom que elas estão usando para comparar qual restaurante à beira-mar tem a melhor vista. Vou ter que contar essa para Charlie mais tarde. Se bem que, como ficou comprovado ontem à noite, Charlie sempre fica um pouco engraçado perto de gente rica; um pouco inseguro e na defensiva.

O sujeito à minha direita se vira para mim: ele tem cara de estudante que cresceu além da conta, bochechas muito redondas, rosadas e brancas contrastando com belas entradas na cabeça.

— Então — diz ele. — Hannah, não é? Noiva ou noivo?

Fico tão aliviada que alguém realmente resolveu falar comigo que eu poderia beijá-lo.

— É... noiva.

— Noivo, eu. Estudei com aquele desgraçado. — Ele estende a mão, eu a aperto. Sinto como se tivesse entrado em seu escritório para uma entrevista. — E de onde você conhece a Julia?

— Ah. Sou casada com o Charlie... Amigo de Jules. Ele é um dos padrinhos.

— E de onde é esse sotaque?

— Hum, Manchester. Bem, da periferia.

Apesar de eu sempre achar que perdi grande parte do sotaque, tendo morado no sul por tanto tempo.

— Torce para o United? Sabe, fui a um jogo enquanto estava em uma viagem de trabalho alguns anos atrás. Partida ok. Contra Southampton, acho. Dois a um, um a zero... Não foi empate, o que teria sido chato para cacete. Mas a comida era pavorosa. Uma merda.

— Ah. Bem, meu pai torce...

Mas ele se vira para o outro lado, já entediado, e começa a conversar com o sujeito perto dele.

Então me apresento a um casal mais velho, principalmente porque eles não parecem estar conversando com mais ninguém.

— Sou o pai do noivo — responde o homem. Que coisa estranha de se dizer. Por que não apenas: "Sou o pai do Will."? Ele aponta para a mulher ao lado com os dedos compridos. — E essa é minha esposa.

— Olá — diz ela, e olha para os pés.

— O senhor deve estar muito orgulhoso — digo.

— Orgulhoso? — Ele franze a testa, me fitando com uma expressão inquiridora.

É um homem alto, nada curvado, então me vejo esticando ligeiramente o pescoço para olhar para ele. E talvez seja o formato comprido e adunco do nariz, mas sinto como se ele estivesse me olhando de cima. Estou consciente de um ligeiro aperto no estômago, bem parecido com a sensação de levar uma bronca de um professor na escola.

— Bem, sim — digo, nervosa. Não achei que teria que me explicar. — Principalmente por causa do casamento, acho, mas também pelo *Sobreviva à Noite*.

— Hum. — Ele pensa a respeito. — Mas não é uma *profissão*, não é?

— Bem, hum... acho que não no sentido tradicional...

— Ele nem sempre foi o melhor aluno. Teve algumas dificuldades, sabe. Mas é um garoto inteligente no geral. Conseguiu entrar em uma ótima universidade. Poderia ter seguido carreira na política ou no direito. Talvez não no nível mais alto, mas em uma posição respeitável.

Meu Deus. Lembrei que o pai de Will é diretor de colégio. No momento ele soa como se estivesse falando de um garoto qualquer, não do próprio filho. Nunca achei que sentiria pena de Will, que parece ter tudo aos seus pés; mas, neste momento, acho que sinto.

— Você tem filhos? — pergunta ele. — Algum menino?

— Sim, Ben, ele...

— Você deveria considerar a Trevellyan's. Sei que nossos métodos podem ser considerados um pouco... severos por algumas pessoas, mas formaram grandes homens a partir de uma matéria-prima pouco promissora.

A ideia de deixar Ben nas garras desse homem profundamente frio me enche de pavor. Quero dizer a ele que, mesmo que eu pudesse pagar e mesmo que Ben estivesse perto de entrar no ensino médio, de maneira alguma eu mandaria meu filho para um lugar dirigido por ele. Mas sorrio educadamente e peço licença. Se os pais de Will estão aqui, os padrinhos dos noivos devem ter voltado da sessão de fotos. E, se voltaram, por que Charlie não veio me procurar? Vasculho a multidão, finalmente avistando-o em um grande grupo com o restante dos padrinhos e diversos outros homens. Sinto uma pontada de raiva e vou até lá o mais rápido que meus saltos permitem.

— Charlie — digo, tentando não soar mandona. — Meu Deus, parece que você sumiu há horas. Eu tive a conversa mais estranha...

— Oi, Han — diz ele, um pouco distraído.

Pela olhadela rápida que me dá, e talvez alguma outra mudança sutil em suas feições, sei que já bebeu um pouco. Tem uma taça cheia de champanhe em uma das mãos, mas duvido que seja a primeira. Relembro a mim mesma de que ele está sempre no controle, que conhece seus limites. É adulto.

— Ah — diz ele. — Aliás, você provavelmente pode tirar essa coisa da cabeça agora.

Ele quer dizer o fascinator. Sinto minhas bochechas quentes quando removo o enfeite. Ele está com vergonha de mim?

Um dos homens com quem Charlie está conversando dá um passo à frente e o segura pelo ombro.

— É a sua esposa, Charlie?

— Sim — responde Charlie. — Rory, esta é minha mulher, Hannah. Hannah, esse é o Rory. Ele estava na despedida de solteiro.

— Prazer em conhecer, Hannah — diz Rory, com os dentes reluzentes.

Tão *charmosos*, esses garotos de escola particular. Penso nos amigos do noivo do lado de fora da capela: *Posso oferecer um programa? Gostaria de algumas pétalas de rosa?* Todos com cara de bonzinhos. Mas vi como ficaram na noite passada. Eu não confiaria um fio do meu cabelo a nenhum deles.

— Hannah — diz Rory —, acho que preciso me desculpar pelo estado em que devolvemos seu menino depois da despedida de solteiro. Mas foi tudo brincadeira, não foi, Charlie, amigão? O último a chegar e tudo aquilo.

Não sei o que ele quer dizer, exatamente. Fico observando Charlie. E vejo quando a transformação acontece no rosto do meu marido. A rigidez de seus traços, os lábios desaparecendo em uma linha tensa, até ficar exatamente com a mesma expressão de quando o peguei no aeroporto depois daquele fim de semana.

— O que vocês *realmente* aprontaram? — pergunto a Rory, mantendo o tom de gracejo. — Charlie não vai me contar de jeito nenhum.

Rory fica aliviado.

— Bom menino — diz ele, batendo no ombro de Charlie de novo. — O que acontece na despedida de solteiro fica na despedida de solteiro e é isso. — Ele pisca para mim. — Mas enfim, tudo brincadeira. Coisa de garoto.

— Charlie — chamo, quando Rory vai embora e ficamos sozinhos uns minutos. — Você bebeu?

— Só um gole — responde. *Não acho* que ele esteja falando arrastado. — Sabe, só para dar uma lubrificada.

— Charlie...

— Han — diz ele, com firmeza. — Algumas taças não vão me tirar do eixo.

— E... — penso nele saindo do aeroporto Stansted, com os olhos fundos e horrorizados. — O que *aconteceu* na despedida de solteiro? Do que ele estava falando?

— Ah, meu Deus. — Charlie passa a mão no cabelo, faz uma careta. — Não sei por que me afetou tanto. É... Bem, é porque não sou do grupo deles, acho. Mas foi bem horrível.

— Charlie — digo, sentindo uma onda de inquietação na barriga. — O que eles fizeram?

E então meu marido se vira para mim e sibila, entre os dentes cerrados, aquele pequeno indício horrível de algo, ou alguém, se infiltrando em suas palavras.

— Hannah, não quero falar dessa *merda*.

Lá está. Ah, meu Deus. Charlie bebeu, *sim*.

JOHNNO

O padrinho

Esvazio minha taça de champanhe e pego outra da bandeja de uma garçonete. Vou entornar mais essa, e assim talvez eu me sinta mais... não sei, mais eu mesmo. De manhã, vendo tudo isso, vendo tudo o que Will tem... bem, eu me senti meio merda. Não estou orgulhoso. Eu me sinto mal por isso, claro. Will é meu melhor amigo. Eu gostaria apenas de ficar feliz por ele. Mas tudo veio à tona, encontrar os caras de novo. É como se nada o afetasse, nada o detivesse. Enquanto eu sempre senti, não sei, como se não merecesse ser feliz.

Há tantos rostos familiares na multidão fora da capela: alguns sujeitos estavam na despedida de solteiro, outros não, mas eram da nossa escola.

"Nenhuma acompanhante, Johnno?", me perguntam. E também: "Vai ter alguma garota sortuda hoje?"

"Talvez", respondo. "Talvez."

Estão rolando algumas apostas sobre qual vai ser meu alvo hoje. Depois eles começam a falar sobre trabalho, casa. Ações da bolsa e portfólios. A mesma história sobre o último político que fez papel de bobo — ou de boba. Não tenho muito a acrescentar nessa conversa, já que não consigo ouvir o nome e, mesmo que conseguisse, provavelmente não conheceria. Fico parado me sentindo um idiota, deslocado. Na verdade, sempre me senti assim.

Todos têm bons empregos agora. Mesmo os que eu me lembro de não serem tão brilhantes. E todos parecem bem diferentes do que eram na escola. Não me surpreende, considerando que já faz quase vinte anos. Mas não parece tanto tempo assim. Não para mim. Não neste momento, aqui, neste lugar. Olhando para cada rosto, não importa quanto tempo se passou, ou que agora cabeças antes cheias de cabelo estejam carecas, ou se quem era louro virou moreno, se quem usava óculos passou a ter lentes de contato. Eu consigo identificar todos eles.

Veja bem, mesmo agora, mesmo eu tendo sido uma baita decepção, meus pais ainda deixam a foto da escola com orgulho na cornija da lareira de nossa sala. Nunca vi uma mancha de poeira no porta-retratos. Eles têm tanto orgulho da foto. *Olhe o nosso menino, nessa grande escola chique. Um deles*. A escola inteira com os campos gramados na frente do edifício principal, os despenhadeiros do outro lado. Todos nós juntos em uma daquelas plataformas de metal, parecendo meninos de ouro, o cabelo penteado para o lado pela inspetora e sorrisos grandes e estúpidos: *Sorriam para a câmera, meninos!*

Estou sorrindo para todos eles agora, como fiz naquela foto. Será que, no fundo, estão olhando para mim com os mesmos velhos pensamentos? Johnno: o inútil. O fodido. Sempre bom para uma risada — não mais do que isso. Acabou sendo exatamente o que eles imaginavam. Bem, é aí que vou mostrar que estão errados. Porque tenho o negócio do uísque para falar, não é?

— Johnno, cara. Não acredito! Quanto tempo.

Greg Hastings, terceira fila, segundo da esquerda para a direita. Tinha uma mãe gostosa, mas definitivamente não herdou sua beleza.

— Rá, só você mesmo, Johnno, para esquecer seu terno, porra!

Miles Locke, quinta fila, algum lugar no meio. Mais ou menos inteligente, mas não muito nerd, então se saiu bem.

— Pelo menos não esqueceu as alianças! Queria que você tivesse esquecido, teria sido *o máximo*.

Jeremy Swift, canto da extrema direita. Engoliu uma moeda de cinquenta centavos em um desafio e foi parar no hospital.

— Johnno, amigo! Sabe, tenho que falar, ainda estou me recuperando da despedida de solteiro. Você aprontou comigo. Nossa, e aquele sujeito, coitado! Nós *realmente* acabamos com ele. Ele está aqui, não está?

Curtis Lowe, quarta fila, quinto da direita para a esquerda. Quase jogou tênis profissionalmente, mas acabou virando contador.

Viu? Eles me acham idiota. Mas a verdade é que tenho uma memória muito boa.

Há um rosto naquela foto para o qual não consigo olhar. Fila do fundo, com as crianças menores, à direita. *Malocado*, o garotinho que venerava Will, faria qualquer coisa para agradá-lo. Qualquer coisa que nós pedíssemos. Roubava pão e manteiga extra da cozinha para nós, tirava a lama das nossas botas de rúgbi com uma escova, limpava nosso dormitório. Todas as coisas que não eram lá muito *necessárias* ou que podíamos fazer sozinhos. Mas era divertido, de certa maneira, inventar coisas para ele fazer.

Nós nos víamos pedindo coisas cada vez mais idiotas. Uma vez nós mandamos que escalasse o telhado da escola e piasse como uma coruja, e ele obedeceu. Outra vez pedimos que desligasse os alarmes de incêndio. Era difícil não continuar instigando, para ver até onde ele iria. Às vezes vasculhávamos suas coisas, comíamos os doces que sua mãe mandava ou fingíamos gozar com a foto de sua irmã mais velha, uma gostosa posando na praia. Ou pegávamos as cartas que ele tinha escrito para a família e as líamos em voz alta e sofrida: *Estou com tanta saudade de vocês.* E algumas vezes até batíamos um pouco nele. Se não limpasse bem nossas botas de rúgbi, por exemplo, ou quando *dizíamos* que não estavam limpas, porque ele sempre fazia um trabalho muito bom. Eu o obrigava a ficar parado enquanto batia na sua bunda com o lado cravejado da bota como um "incentivo". Queria ver até onde podíamos ir. Mas ele nunca impunha limites.

Pego outra taça de champanhe e viro tudo de uma vez. Essa finalmente acerta o alvo; sinto-me flutuando um pouco mais alto. Eu me meto no grande grupo dos velhos tempos da Trevellyan's. Quero contar sobre o meu negócio de uísque. Só pela próxima meia hora. Só para que eles percebam que sou tão bom quanto qualquer um ali. Mas a conversa mudou de rumo e não consigo pensar em uma maneira de voltar ao assunto.

Alguém bate no meu ombro com força. Eu me viro e estou frente a frente com ele: o Sr. Slater. O pai de Will; mas antes e mais importante, sempre, o diretor da escola.

— Jonathan Briggs. Você não mudou nem um pouco.

E isso não foi um elogio.

Merda, eu tinha esperança de conseguir despistá-lo. Ver aquele homem provoca em mim o mesmo efeito de sempre. Eu imaginaria que agora, adulto, pudesse ser diferente. No entanto, continuo me cagando de medo dele. Engraçado, considerando que foi ele que salvou a minha pele, na verdade.

— Olá, senhor — digo. Minha língua parece presa na garganta. — Quer dizer, Sr. Slater. — Acho que ele iria preferir que eu o chamasse de "senhor".

Olho para trás. O grupo em que eu estava antes se fechou, então estamos presos do lado de fora agora: só ele e eu. Sem escapatória.

Ele está me olhando de cima a baixo.

— Estou vendo que está vestido da mesma maneira incomum. Parece aquele paletó que você tinha na Trevellyan's: grande demais no início e pequeno demais no fim.

Sim, porque meus pais só tinham dinheiro para comprar um.

— E vejo que ainda está andando com o meu filho — continua.

Ele nunca gostou de mim. Mas, para falar a verdade, não consigo imaginá-lo gostando muito de ninguém, nem mesmo do próprio filho.

— Sim — digo. — Somos melhores amigos.

— Ah, são mesmo? Eu sempre tive a impressão de que você simplesmente fazia o trabalho sujo por ele. Como na vez em que invadiu meu escritório para roubar aquelas provas.

Por um momento, tudo à minha volta fica parado e silencioso. Estou tão surpreso que nem consigo abrir a boca.

— Ah, sim — continua o Sr. Slater, inabalável com o meu silêncio. — Eu sei. Você acha que, só porque não foi relatado, passou despercebido? Teria sido uma desgraça para a escola, para o meu nome, se fosse divulgado.

— Não, não sei do que o senhor está falando.

Mas desconfio do seguinte: ele é que não sabe da missa a metade. Ou talvez saiba, e seja mais dissimulado do que eu pensava.

Consigo me afastar depois dessa. Vou procurar mais bebida. Algo mais forte. Montaram um bar perto da tenda. Não conseguem servir rápido o suficiente. As pessoas estão pedindo dois, três drinques, fingindo que são para amigos e acompanhantes, mas já saem bebericando. Esta noite promete, principalmente com o presentinho que Peter Ramsay trouxe. Quando pego meu uísque, o que eu trouxe, percebo que minha mão está tremendo.

Então vejo um rosto que eu reconheço, do outro lado da multidão. Ele olha para mim, franzindo a testa. Mas *não* é do tempo da escola. Jamais poderia estar naquela foto, porque tem uns cinquenta anos. E me incomoda a princípio, porque não consigo descobrir de onde o conheço.

Tem um corte de cabelo hipster, embora seja grisalho e esteja com um princípio de calvície, e veste terno e tênis. Saído direto de algum escritório metido à besta do Soho, sem saber como acabou aqui em uma ilha estranha no meio do nada.

Por alguns minutos, na verdade, não faço a menor ideia de onde eu teria conhecido alguém como ele. Depois, acho que nós dois nos lembramos na mesma hora. Merda. É o produtor de *Sobreviva à Noite*. Um nome meio francês e elegante. *Piers*. É isso.

Ele vem na minha direção.

— Johnno. É bom ver você.

Fico meio lisonjeado por ele lembrar meu nome, por reconhecer minha cara. Então lembro que ele não gostou tanto assim da minha cara a ponto de me incluir no seu programa de TV, e meu entusiasmo murcha.

— Piers — digo, estendendo a mão.

Nem imagino o que deu nele para vir falar comigo. Só nos encontramos uma vez, quando fui fazer o teste com o Will. Não seria muito menos constrangedor se só tivéssemos levantado nossas taças um para o outro a distância e deixado tudo como está?

— Quanto tempo, Johnno — diz ele, balançando para a frente e para trás. — Eu mal reconheci você... está cabeludo. — Ele está sendo educado. Meu cabelo não está tão mais comprido. Mas provavelmente pareço uns quinze anos mais velho do que da última vez que nos vimos. É o excesso de bebida, acho. — E o que você tem feito? — pergunta ele. — Sei que deve estar ocupado com coisa boa.

Sinto alguma coisa estranha em como ele diz isso, mas ignoro.

— Bem — digo, me empertigando. — Estou fazendo uísque, Piers.

Tento vender meu peixe, mas, para ser honesto, não consigo parar de pensar em como esse cara me rejeitou com um e-mail de poucas linhas.

Você não é bem o que buscamos para o programa.

As pessoas não percebem isso em mim, sabe. Elas veem o velho Johnno, o selvagem, o maluco... sem muita coisa acontecendo por trás da cena. É claro que gosto que pensem assim, eu entro no personagem. Mas também tenho sentimentos, e estou constrangido com essa conversa, assim como fiquei quando a produção me dispensou. Pelo menos me pagaram uma grana pelo conceito, acho.

A ideia do programa foi minha. Não estou dizendo que pensei em tudo. Mas eu que plantei a semente, sabe. Há algum tempo, Will e eu estávamos sentados em um bar bebendo. Era sempre eu que convidava. Will estava sempre muito ocupado, embora não tivesse uma carreira na TV para chamar de sua, apenas um agente. Mas mesmo que adie o encontro algumas vezes, ele nunca cancela. Existe uma ligação forte demais entre nós para essa amizade morrer. Ele também sabe disso.

Eu devo ter ficado muito bêbado, porque cheguei até a mencionar o desafio da escola: Sobrevivente. Eu me lembro da cara feia que Will fez. Acho que ficou com medo do que eu diria depois. Mas eu não ia falar nada daquilo. É uma conversa fora de cogitação. Eu estivera assistindo a um programa na noite anterior com um cara do tipo aventureiro e achei tão fraco que comentei:

— Aquele nosso jogo da escola ficaria muito melhor na TV do que a maioria dos programas de sobrevivência meia-boca que a gente vê por aí, não é?

O olhar dele mudou na hora.

— O que foi? — perguntei.

— Johnno — disse Will. — Essa talvez seja a melhor ideia que você já teve.

— Sim, mas você não ia conseguir fazer de verdade. Sabe... por causa do que aconteceu.

— Já faz um milhão de anos que aquilo aconteceu. E foi um acidente, lembra? — E em seguida, quando não respondi, ele repetiu: — Lembra?

Olhei para ele. Will acreditava mesmo nisso? Ele estava esperando uma resposta.

— Sim. Foi, sim.

Quando dei por mim, ele já tinha conseguido um teste para nós dois. E o resto, como dizem, foi história. Para ele, melhor dizendo. Afinal de contas, eles obviamente não queriam minha cara horrível.

Percebo que Piers está me olhando de uma forma meio engraçada. Acho que acabou de me perguntar alguma coisa.

— Desculpe — digo. — O que foi?

— Eu estava falando que o trabalho parece perfeito para você. Nós perdemos, mas o ramo do uísque saiu ganhando.

Perdemos? Eles não perderam nada; eles não me quiseram, ponto final.

Tomo um grande gole da minha bebida.

— Piers — digo. — Vocês não me quiseram no programa. Então, com o máximo respeito possível, que merda é essa que você está falando?

AOIFE

A cerimonialista

No horizonte, a mancha da tempestade já está se espalhando, escurecendo. A ventania está mais forte. Vestidos de seda esvoaçam ao vento, chapéus e decorações de coquetéis saem voando.

Mas, por cima do crescente som do vento, a voz da cantora se eleva:

is tusa ceol mo chroí,
Mo mhuirnín
is tusa ceol mo chroí.

Você é a música do meu coração,
Meu amor,
Você é a música do meu coração.

Por um momento, é como se eu me esquecesse de como se respira. Essa música. Minha mãe a cantava para nós quando éramos pequenos. Eu me forço a inalar, exalar. Foco, Aoife. Você já tem coisas demais para resolver.

Os convidados já estão me rodeando com pedidos:

— Tem algum canapé sem glúten?

— Onde o sinal é melhor por aqui?

— Você pode pedir para o fotógrafo tirar algumas fotos nossas?

— Pode mudar meu lugar no mapa das mesas?

Eu passo por eles, tranquilizando, respondendo a suas perguntas, apontando onde ficam os banheiros, o guarda-volumes, o bar. Parecem tão mais do que cento e cinquenta pessoas. Estão em todos os lugares, entrando e saindo pela entrada esvoaçante da tenda, amontoados na frente do bar, aglomerando-se pelo gramado, posando para fotos no celular, beijando e rindo e comendo canapés oferecidos pelo bando de garçons. Já encurralei diversos convidados, afastando-os do pântano antes que sequer tivessem a chance de correr perigo.

— Por favor — digo, impedindo outro grupo que tentava entrar no cemitério segurando seus drinques, como se estivessem diante de um parque de diversões. — Algumas dessas lápides são muito antigas e muito frágeis.

— Parece que ninguém visita este lugar há muito tempo — diz um dos homens em um tom de voz do tipo se-acalme-querida enquanto eles saem, um pouco a contragosto. — É uma ilha deserta, não é? Então *duvido* que alguém vá se importar.

Evidentemente, ele não avistou o pequeno cercado da minha própria família ainda, e fico contente por isso. Não quero esse pessoal rodeando as lápides, derramando bebidas e pisando no solo sagrado com seus saltos agulha e sapatos lustrosos, lendo em voz alta as inscrições. Minha própria tragédia escrita lá para quem quisesse ler.

Eu tinha me preparado para uma situação estranha, ter todas essas pessoas aqui. É um mal necessário: era o que eu queria, afinal de contas. Trazer gente para a ilha novamente. E, ainda assim, não me dei conta da invasão que isso representaria.

OLIVIA

A madrinha

A cerimônia durou horas. Pelo menos foi a minha sensação. Eu não conseguia parar de tremer nesse vestido fininho. Segurei o buquê com tanta força que os espinhos das rosas atravessaram a fita de seda branca e perfuraram minha mão. Tive que chupar as gotas de sangue quando ninguém estava olhando.

Mas uma hora, por fim, terminou.

Após a cerimônia, porém, vieram as fotos. Meu rosto sofreu com aquele sorriso forçado. Minhas bochechas estão *doloridas*. O fotógrafo continua me marcando, me dizendo para "tirar esse vinco da testa". Tentei. Sei que pode não ter parecido com um sorriso vendo do outro lado; sei que deve ter parecido que eu estava apenas mostrando os dentes, porque no fundo era isso mesmo. Dava para notar que Jules estava ficando chateada comigo, mas não sabia o que fazer para consertar as coisas. Não conseguia me lembrar de como sorrir. Mamãe colocou a mão no meu ombro.

— Você está bem, Livvy?

Ela reparou que havia algum problema, imagino. Que eu não estava nada bem.

As pessoas se aglomeram ao redor: tias e tios e primos que não vejo há séculos.

— Livvy — pergunta minha prima Beth —, você ainda está namorando aquele rapaz? Como é mesmo o nome dele?

Ela é alguns anos mais nova do que eu: tem quinze. E sempre senti que me admirava. Eu me lembro de contar para Beth tudo sobre Callum no ano passado, no aniversário de cinquenta anos de minha tia, e de ficar orgulhosa por prendê-la a cada palavra.

— Callum — respondo. — Não... não estamos mais juntos.

— E já terminou seu primeiro ano em Exeter? — pergunta minha tia Meg.

Mamãe não deve ter contado para ela que larguei a faculdade. Quando tento assentir, minha cabeça parece pesada demais.

— Sim — digo, porque é mais fácil fingir —, sim, correu tudo bem.

Tento responder a todas as perguntas, mas é ainda mais exaustivo do que sorrir. Quero gritar... *estou* gritando por dentro. Vejo que alguns deles me fitam confusos; chegam até a trocar olhares, como se dizendo: "O que aconteceu com ela?" *Olhares preocupados*. Suponho que eu não tenha mais nada a ver com a Olivia que conhecem, uma menina falante e extrovertida e que ria bastante. Mas, para falar a verdade, nem *eu* me reconheço mais. Não tenho certeza de que algum dia voltarei, nem de como voltarei, a encontrar a Olivia de antes. E não consigo encenar diante deles. Não sou como minha mãe.

De repente sinto de novo uma dificuldade de respirar, como se não conseguisse encher devidamente meus pulmões. Quero me livrar das perguntas e dos rostos amáveis, preocupados. Digo-lhes que vou procurar o toalete. Eles parecem não se importar. Talvez tenham ficado aliviados. Saio de perto do grupo. Acho que ouço minha mãe me chamar, mas continuo andando, e ela não me chama novamente; talvez tenha se distraído conversando com outra pessoa. Mamãe adora uma plateia. Ando um pouco mais rápido. Tiro os ridículos sapatos de salto alto, que já estão cobertos de terra. Não sei para onde vou exatamente, só sei que é na direção oposta à de todas as outras pessoas.

À minha esquerda estão os penhascos de rocha preta, brilhando molhados dos jatos de água. A terra cedeu em alguns pontos, como se um grande pedaço tivesse bruscamente desaparecido no mar, deixando uma linha denteada. Imagino como seria se a terra debaixo dos meus pés de repente desabasse, desaparecesse, e não me restasse alternativa senão cair junto. Por um momento, percebo que estou parada aqui quase torcendo para que isso aconteça.

Por baixo da trilha que sigo, vejo pequenos bolsões entre os penhascos com praias de areia branca. As ondas são grandes, com uma crista branca ao longe. Deixo o vento soprar em mim, até ter a sensação de que meu cabelo está sendo arrancado da cabeça, até minhas pálpebras parecerem virar de dentro para fora, o vento me empurrando como se tivesse se empenhando ao máximo para me tirar do lugar. Sinto uma ferroada de sal no rosto.

A água tem um tom vivo de azul, a mesma cor do mar que vemos em imagens de alguma ilha caribenha, como nas cinquenta mil fotos que minha amiga Jess postou no Instagram posando de biquíni em sua viagem de férias com a família no ano passado (todas inteiramente editadas no Facetune, claro, para suas pernas ficarem mais compridas, e sua cintura, mais fina, e seus peitos, maiores). Suponho que seja realmente muito bonito, o cenário que tenho diante de mim, mas não consigo *sentir* a beleza. Não consigo mais sentir nada que seja bom: o sabor da comida, ou o sol no rosto, ou uma música de que eu gosto no rádio. Olhando para o mar ao longe, tudo o que sinto é um desconforto em algum ponto embaixo das costelas, como um ferimento antigo.

Descubro um caminho para descer que não é tão íngreme, onde a terra se encontra com a praia em uma ladeira, não um penhasco. Tenho que abrir espaço entre os arbustos que crescem na ladeira, baixos e ásperos e espinhentos. Eles se enganacham no meu vestido quando passo, e então tropeço em uma raiz, cambaleando para a frente e caindo no barranco. Sinto a seda rasgar — Jules vai enlouquecer — e em seguida estou de joelhos — bum! Meus joelhos ficam ralados e só consigo pensar que a última vez que caí assim foi há uns nove anos, na escola. Quero chorar feito criança quando me estatelo na praia porque deveria doer, meu corpo inteiro deveria doer, mas as lágrimas não caem — há um bom tempo não consigo chorar. Se conseguisse, talvez tudo estivesse melhor, mas não consigo. É como uma capacidade que perdi, como um idioma que esqueci.

Sento-me na areia molhada e sinto o vestido encharcar. Meus joelhos estão ralados como se eu estivesse no recreio, rosados e ásperos e em carne viva. Abro minha bolsinha de contas e cuidadosamente tiro a lâmina de barbear. Levanto o vestido e aperto a lâmina na pele. Observo as pequenas gotas de sangue vermelho-vivo brotarem — lentamente a princípio, depois mais rápido. Mesmo que eu sinta a dor, não parece ser o meu sangue, a minha perna. Então aperto o corte, trazendo mais sangue para a superfície, esperando até sentir que ele é meu.

O sangue é vermelho brilhante, tão brilhante que chega a ser bonito. Eu o toco e depois lambo o dedo, sinto o gosto de metal. Lembro-me do sangue após o "procedimento", como eles chamaram. Disseram que "um sangramento leve" seria totalmente normal. Mas durou semanas, assim parecia, a mancha marrom escura brotando na calcinha, como se algo dentro de mim estivesse enferrujando.

Eu me lembro exatamente de quando percebi que minha menstruação tinha atrasado. Estava com minha amiga Jess em uma festa de uns alunos do segundo ano no alojamento, e ela me contava que precisou saquear os armários do banheiro para pegar absorventes pois tinha sido pega de surpresa. Lembro-me de uma sensação estranha ao ouvir isso, um desconforto no peito, como se eu não conseguisse respirar — um pouco como agora. Percebi que não sabia dizer a última vez que tivera que usar um absorvente. E vinha me sentindo esquisita, meio inchada e pesada e cansada, mas achava que era porque eu só andava comendo porcaria e me sentindo um lixo com o lance do Steven. Já fazia um tempo. Em alguns meses minha menstruação é bem fraca, então nem me incomoda. Mas vem sempre, é regular.

Estava quase na metade do período. Procurei a médica da universidade e fiz um teste de gravidez, porque achei que sozinha não fosse fazer direito. A médica me disse que tinha dado positivo. Fiquei sentada no consultório, olhando para ela, como se eu não fosse cair naquela história, como se estivesse esperando que ela me dissesse que era brincadeira. Eu não acreditava que pudesse mesmo ser verdade. E então ela começou a falar das minhas opções, e a perguntar se eu tinha alguém com quem conversar. Não consegui dizer nada. Eu me lembro de ter aberto a boca algumas vezes e não sair nada, nem mesmo o ar, porque novamente eu mal conseguia respirar. Sentia-me sufocando. Ela se sentou do meu lado e demonstrou solidariedade, mas obviamente não podia me dar um abraço por causa de toda a questão legal. E naquele momento eu precisava muito, muito mesmo, de um abraço.

Saí dali tremendo, esquisita, sem conseguir andar direito — a sensação era de ter sido atropelada. Meu corpo não parecia meu. Todo esse tempo ele estivera gerando essa coisa estranha, secreta... sem eu saber.

Não consegui nem mexer direito no celular. Mas acabei conseguindo desbloqueá-lo. Mandei um WhatsApp para Steven. Ele visualizou imediatamente. Vi os três pontinhos aparecerem; ele estava "digitando". Depois sumiram. Depois reapareceram, e ele ficou "digitando" por cerca de um minuto. Depois, de novo nada.

Liguei, porque claramente ele estava com o celular na mão. Ele não atendeu. Liguei de novo, ele desligou. Na terceira vez, caiu na caixa postal. Ele recusou. Então deixei uma mensagem de voz — embora eu não tivesse certeza de que ele fosse capaz de entender o que eu estava efetivamente dizendo, minha voz estava trêmula.

Minha mãe me levou a uma clínica para resolver aquilo. Dirigiu de Londres a Exeter, quase quatro horas de viagem, ficou esperando enquanto eu fazia o procedimento e depois me levou para casa.

— É a melhor coisa a fazer — disse ela. — É o melhor, Livvy querida. Eu tive uma filha na sua idade. Não achei que tivesse opção. Estava começando minha vida, minha carreira. Arruinou tudo.

Eu sabia que Jules gostaria de ter ouvido aquilo. Uma vez escutei uma discussão entre as duas, e Jules gritou para mamãe: "Você nunca me quis! Eu sei que fui o seu maior erro..."

Era a única coisa que eu podia ter feito. Mas teria sido tão mais fácil se ele tivesse me respondido, dito que compreendia, que também sentia. Só umas palavras, bastavam algumas palavras.

— Ele é um cafajeste — disse minha mãe. — Por deixar você passar por isso tudo sozinha.

— Mãe — falei, se por algum acaso absurdo ela topasse com Callum e acabasse com ele. — Ele não sabe. Não quero que saiba.

Não sei por que não contei que não era do Callum. Não que minha mãe fosse uma puritana, como se fosse me julgar por toda a história com Steven. Mas acho que eu sabia que me sentiria muito mal, revivendo tudo, sentindo a rejeição novamente.

Eu me lembro de todos os detalhes da viagem de volta da clínica. Lembro de como minha mãe estava tão diferente, de como eu nunca a vira daquele jeito antes. Vi suas mãos agarradas ao volante, com tanta força que a pele estava esbranquiçada. Ela ficou praguejando baixinho. Dirigiu ainda pior do que o normal.

Quando chegamos em casa, ela mandou que eu me deitasse no sofá e trouxe biscoitos, preparou chá e me cobriu com uma manta, apesar de estar bem quente. Depois, sentou-se ao meu lado, com a própria xícara, ainda que eu não soubesse se alguma vez na vida ela já tinha tomado chá. Na verdade, ela não bebeu, só ficou sentada, segurando a caneca com tanta força quanto tinha segurado o volante.

— Eu seria capaz de matar esse homem — disse ela de novo. Sua voz nem parecia a mesma; estava grave e rouca. — Ele devia estar lá com você hoje — continuou, com a mesma voz estranha. — Por sorte não sei o nome completo dele. Se soubesse, as coisas que eu faria...

Olho as ondas. Acho que entrar no mar vai me animar. Acho que é a única coisa que vai funcionar, de repente. É tão limpo e belo e perfeito, e estar dentro dele seria como estar dentro de uma pedra preciosa. Levanto-me, limpo a areia do vestido. Merda... o vento está frio. Contudo, é um frio bom — não como o frio na capela. Como se estivesse afastando qualquer pensamento de minha cabeça.

Largo os sapatos na areia molhada. Não me dou o trabalho de tirar o vestido. Caminho até a água, e está dez graus mais fria do que o ar, um frio absoluta e totalmente congelante, faz minha respiração acelerar e só consigo inspirar breves lufadas. Sinto o corte na perna arder com o contato com o sal. E avanço ainda mais, até que a água chegue ao meio do peito, depois aos ombros e agora eu realmente não consigo respirar direito, como se estivesse usando um espartilho. Sinto minúsculos fogos de artifício explodindo na cabeça e na superfície da pele e todos os pensamentos aliviam, então consigo encará-los com mais facilidade.

Coloco a cabeça embaixo da água, sacudindo-a para incentivar os pensamentos ruins a irem embora. Vem uma onda, e a água enche minha boca. É tão salgada que me faz engasgar e, quando engasgo, engulo mais água e não consigo respirar, então mais água entra, e agora está no meu nariz também, e cada vez que abro a boca procurando por ar, mais água entra, grandes goladas de água salgada. Consigo sentir o movimento da água embaixo dos pés, e parece que está me empurrando para algum lugar, tentando me levar consigo. É como se meu corpo soubesse de algo que eu não sei, porque está lutando por mim, meus braços e minhas pernas se debatendo. Imagino se isso é um pouco como se afogar. Depois me pergunto se *estou* me afogando.

JULES

A noiva

Will e eu estamos afastados da multidão, tirando fotos perto dos penhascos. O vento definitivamente aumentou. Começou assim que pusemos o pé para fora da capela e os punhados de confete lançados sobre nós foram desviados para o mar antes que pudessem sequer nos tocar. Graças a Deus decidi usar o cabelo solto, me preservando dos estragos do tempo. Sinto-o ondulando atrás de mim, e a cauda da minha saia levanta em uma exuberância de seda. O fotógrafo adora.

— Você parece uma antiga rainha gaélica, com essa coroa... e o seu colorido! — grita ele.

Will abre um sorriso.

— *Minha* rainha gaélica — murmura.

Sorrio para ele. Meu marido.

Quando o fotógrafo pede que a gente se beije, enfio a língua na boca de Will, que corresponde, até o fotógrafo — meio embaraçado — alertar que assim as fotos podem ficar um pouco "picantes" para os registros oficiais.

Agora voltamos para perto dos convidados. Os rostos que se voltam para nós enquanto passamos já estão corados de calor e álcool. Na frente deles, sinto-me estranhamente despida, como se a tensão de mais cedo pudesse estar estampada na minha cara. Tento me lembrar do prazer de reunir amigos e parentes queridos neste lugar, e que eles estão se divertindo. E que tudo funcionou: criei um evento que as pessoas lembrarão, comentarão, tentarão replicar — provavelmente sem sucesso.

No horizonte, nuvens mais escuras se juntam, ameaçadoras. As mulheres prendem os chapéus na cabeça, as saias subindo até as coxas, com gritinhos hilários. Sinto o vento puxando minha roupa também, jogando para cima a pesada saia de seda como se fosse leve feito um lenço de papel, assobiando pelas tiras de metal do meu acessório de cabelo, como se fosse arrancá-lo de minha cabeça e arremessá-lo ao mar.

Dou uma espiada em Will, para ver se ele reparou. Will está cercado por um bando de pessoas parabenizando-o e, como sempre, esbanja charme. Mas tenho a sensação de que não está totalmente à vontade. Não para de olhar distraído por cima dos inúmeros parentes e amigos que chegam para nos cumprimentar, como se estivesse procurando alguém ou olhando para algo.

— O que foi? — pergunto.

Pego sua mão. Parece diferente agora, estranha, com a aliança de ouro.

— Aquele é o Piers? — pergunta. — Conversando com o Johnno?

Sigo seu olhar. De fato, ali está Piers Whiteley, produtor de *Sobreviva à Noite*, cabeça meio calva inclinada, ar sério enquanto escuta o que quer que Johnno esteja dizendo.

— Sim, é ele. Qual é o problema?

Porque *tem* algum problema, sei disso, dá para ver pela expressão de Will, uma expressão que raramente vejo nele, esse olhar meio desorientado e ansioso.

— Nada... de mais — responde. — Eu... Bem, é só meio constrangedor, sabe. Porque Johnno foi recusado para o programa. Não sei ao certo quem sente mais constrangimento, para ser franco. Talvez seja melhor eu ir resgatar um deles.

— Os dois são adultos. Tenho certeza de que podem se virar sozinhos.

Will mal parece ter me escutado. Na realidade, soltou minha mão e se dirige até eles, atravessando a grama, desviando-se educadamente, mas com firmeza, dos convidados que se viram para cumprimentá-lo.

É muito fora do normal. Observo a cena, matutando. Pensei que o desconforto me abandonaria após a cerimônia, após trocarmos nossos votos tão significativos. Mas ainda está lá, como um enjoo no fundo do estômago.

Tenho a sensação de que algo maligno está me espreitando, como se estivesse no limite do meu campo de visão, nunca se mostrando claramente. Mas isso é loucura. Concluo que só preciso de um minuto sozinha, longe do tumulto.

Passo rapidamente pelos convidados, contorno a multidão, cabeça baixa, passos decididos, caso algum deles tente me parar. Entro no Folly pela cozinha. Está abençoadamente silencioso. Fecho os olhos por um tempo, aliviada. Na mesa do açougueiro no centro da cozinha, alguma coisa — parte da refeição de mais tarde, sem dúvida — está coberta por um grande pano. Encontro um copo, me sirvo de um pouco de água gelada, ouço o tique-taque tranquilizador do relógio na parede. Fico de pé em frente à pia e, enquanto beberico a água, conto até dez e depois de trás para a frente. *Você está sendo ridícula, Jules. Isso tudo é coisa da sua cabeça.*

Não sei o que me faz perceber que não estou sozinha. Algum instinto animal, talvez. Viro-me e na porta vejo...

Ah, meu Deus. Engulo em seco, dou um passo para trás, meu coração martelando. É um homem segurando uma faca imensa respingada de sangue.

— Jesus Cristo — murmuro.

Eu me encolho para longe dele, tentando não deixar o copo cair. Uma pontada de puro medo, de adrenalina em alta... então a lógica retorna. É Freddy, marido de Aoife. Ele segura uma faca de trinchar, e as manchas de sangue estão no avental de açougueiro que ele usa amarrado à cintura.

— Desculpe — diz ele, naquela sua maneira esquisita. — Não queria assustar a senhora. Estou destrinchando o cordeiro aqui. Na bancada é melhor do que na tenda do buffet.

Como se para demonstrar, levanta o pano da mesa de açougueiro e por baixo vejo várias costelas do cordeiro: a carne vermelha brilhando, os ossos brancos virados para cima.

Quando as batidas do meu coração voltam ao normal, sinto-me envergonhada em pensar como o medo deve ter ficado evidente em meu rosto.

— Bem — digo, tentando injetar um tom de autoridade. — Tenho certeza de que vai ficar uma delícia. Obrigada.

Então saio rapidamente da cozinha, tomando o cuidado de não correr.

Assim que retorno ao encontro dos convidados, reparo uma alteração na energia da multidão. Há um novo zumbido de interesse. Parece que alguma coisa está acontecendo no mar. Todos estão começando a se virar e olhar, atraídos para o que quer que esteja acontecendo.

— O que foi? — pergunto, esticando o pescoço para ver por cima das cabeças, incapaz de discernir qualquer coisa.

A multidão vai se dispersando ao meu redor, as pessoas se afastando sem dizer uma palavra, indo em direção ao mar, tentando ver melhor.

Talvez alguma criatura marinha. Golfinhos são vistos aqui com frequência, segundo Aoife. Mais raramente, uma baleia. Seria um espetáculo e tanto, um toque especial do local. Contudo, os convidados à frente não parecem muito satisfeitos. Eu esperaria gritinhos e exclamações, gestos entusiasmados. Eles estão observando intensamente, um pouco calados demais. Isso me deixa desconfortável; sugere algo ruim.

Abro passagem entre eles. As pessoas ficaram agressivas, se recusando a ceder o lugar como se estivessem disputando uma visão melhor do show. Antes, como a noiva, eu era como uma rainha entre eles, abrindo quaisquer aglomerações por onde passasse. Agora, todos perderam as boas maneiras, completamente obcecados pelo tal acontecimento no mar.

— Deixe-me passar! — grito. — Quero ver.

Finalmente, abrem caminho e consigo chegar.

Há alguma coisa lá longe. Cerrando os olhos e protegendo-os da luz, consigo distinguir o formato escuro de uma cabeça. Poderia ser uma foca ou algum outro tipo de criatura marinha, exceto pela aparição ocasional de uma mão branca.

Há *alguém* na água. É difícil visualizar perfeitamente daqui. Deve ser um dos convidados; seria difícil alguém nadar até aqui vindo do continente. Eu não ficaria surpresa se fosse Johnno — embora não possa ser, ele estava conversando com Piers minutos atrás. Então, se não é ele, talvez seja um dos outros exibicionistas de nosso grupo, um dos padrinhos, querendo aparecer. Porém, quando olho com mais atenção, percebo que o nadador não está de frente para a praia, mas virado para o mar. E não está nadando, noto agora. Na verdade...

— Está se afogando! — grita uma mulher. Hannah, acho. — Alguém foi levado pela corrente, vejam!

Avanço, tentando ver melhor, empurrando os convidados aglomerados. E então, finalmente, estou bem na frente e posso ver com maior clareza. Ou talvez seja simplesmente aquele instinto de reconhecer pessoas próximas a uma grande distância, mesmo vendo apenas a nuca.

— Olivia! — grito. — É a Olivia! Ah, meu Deus, é a Olivia.

Tento correr, minha saia prendendo nos saltos e me atrapalhando. Escuto o som de seda se rasgando e ignoro, livro-me dos sapatos com chutes, continuo a correr, me equilibrando à medida que meus pés afundam nos pedaços de terra molhados e pantanosos. Nunca fui boa de corrida, ainda mais em um vestido de noiva. Pareço avançar com extrema lentidão. Will, graças a Deus, pelo visto não tem o mesmo problema; ele passa disparado por mim, seguido por Charlie e vários outros.

Quando afinal chego à praia, levo alguns minutos para perceber o que está acontecendo, para entender a cena diante de mim. Hannah, que deve ter começado a correr também, chega junto comigo, a respiração ofegante. Charlie e Johnno estão no mar, com a água batendo na coxa, diversos outros homens atrás deles, na beirada: Femi, Duncan e outros. E, lá no fundo, emergindo das profundezas, está Will, com Olivia nos braços. Ela parece estar se debatendo, lutando com ele, os braços agitados, as pernas chutando desesperadamente. Ele a segura com firmeza. O cabelo de Olivia está escuro e escorrido. O vestido ficou absolutamente translúcido. Ela tem o ar pálido demais, a pele tingida de azul.

— Ela podia ter se afogado — diz Johnno, ao voltar para a areia. Ele parece arrasado. Pela primeira vez sinto um pouco mais de afeto por ele. — Sorte que nós vimos. Garota maluca, qualquer pessoa nota que não é seguro aqui. Podia ter sido puxada direto para o mar aberto.

Will chega até a praia e solta Olivia, que se afasta dele e fica de pé, nos encarando. Seus olhos estão pretos e inescrutáveis. Seu corpo seminu exposto pelo vestido encharcado: as pontas escuras dos mamilos, o pequeno ponto do umbigo. Ela tem um ar primitivo. Como um animal selvagem.

Noto que o rosto e a garganta de Will estão cheios de arranhões vermelhos. Essa imagem faz girar uma chave dentro de mim. Se um segundo atrás eu estava tomada por um medo imenso por ela, agora sinto uma explosão de fúria.

— Sua maluca do caralho.

— Jules — chama Hannah com delicadeza, mas sua delicadeza não é suficiente para disfarçar o tom de censura em sua voz. — Sabe, acho que a Olivia não está bem. Acho... Acho que ela pode estar precisando de ajuda...

— Ah, pelo amor de Deus, Hannah. — Eu me viro para ela. — Escute, já sei como você é boa e maternal e tudo o mais. Mas Olivia não precisa de uma mãe, porra. Ela já tem uma mãe, que lhe dá muito mais atenção, se quer saber, do que eu jamais recebi. Olivia não precisa de ajuda. Precisa é tomar vergonha na cara. Não vou deixar que ela estrague meu casamento. Então... saia da minha frente, está bem?

Ela recua, quase tropeçando. Tenho uma vaga noção de sua expressão de mágoa, choque. Pronto, passei dos limites, já está feito. Mas, neste momento, não dou a mínima. Viro-me para Olivia.

— Que merda você estava fazendo? — berro com ela.

Olivia apenas me fita, muda, olhar vidrado. Parece embriagada. Seguro seus ombros. A pele está congelante. Quero sacudi-la, dar-lhe um tapa, puxar seu cabelo, exigir respostas. E então ela abre e fecha a boca, abre e fecha. Eu a encaro, tentando entender. É como se ela estivesse procurando as palavras, mas sua voz não sai. A expressão em seus olhos é intensa, suplicante, o que me dá calafrios. Por um minuto, sinto como se ela tentasse muito passar uma mensagem que não tenho meios de decifrar. Será um pedido de desculpas? Uma explicação?

Antes de ter a oportunidade de pedir que ela tente de novo, minha mãe está ao nosso lado.

— Ah, minhas filhas, minhas filhas.

Ela nos envolve em seus braços ossudos.

Por baixo da nuvem fluida de Shalimar, sinto o odor acre e cortante de seu suor, de seu medo. Todo voltado para Olivia, claro. Mas, por um instante, eu me deixo ceder ao seu abraço.

Depois olho para trás. Os outros convidados estão se aproximando. Ouço o murmúrio, sinto a emoção emanando deles. Preciso dispersar essa situação toda.

— Alguém mais quer dar um mergulho? — grito.

Ninguém ri. O silêncio se prolonga.

Agora que o espetáculo acabou, todos ficam esperando orientações sobre o próximo passo. Sobre o que fazer. Eu mesma não sei. Isso não faz parte da minha cartilha. Então, fico parada, encarando os convidados, sentindo a umidade da areia empapando a saia do meu vestido.

Graças a Deus, Aoife aparece entre os convidados, perfeita em seu vestido azul-marinho discreto e sapatos de plataforma, absolutamente serena. Vejo que todos se voltam para ela, como se reconhecessem sua autoridade.

— Ouçam — diz. É impressionante como uma mulher pequena e calma pode ter uma voz tão ressonante. — Peço que todos me sigam, por aqui. A refeição será servida em instantes. A tenda está à espera!

JOHNNO

O padrinho

Olhe para ele. Bancando o herói, tirando a irmã de Jules da água. Olhe essa merda. Ele sempre é tão bom em fazer as pessoas verem exatamente o que ele quer mostrar.

Conheço Will melhor do que qualquer um, talvez, no mundo. Aposto que nem Jules o conhece tão bem, e provavelmente nunca vai conhecer. Com ela, ele coloca a máscara, ergue sua fachada. Mas eu guardei seus segredos, porque pertencem a nós dois.

Eu sempre soube que ele era um filho da puta. Sei disso desde os tempos de escola, quando ele roubou aqueles testes. Mas pensei estar a salvo desse lado dele. Sendo seu melhor amigo.

Pelo menos era assim que eu pensava até cerca de meia hora atrás.

— Foi uma pena — disse Piers —, quando soubemos que você não estava interessado. Quer dizer, Will faz muito sucesso com as mulheres, é claro. Ele foi feito para a TV. Mas também pode ser um bocado... delicado. E, cá entre nós, não acho que os espectadores homens gostem dele tanto assim. A pesquisa de público que fizemos sugere que os homens acham o Will um tanto... bem, acho que a expressão que um participante usou foi "meio bundão". Alguns espectadores, os homens principalmente, brocham com um apresentador que na visão deles é um pouco bonito demais. Você teria proporcionado um equilíbrio.

— Espere aí, cara — digo. — Por que vocês pensaram que eu *não* queria fazer o programa?

Piers pareceu um pouco incomodado no início; acho que ele não é o tipo de sujeito que gosta de ser interrompido quando está falando sobre pesquisas. Depois, franziu a testa, assimilando minha pergunta.

— Por que nós pensamos...? — Ele parou, balançou a cabeça. — Bem, porque você não apareceu na reunião, foi por isso.

Eu não fazia ideia do que ele estava falando.

— Que reunião?

— A reunião para discutir como a ideia avançaria. Will apareceu com o agente dele dizendo que vocês dois infelizmente haviam tido uma longa conversa, e você decidiu que não era a sua praia. Que você não era "um sujeito para a TV".

A mesma coisa que tenho contado para todo mundo nos últimos quatro anos. Só que eu nunca disse isso para Will. Não naquela época, pelo menos. Não antes de uma reunião importante.

— Nunca ouvi falar de nenhuma reunião — repliquei. — Recebi um e-mail dizendo que vocês não me queriam.

Levou um tempo para a ficha cair. Então, Piers abriu e fechou a boca, perplexo, como um peixe: blup blup blup. Afinal ele disse:

— Impossível.

— Não — falei. — Não é, não. E pode ter certeza, porque nunca soube de reunião nenhuma.

— Mas mandamos um e-mail...

— É. Vocês nunca tiveram o *meu* e-mail, não é? Tudo passou por Will e pelo agente dele. Eles que cuidaram de tudo.

— Bom — disse Piers. Acho que ele tinha acabado de perceber que havia mexido em um tremendo vespeiro. — Bom — continuou, como se pudesse falar tudo agora. — Ele definitivamente disse que você não estava interessado. Que você tinha refletido muito sobre o assunto e decidido não participar do programa. E foi uma grande pena, porque você e Will, como sempre tínhamos planejado... o cara bronco e o galã. Isso, sim, seria um sucesso.

Não havia sentido em me alongar com Piers. Ele já estava com cara de que queria se teletransportar para qualquer outro lugar. *Estamos em uma ilha minúscula, cara*, quase falei. *Não tem para onde ir*. Não me surpreendi, porém, com a reação dele. Percebi que ele olhava para trás de mim, buscando alguém para socorrê-lo.

Mas eu não estava puto com ele. Meu problema era com meu suposto melhor amigo.

Falando do diabo. Will começou a vir a passos largos em nossa direção, sorrindo, todo bonitão, sem um fio de cabelo fora do lugar, apesar do vento.

— O que vocês dois aqui estão fofocando? — perguntou.

Ele estava tão próximo que eu via as gotas de suor em sua testa. E olha que nunca vejo Will suar, nem em uma partida de rúgbi. Mas agora ele estava suando.

Tarde demais, companheiro, pensei. *Tarde demais, porra*.

Acho que entendi. Ele era esperto demais para me cortar no início. A ideia de *Sobreviva à Noite* era minha, e nós dois sabíamos disso. Se ele tivesse me cortado logo, eu podia ter entornado o caldo, contado a todo mundo o que havia acontecido quando éramos crianças. Eu não tinha tanto a perder quanto ele. Assim, ele me incluiu, fez com que eu me sentisse parte do programa e depois criou a ilusão de que fui eliminado por outra pessoa. De que não teve nada a ver com ele. *Sinto muito, cara. Uma pena. Eu adoraria trabalhar com você.*

Lembro que adorei fazer o teste. Fiquei à vontade, falando daquilo tudo, um assunto que eu dominava. Senti como se tivesse alguma coisa para dizer; algo que as pessoas iriam ouvir. Se me pedissem para recitar a tabuada ou discursar sobre política, eu estava ferrado. Mas escalada e rapel e todo o resto... eu era instrutor dessas atividades no acampamento. Depois da primeira tomada, nem pensei mais na câmera.

O que mais me ofendeu nessa maldita história foi Will, aparentemente, ter achado que seria simples. Johnno burro... tão fácil de ser enrolado. Agora entendo por que tem sido tão difícil manter contato com ele ultimamente. Por que sinto que ele tem me afastado. Por que eu praticamente tive que suplicar para ser o padrinho. Quando concordou, ele deve ter pensado nisso como um prêmio de consolação, um curativo. Mas ser padrinho não paga as contas. Esse curativo não cobre o tamanho da ferida. Ele me usou, o tempo todo, desde o colégio; me mantinha por perto para fazer o trabalho sujo. Mas dividir os holofotes comigo, não, isso não. Quando chegou a hora, puxou meu tapete.

Viro o uísque em um único gole. Aquele traidor filho da puta. Vou arranjar um jeito de me vingar.

HANNAH

A acompanhante

Olivia é irmã de outra pessoa, filha de outra pessoa. Talvez eu deva me afastar, como Jules pediu. Mas não consigo. Enquanto os outros estão voltando para a tenda, eu me pego indo para o outro lado, para o Folly.

— Olivia? — chamo, ao entrar.

Ninguém responde. Minha voz ecoa nas paredes de pedra. O Folly parece tão silencioso e escuro e vazio. É difícil acreditar que alguém esteja aqui. Sei onde fica o quarto de Olivia, a porta que leva à sala de jantar. Vou tentar ali primeiro, decido. Bato na porta.

— Olivia?

— Sim?

Acho que ouvi uma voz baixa lá dentro.

Encaro como um sinal para abrir. Olivia está sentada na cama, uma toalha envolvendo os ombros.

— Estou bem — diz, sem erguer o olhar para mim. — Vou voltar para a tenda em um minuto. Só preciso trocar de roupa antes. Estou bem. — A segunda vez não soa mais tão convincente.

— Honestamente, você não *parece* bem — digo.

Ela dá de ombros, mas não fala nada.

— Olhe — digo. — Sei que não é da minha conta. Sei que mal nos conhecemos. Mas, quando conversamos ontem, tive a sensação de que você está enfrentando algum problema muito grave... Imagino que seja difícil fazer cara de felicidade no meio de tudo isso.

Olivia permanece em silêncio, sem me encarar.

— Então — continuo —, acho que eu queria perguntar, o que você estava fazendo na água?

Olivia dá de ombros novamente.

— Não sei — responde ela, então hesita. — Eu... Acho que foi demais para mim. O casamento, todas aquelas pessoas. Dizendo que eu devia estar muito feliz por Jules. Me perguntando como eu estou. Sobre a facul... — Ela para de falar, olha para as mãos. Vejo as unhas roídas como as de uma criança, as cutículas vermelhas e meio inflamadas em contraste com a pele pálida. — Eu só queria fugir de tudo.

Jules fez parecer que a irmã estava querendo fazer uma cena, que Olivia estava sendo dramática. Suspeito que era exatamente o contrário, que ela estava tentando sumir.

— Posso falar uma coisa? — pergunto.

Ela não diz não, então continuo.

— Lembra que mencionei minha irmã Alice, ontem à noite?

— Lembro.

— Bem, eu... Eu acho que você me lembra um pouco a Alice. Espero que não se importe de eu falar isso. *Juro* que é um elogio. Ela foi a primeira pessoa da família a entrar para a universidade. Tirava as melhores notas nas provas de ensino médio, só dez.

— Eu não sou tão inteligente — murmura Olivia.

— É? Pois eu acho que você é mais inteligente do que prefere mostrar. Você estava cursando literatura inglesa na Exeter. É um bom curso, não é?

Ela dá de ombros. Eu prossigo:

— Alice queria trabalhar com política. Ela sabia que precisava ter um histórico impecável e obter boas notas. E conseguiu isso tudo, claro, foi aceita em uma das melhores universidades do Reino Unido. E então, no primeiro ano, depois de perceber que conseguia facilmente ser a primeira em todos os trabalhos que entregava, relaxou um pouco e arrumou o primeiro namorado. Todos nós achamos um pouco engraçado, eu, minha mãe e meu pai, porque de repente ela ficou *muito* apaixonada por ele.

Alice me contou sobre esse cara novo quando voltou para casa, para o Natal. Ela o havia conhecido na Reeling Society, uma espécie de associação chique de alunos, que ela passou a frequentar porque eles promoviam um baile sofisticado no final do período. Eu me lembro de pensar que ela lidou com aquele relacionamento com a mesma intensidade que lidava com os estudos. "Ele é um gato, Han. E todo mundo quer ficar com ele. Eu nem acredito que ele *olhou* para mim." Ela me contou, pedindo para jurar segredo, que eles tinham dormido juntos. Foi o primeiro rapaz com quem ela transou. Contou que se sentiu próxima dele, nunca imaginou que pudesse existir uma coisa assim. Mas me lembro também de que relativizou o sentimento, argumentando que provavelmente eram os hormônios, além de toda a idealização sociocultural do primeiro amor. Minha irmã linda e inteligente tentando racionalizar seus sentimentos... típico da Alice.

— Mas aí ela começou a parar de gostar dele — conto para Olivia, que levanta as sobrancelhas.

— Ela enjoou dele? — Ela parece um pouco mais interessada agora.

— Acho que sim. No feriado da Páscoa, já não falava mais tanto dele. Quando perguntei, ela me disse que tinha percebido que ele não era bem o cara que ela imaginava. E que tinha passado tempo demais envolvida com ele, que realmente precisava colocar a cabeça no lugar e se dedicar aos estudos. Ela tinha tirado nota baixa em um trabalho e isso foi a gota d'água.

— Nossa — diz Olivia, revirando os olhos. — Ela parece muito nerd. — E então se arrepende. — Desculpe.

Sorrio.

— Eu disse a ela exatamente a mesma coisa. Mas Alice era assim, sem tirar nem pôr. De qualquer forma, ela queria ser correta com ele, falar pessoalmente. — Ela também era assim, sem tirar nem pôr.

— Como ele reagiu? — perguntou Olivia.

— Não muito bem. Ele ficou bem puto, disse que não seria humilhado por ela. Que ela pagaria por aquilo.

Eu me lembro disso porque fiquei imaginando o que ele poderia fazer. Como se faz alguém "pagar" por um término de relacionamento?

— Ela não me disse o que ele fez para que reatassem — continuo. — Não disse nem para mim nem para minha mãe nem para meu pai. Estava com muita vergonha.

— Mas você descobriu?

— Depois. Eu descobri depois. Ele tinha feito um vídeo dela.

Um vídeo de Alice havia sido postado na intranet da universidade. Ela deixara o garoto filmar, depois do baile da Reeling Society. Foi removido do servidor no segundo em que a universidade ficou sabendo. Mas a notícia já tinha se espalhado, o estrago já estava feito. Outras versões do vídeo foram salvas em computadores de todo o campus. Postaram no Facebook. Foi removido. Postaram novamente.

— Então, tipo... pornô de vingança? — pergunta Olivia.

Confirmo com um gesto de cabeça.

— É como chamamos hoje em dia. Mas, naquela época, sabe, era tudo mais inocente. Agora as pessoas estão mais atentas, tomam cuidado, não é? Todo mundo sabe que, se deixar alguém tirar fotos ou fazer um vídeo, pode acabar na internet.

— Acho que sim — diz Olivia. — Mas as pessoas esquecem. Na hora. Ou, sabe, quando alguém de quem você gosta muito pede. Então, imagino que todo mundo na faculdade tenha visto, não é?

— Sim. Mas a pior parte foi que nós não sabíamos na época, Alice não nos contou, pois ficou com muita vergonha. Talvez tenha pensado que aquilo fosse estragar a imagem que tínhamos dela, a imagem de menina perfeita. Mas claro que nós não a amávamos por ela ser uma menina perfeita.

Ela não contou nem para *mim*. Essa é a parte que mais me machuca até hoje.

— Às vezes — digo —, acho que é difícil demais contar para as pessoas mais próximas. As pessoas que você ama. Parece um sentimento familiar?

Olivia aquiesce.

— Então. Eu quero que você saiba que pode me contar. Está bem? Porque é sempre melhor botar para fora. Mesmo que você fique com vergonha, mesmo que você ache que as pessoas não vão entender. Eu gostaria que Alice tivesse conversado comigo. Acho que ela poderia ter visto uma perspectiva que não foi capaz de ver sozinha.

Olivia olha para mim, depois desvia o olhar. Sua voz sai como se fosse pouco mais que um sussurro.

— Ok.

E então ouvimos da tenda o som metálico de um microfone sendo ligado.

— Senhoras e senhores. — É a voz de Charlie, percebo; ele deve estar fazendo seu papel de mestre de cerimônias. — Por favor, tomem seus lugares para a refeição.

* * *

Não tenho tempo de contar o resto a Olivia — e talvez tenha sido melhor. Assim, não conto como a coisa toda foi uma mancha gigante na vida de Alice, na sua pessoa — como uma tatuagem. Nenhum de nós tinha percebido como Alice era frágil. Ela sempre tinha passado aquela impressão de que era capaz, que estava no controle de tudo: tirava notas maravilhosas, participava de equipes de esportes, conquistou seu lugar na faculdade, nunca perdeu uma oportunidade. Mas, por baixo, abastecendo todo aquele sucesso, havia uma massa emaranhada de ansiedade que nenhum de nós percebeu a tempo. Ela não conseguiu lidar com a vergonha do episódio. Percebeu que nunca mais iria — nunca mais *poderia* — trabalhar com política como tinha sonhado. Não só porque não obteve o bacharelado, já que acabou abandonando a faculdade; mas porque havia um vídeo seu na internet pagando boquete para um cara — entre outras coisas. Não havia como excluir o vídeo.

Então, não contei a Olivia como em um mês de junho, dois meses após voltar para casa da universidade, Alice tomou um coquetel de analgésicos, além de mais praticamente tudo o que pôde encontrar no armário de remédios do banheiro, enquanto minha mãe me buscava no treino de basquete. Como, dezessete anos atrás, neste mesmo mês, minha irmã linda e inteligente se matou.

AOIFE

A cerimonialista

Foi culpa minha, o que acabou de acontecer com a madrinha. Eu deveria ter imaginado. Eu, na verdade, *imaginei*: sabia que alguma encrenca estava rodeando aquela garota. Percebi isso quando servi seu café da manhã hoje. Ela se controlou durante a cerimônia, mesmo com cara de quem queria dar meia-volta e fugir correndo de lá. Depois, claro, tentei manter os olhos nela. Mas houve tantas outras demandas. Os convidados eram tão insistentes, tão agressivos, que a equipe de garçons — a maioria estudantes e universitários de férias — não deu conta.

Quando dei por mim, surgiu o tumulto, e ela estava na água. Ao vê-la, fui subitamente transportada de volta para um dia diferente. Impotente para ajudar. Tendo visto os sinais, mas ignorando-os até ser tarde demais. Aquelas imagens insistentes nos meus sonhos: a água subindo, minhas mãos estendidas como se eu pudesse fazer alguma coisa...

Desta vez o resgate foi possível. Penso no noivo saindo do mar com ela, o herói do dia. Mas talvez eu pudesse ter evitado aquilo tudo se tivesse prestado mais atenção na hora certa. Estou zangada comigo mesma por ter sido tão negligente. Consegui manter um verniz de profissionalismo frio na frente dos convidados, pelo tempo que levei para conduzi-los de volta à tenda para a refeição. Mesmo se eu não tivesse conseguido me manter tão firme, duvido que alguém notasse que alguma coisa estava errada. Afinal, meu trabalho é ser invisível.

Preciso do Freddy. Freddy sempre me anima.

Eu o encontro onde os convidados não podem ver, na área do buffet no fundo da tenda: empilhando pratos, com um pequeno exército de ajudantes. Eu o levo para fora comigo, longe dos olhares curiosos dos auxiliares de cozinha.

— A garota podia ter se afogado — digo. Quando penso nisso, mal consigo respirar. Estou vendo tudo o que poderia ter acontecido se desenrolar diante dos meus olhos. É como se eu tivesse sido transportada para um outro dia, quando não houve final feliz. — Ai, meu Deus. Freddy, ela podia ter se afogado. Eu não estava prestando atenção direito. — O passado está de volta. Tudo minha culpa.

— Aoife — diz ele, e segura meus ombros com firmeza. — Ela não se afogou. Está tudo bem.

— Não. Ele salvou a menina. Mas e se...

— Não existe "e se". Os convidados estão na tenda, agora. Tudo vai correr perfeitamente bem, acredite em mim. Volte para lá e faça o que você faz de melhor. — Freddy sempre foi bom em me acalmar. — Foi uma pequena interferência. Fora isso, vai ser um casamento lindo.

— Mas está tudo diferente do que eu imaginei — argumento. — Mais difícil, ter essas pessoas aqui, perambulando por todo o lugar. Aqueles homens, com uns jogos horríveis na noite passada. E agora isso... trazendo tudo de volta...

— Está quase acabando — diz Freddy, firme. — Você só precisa passar pelas próximas poucas horas.

Aquiesço. Ele está certo. E sei que preciso me controlar. Não posso me dar ao luxo de desmoronar, não hoje.

AGORA

A noite do casamento

Agora eles podem distingui-lo, o homem, Freddy, correndo em sua direção o mais rápido que consegue. Ele segura uma tocha: não há nada mais sinistro do que aquilo. A luz de suas próprias tochas destaca o brilho do suor em sua testa pálida quando ele se aproxima.

— Vocês precisam voltar para a tenda — grita ele, entre respirações ofegantes. — Chamamos a polícia.

— O quê? Por quê?

— A garçonete voltou um pouco a si. Ela diz que acha que viu mais alguém aqui fora, no escuro.

— Nós deveríamos fazer o que ele disse — grita Angus para os outros, depois que Freddy vai embora. — Esperar pela polícia. Não é seguro.

— Não — grita Femi. — Agora já fomos longe demais.

— Você acha mesmo que eles vão chegar *logo*, Angus? — pergunta Duncan. — A polícia? Com este tempo? Claro que não, cara. Estamos todos sozinhos aqui.

— Bem, mais uma razão. Não é seguro...

— Não estamos tirando conclusões precipitadas? — grita Femi.

— Como assim?

— Ele só disse que ela *acha* ter visto alguém.

— Mas se ela viu — diz Angus —, isso significa...

— O quê?

— Bem, se houver mais alguém significa que pode não ter sido... que pode não ter sido um acidente.

Ele não se atreve a pronunciar, mas assim mesmo os outros escutam, por trás das palavras. *Assassinato*.

Seguram as tochas com um pouco mais de força.

— Essas tochas dariam boas armas — grita Duncan. — Se a gente precisar.

— Sim — concorda Femi, empertigando um pouco os ombros. — Somos nós contra essa pessoa. Quatro de cá, um de lá.

— Espere, alguém viu o Pete? — pergunta Angus, de repente.

— O quê? Merda... não.

— Talvez ele tenha ido com aquele cara, o tal do Freddy?

— Ele não foi, Fem — responde Angus. — E ele estava realmente fora de si. Merda...

— Pete! — chamam eles.

— Pete, cara... você está aí?

Ninguém responde.

— Meu Deus... Cara, não vou andar por aí procurando por ele também — grita Duncan, com um tremor fraco, mas perceptível, na voz

— Não é a primeira vez que ele fica doidão, não é? Ele sabe cuidar de si mesmo. Vai ficar bem.

Os outros suspeitam de que ele se esforça para soar mais convicto do que realmente está. Mas não vão questionar. Também querem acreditar nisso.

Mais cedo naquele dia

JULES

A noiva

Dentro da tenda, Aoife montou algo mágico. Está quente aqui, um alívio para o vento cada vez mais frio lá fora. Pela entrada, vejo as tochas acesas piscarem e diminuírem. E, de vez em quando, o teto da tenda incha e murcha delicadamente, se dobrando com o vento, o que, de certa forma, apenas faz aumentar a sensação de bem-estar aqui dentro. O rosto das pessoas aglomeradas em torno das velas, que aromatizam e iluminam todo o ambiente, parece rosado, corado de saúde e juventude — mesmo que a verdadeira causa seja uma tarde regada a álcool no cortante vento irlandês. É tudo o que eu poderia ter desejado. Observo os convidados e vejo no rosto deles a admiração com o lugar. E ainda assim... por que me sinto tão vazia?

Todo mundo parece já ter esquecido o surto perigoso de Olivia; poderia muito bem ter acontecido outro dia, a julgar pelos convidados que já estão entornando mais vinho, com vontade... cada vez mais falantes e animados. A atmosfera do dia foi recapturada e está seguindo o trajeto prescrito. Mas eu não consigo esquecer. Quando penso na expressão de Olivia, na súplica estampada em seus olhos quando tentou falar, todos os pelos de minha nuca se arrepiam.

Os pratos são retirados das mesas, praticamente limpos de tanto que comeram. O álcool deu aos convidados uma fome de leão, e Freddy é muito talentoso. Já estive em muitos casamentos em que me forcei a engolir peito de frango borrachudo com legumes ao estilo de refeitório de colégio. Hoje comemos uma costela de cordeiro extremamente macia, um veludo na língua, purê de batata temperado com alecrim. Estava perfeito.

Chegou a hora dos discursos. Os garçons se espalham pelo espaço, munidos de bandejas de Bollinger, prontas para os brindes. Sinto um azedume no fundo do estômago, e pensar em tomar mais champanhe me deixa levemente enjoada. Já bebi além da conta, em um esforço para acompanhar meus convidados, e me sinto esquisita, dispersa. A imagem da nuvem escura no horizonte durante os coquetéis de boas-vindas persiste nítida em minha mente.

Alguém bate uma colher em um copo: *ding ding ding*!

O ruído das conversas na tenda para, substituído por um silêncio obediente. Sinto a atenção no espaço se alterar. As pessoas viram-se para nós, na mesa principal. O espetáculo está prestes a começar. Recomponho minha expressão e exibo uma alegre expectativa.

Então, as luzes na tenda piscam e se apagam. Ficamos mergulhados em uma penumbra crepuscular compatível com a luz que vai desaparecendo no exterior.

— Minhas desculpas — diz Aoife, no fundo da tenda. — É o vento. A eletricidade é um pouco temperamental aqui.

Alguém, um dos padrinhos, acho, solta um longo uivo de lobo. E os outros acompanham, até parecer que há uma inteira matilha de lobos aqui dentro. A esta altura já estão todos bêbados, mais soltos e mais selvagens. Quero gritar para calarem a boca.

— Will — sibilo —, podemos pedir para eles pararem?

— Só vai fazer com que continuem por mais tempo — diz ele, de modo tranquilizador, segurando minha mão. — Tenho certeza de que as luzes vão voltar de novo em um segundo.

Logo quando penso que não vou suportar mais, que realmente vou dar um berro, as luzes voltam a se acender. Os convidados comemoram.

Meu pai é o primeiro a se levantar para fazer um discurso. Talvez eu devesse tê-lo banido no último minuto como castigo por seu comportamento mais cedo. Mas pegaria mal, não é? E grande parte do casamento, já percebi, é feito de *aparências*. Se conseguirmos aparentar alegria e júbilo durante todo o evento... bom, talvez então possamos disfarçar quaisquer forças mais obscuras borbulhando no fundo desse caldeirão. Aposto que a maioria das pessoas acredita que esse evento se deve integralmente à generosidade do meu pai. Não é bem assim.

Todo mundo me pergunta por que resolvi fazer o casamento aqui. Postei nas redes sociais. "Quero ver seu espaço para casamento." Tudo parte de uma matéria para *The Download*. Aoife respondeu. Fiquei admirada com o nível de planejamento de sua proposta, com a atenção que dava aos aspectos práticos. Ela parecia muito mais ávida do que todos os outros. Na realidade, nem se comparou aos concorrentes. Mas não foi por isso que o local ganhou nossa preferência. A verdade nua e crua é que escolhi fazer meu casamento aqui porque era bom e barato.

Pois o querido papai, ali de pé, posando todo orgulhoso, fechou a torneira. Ou Séverine fez isso por ele.

Ninguém ia adivinhar, não é? Não quando consegui um bolo que custou três mil libras, ou aros de guardanapos em prata maciça com os nomes gravados, ou a produção de um ano inteiro de velas do Cloon Keen Atelier. No entanto, essas são exatamente as coisas que meus convidados esperam de mim. E só pude bancá-las — e uma cerimônia no estilo a que estou acostumada — porque Aoife me ofereceu a ilha pela metade do preço. Ela pode parecer antiquada, mas é esperta. Foi por isso que se esforçou ao máximo, pois sabe que vou fazer uma matéria na revista, sabe que vai conseguir espaço na imprensa por causa de Will. No final, ela vai ganhar seus dividendos.

— Estou honrado por estar aqui — meu pai começa o discurso. — No casamento da minha menina.

Minha menina. *Francamente*. Sinto meu sorriso se endurecer.

Meu pai levanta o copo. Está bebendo Guinness, noto: ele sempre fez questão de não beber champanhe, mantendo-se fiel às suas raízes. Sei que deveria estar olhando para ele com ar de adoração, mas ainda estou tão irritada com o que disse que mal consigo encará-lo.

— Mas, na verdade, Julia nunca foi de fato minha menininha — diz. Seu sotaque soa forte, como eu não ouvia em anos. Sempre fica mais carregado em momentos de emoção... ou quando encheu a cara. — Ela sempre foi dona do próprio nariz. Mesmo aos nove anos, já sabia exatamente o que queria. Mesmo que eu... — Ele dá uma bela tossida — tentasse convencê-la do contrário. — Há uma onda de risadas entre os convidados. — Ela perseguia o que queria com uma ambição determinada. — Ele abre um sorriso triste. — Se eu fosse me vangloriar de alguma coisa, poderia dizer que ela herdou isso de mim. Mas não sou assim. Não sou, nem de longe, tão forte. Finjo saber o que quero, mas na verdade aceito qualquer coisa que me agrade. Jules é absolutamente autêntica, e ai de quem se meter em seu caminho. Tenho certeza de que qualquer um dos seus funcionários vai concordar.

Há uma risada ligeiramente nervosa vindo da mesa do pessoal da *The Download*. Dou um sorriso condescendente: nenhum de vocês está encrencado. Hoje.

— Vejam — continua papai —, certamente não sou o melhor exemplo em matéria de casamento, tenho que admitir. Acredito que hoje estou aqui diante das esposas número um e número cinco. Então suponho que vocês possam dizer que sou um membro do clube... apesar de não ser o melhor. — Nada engraçado... embora desperte algumas risadinhas protocolares da plateia. — Jules foi... hum... rápida em assinalar isso hoje mais cedo, quando tentei oferecer algumas palavras de aconselhamento paterno.

Aconselhamento paterno. Rá.

— Mas quero dizer que, com o passar dos anos, aprendi uma coisa ou outra sobre como fazer um casamento dar certo. E casar significa encontrar a pessoa que você mais conhece no mundo. E não me refiro a saber como preparar seu café, ou qual é seu filme favorito, ou como se chamava seu primeiro animal de estimação. É um conhecimento em nível mais profundo. Conhecer a alma da pessoa. — Ele abre um sorriso para Séverine, que se envaidece, orgulhosa. — Além disso, não me sinto muito qualificado para dar algum conselho. Sei que não tenho sido muito presente. Não, mentira. Não tenho sido nada presente. Nenhum de nós. Creio que Araminta provavelmente vai concordar comigo.

Uau. Volto o olhar para minha mãe. Ela exibe um sorriso forçado que acho que pode ser tão fingido quanto o meu. Não deve ter gostado desse negócio de esposa número um, porque a faz se sentir velha, e ficará lívida com a sugestão de negligência materna, considerando como está adorando desempenhar o gracioso papel de mãe da noiva.

— Assim, com nossa ausência, Julia sempre teve que criar o próprio caminho. E que caminho ela forjou. Sei que nunca fui muito bom em mostrar, mas estou muito orgulhoso de você, Juju, de tudo o que você conquistou. — Penso na cerimônia de entrega de prêmios da escola. De minha formatura.

Do lançamento da *The Download*. Meu pai não compareceu a nenhum desses eventos. Penso em quantas vezes quis ouvir essas palavras, e agora aqui estão elas, logo quando estou tão brava com ele. Sinto os olhos marejados de lágrimas. Merda. Isso realmente me pegou desprevenida. Eu nunca choro.

Papai se vira para mim.

— Eu te amo muito... minha filha inteligente, complicada, poderosa.

Ah, meu Deus. Não são lágrimas bonitas, tampouco um brilho sutil nos olhos. Elas jorram pelo meu rosto e tenho que tentar contê-las com a mão, depois com o guardanapo. O que está *acontecendo* comigo?

— E tem mais — diz papai para os convidados. — Mesmo que Jules seja essa pessoa incrível, independente, gosto de me gabar que ela é minha menininha. Porque existem certas emoções que um pai não pode evitar... por mais que você tenha sido um pai de merda, por menos direitos que tenha a essas coisas. E uma delas é o instinto de proteger. — Ele se vira para mim de novo.

Tenho que encará-lo agora. Sua expressão exibe uma ternura genuína. Meu peito dói.

E aí se vira para Will.

— William, você parece... um grande sujeito. — Fui só eu, ou havia uma ênfase perigosa em "parece"? — Mas... — papai abre um sorriso; conheço aquele sorriso. De sorriso não tem nada: é um ranger de dentes. — É melhor você cuidar da minha filha. É melhor andar na linha. E, se fizer qualquer coisa que magoe minha filha... bem, é simples assim. — Ele ergue o copo, em um brinde silencioso. — Vou atrás de você.

Um silêncio tenso toma conta da tenda. Forço uma gargalhada, embora pareça mais um soluço. Outros convidados me seguem, em uma corrente de risadas... talvez estejam aliviados por saberem como interpretar aquilo. *Ah, é uma piada*. Só que não foi piada. Eu sei, papai sabe. E suspeito, pela aparência do rosto de Will, que ele também sabe.

OLIVIA

A madrinha

O pai de Jules se senta. Ela está um caco: o rosto inchado e vermelho. Seca as lágrimas com o guardanapo. Ela tem seus pontos fracos, minha meia-irmã, mesmo com essa fachada de durona. Estou me sentindo mal pelo que aconteceu mais cedo, honestamente. Sei que Jules não ia acreditar se eu lhe dissesse isso, mas *sinto* muito mesmo. Ainda estou com frio, como se a água gelada do mar tivesse entranhado em minha pele. Troquei o vestido de madrinha pelo que usei ontem à noite, porque achei que Jules ficaria menos puta, mas gostaria mesmo de estar usando minhas roupas normais. Mantenho os braços em volta do corpo para tentar me aquecer, mas não consigo parar de bater os dentes.

Will se levanta ao som de gritos e assobios, algumas vaias. Depois todos ficam em silêncio. Todos prestam atenção nele. Will causa esse efeito nas pessoas. Acho que tem a ver com sua aparência e com seu jeito; e sua autoconfiança. Ele está sempre no controle absoluto.

— Em meu nome e de minha nova esposa — diz Will, e quase afunda em gritos e vivas, batucadas nas mesas, batidas de pés. Ele sorri até que todos se acalmem. — Em meu nome e de minha nova esposa, agradeço muitíssimo a presença de todos aqui hoje. Sei que Jules vai concordar comigo quando digo que é maravilhoso comemorar com nossos entes mais próximos e queridos. — Ele se vira para Jules. — Eu me sinto o homem mais sortudo do mundo.

Jules já enxugou as lágrimas. E quando ela ergue o olhar para Will, sua expressão é inteiramente diferente, transformada. De repente, parece feliz demais, tanto que é tão difícil olhar para ela quanto para uma luz forte. Will abre um sorriso para a esposa.

— Ah, meu Deus — ouço uma mulher cochichar na mesa ao lado. — Eles são perfeitos *demais.*

Will está sorrindo para todos.

— E realmente *foi* um golpe de sorte — diz ele. — Nosso primeiro encontro. Se eu não estivesse no lugar certo na hora certa... Como Jules gosta de dizer, foi o momento decisivo. — Ele ergue a taça. — Então: brindo à sorte. E a criar nossa própria sorte... ou dar um empurrãozinho, quando for preciso.

Ele dá uma piscadela. Os convidados riem.

— Em primeiro lugar — continua ele —, é de praxe elogiar as madrinhas, não é? Só temos uma, mas acho que vocês concordam que sua beleza compensa quaisquer sete madrinhas. Então, um brinde a Olivia! Minha nova irmã.

A sala toda se vira para mim, erguendo os copos. Não consigo suportar. Olho para o chão até os vivas morrerem e Will recomeçar a falar.

— E agora à minha nova esposa. Minha inteligente e linda Jules... — Os convidados se empolgam novamente. — Sem você, a vida não teria a menor graça. Sem você, não haveria alegria, nem amor. Você me completa, minha cara metade. Então, por favor, um brinde a Jules!

Todos os convidados ao meu redor se levantam.

— A Jules! — repetem, sorrindo.

Todos sorriem para Will, principalmente as mulheres, que não tiram os olhos dele. Sei o que elas estão vendo. Will Slater: astro da TV. Marido, agora, da minha meia-irmã. Herói: olhem como ele me resgatou das águas mais cedo. Um bom homem em todos os sentidos.

— Sabem como Jules e eu nos conhecemos? — pergunta Will, quando todos se sentam. — Foi obra do destino. Ela deu uma festa no Museu Victoria & Albert, para a *The Download*. Eu não passava de um acompanhante: tinha ido com uma amiga. De qualquer modo, minha amiga teve que ir embora e me deixou lá. Até pensei em ir embora também. Foi uma decisão totalmente impulsiva voltar para a festa. Então, quem sabe o que teria acontecido se eu não tivesse voltado? Será que algum dia teríamos nos conhecido? Portanto... mesmo que Jules trabalhe tanto que às vezes me sinto uma terceira pessoa em nosso relacionamento, também quero agradecer à responsável por nos unir. À *The Download*!

As pessoas se levantam.

— À *The Download*! — repetem.

Só conheci o noivo de Jules depois que eles já estavam comprometidos. Ela fora muito discreta sobre ele. Quase como se não quisesse levá-lo para casa antes de ter o anel no dedo, no caso de nós o rejeitarmos. Talvez eu pareça uma escrota por dizer isso, mas Jules sempre foi muito cruel em relação a certas coisas. Acho que não é exatamente culpa dela. Mamãe *pode* ser meio inconveniente.

Jules, sendo quem é, já tinha a situação toda planejada. Eles viriam tomar um café na casa da mamãe, ficariam por meia hora, depois todos iríamos almoçar no River Café (o lugar preferido deles, segundo Jules; ela tinha reservado). Suas instruções para mamãe e para mim eram bastante claras: não façam merda.

Eu francamente não queria fazer merda, era o primeiro encontro com o noivo de Jules. Mas quando os dois chegaram e passaram pela porta, tive que correr para o banheiro para vomitar. Depois descobri que não conseguia me mexer. Desabei no chão perto da privada e fiquei sentada por um tempo que pareceu longo demais. Fiquei sem ar, como se alguém tivesse me dado um soco no estômago.

Consegui visualizar tudo acontecendo. Ele voltou para o museu, depois de me colocar no táxi. Lá, conheceu minha irmã, a rainha do baile — tão mais apropriada para ele. Destino. E me lembro do que ele disse logo que nos conhecemos: "Se você fosse dez anos mais velha, seria a mulher ideal para mim." Ficou tudo muito claro.

Depois de um tempo — porque minha irmã tinha uma programação, suponho —, Jules subiu.

— Olivia, precisamos ir almoçar agora. Claro que eu adoraria que você viesse conosco, mas, se não estiver se sentindo bem, não tem problema.

Ficou bem evidente que tinha problema, sim, mas essa era a última das minhas preocupações.

De algum modo, consegui recuperar a voz.

— Eu... eu não posso ir — falei, atrás da porta. — Estou... me sentindo mal.

Parecia a coisa mais fácil a fazer, naquela hora, seguir com a história que ela tinha começado. E, para falar a verdade, eu não estava me sentindo bem: estava com o estômago embrulhado, como se tivesse tomado veneno.

No entanto, tenho pensado nisso desde então. E se naquele momento eu tivesse tido a coragem de jogar tudo para o alto e contar a verdade, bem ali, na cara dela? Em vez de esperar e esconder, até que fosse tarde demais?

— Está bem — disse Jules. — Tudo bem. Fico muito triste por você não poder ir. — Ela não parecia nada triste. — Mas não vou criar caso com isso agora, Olivia. Talvez você esteja mesmo se sentindo mal. Vou lhe dar o benefício da dúvida. Mas eu gostaria muito de ter o seu apoio. Mamãe disse que você passou por uma situação difícil recentemente, e sinto muito por isso. Mas, pelo menos uma vez, eu gostaria que você tentasse ficar feliz por mim.

Deslizei as costas pela porta do banheiro até me sentar no chão e tentei continuar respirando.

Ele disfarçou bem rapidamente sua própria reação. Quando entrou, naquela primeira vez em que nos "conhecemos", talvez tenha surgido um segundo de choque. Talvez eu tenha sido a única a reparar. Um tremor na pálpebra, uma contração no maxilar. Nada mais do que isso. Ele disfarçou muito bem, estava muito tranquilo.

Então, vejam bem, não consigo pensar nele como Will. Para mim, será sempre o Steven. Não tinha pensado nisso quando escolhi outro nome para o aplicativo de relacionamento. Não tinha pensado que ele também poderia estar mentindo.

Na recepção de noivado, decidi que não poderia fugir e me esconder, como tinha feito antes. Eu passara uns dois meses pensando em mil reações que seriam tão melhores, tão menos patéticas do que fugir e vomitar. Afinal de contas, eu não havia feito nada de errado. Dessa vez, iria confrontá-lo. Era ele quem devia explicações, para mim, para Jules. Era ele quem deveria ter passado mal, porra. Eu havia permitido que ele vencesse a primeira batalha. Dessa vez, Will ia ver só.

Ele me confundiu no início. Quando chegamos, abriu um enorme sorriso.

— Olivia! Espero que você esteja se sentindo melhor. Foi uma pena, da última vez não tivemos chance de nos conhecer direito.

Fiquei tão chocada que não consegui dizer nada. Ele estava fingindo que nunca tinha me visto antes, bem na minha cara. Eu até comecei a duvidar de mim mesma. Será que era ele? Mas eu *sabia* que era. Não havia dúvida. De mais perto, eu vi a pele em torno de seus olhos se enrugar do mesmo jeito; ele tinha dois sinais no pescoço, embaixo do queixo. E me lembrei, com toda a nitidez, daquela reação de menos de um segundo, quando ele me viu a primeira vez.

Ele sabia exatamente o que estava fazendo: dificultando ao máximo que eu mantivesse minha própria versão da verdade. E também acreditava que eu estivesse me sentindo ridícula demais para contar qualquer coisa a Jules, amedrontada demais para transmitir qualquer credibilidade a ela.

Ele tinha razão.

HANNAH

A acompanhante

Percebi algo esquisito no discurso que Will acabou de fazer. Algo estranhamente familiar, uma sensação de déjà-vu. Não consigo distinguir exatamente o que, mas, enquanto todo mundo ao meu redor aplaudia e parabenizava, senti um desconforto no fundo do estômago.

— Lá vamos nós. — Ouço alguém da mesa sussurrar. — Está todo mundo preparado para o evento principal?

Charlie não está ao meu lado. Está na mesa principal, logo à esquerda de Jules. Faz sentido, suponho: afinal de contas, não faço parte dos familiares e padrinhos, diferente de Charlie. Porém, em todos os outros lugares, maridos e esposas estão sentados juntos. Percebo que mal vi Charlie desde de manhã, e depois apenas no lado de fora, quando serviram as bebidas, o que de certa forma nos distanciou mais do que se não tivéssemos nos encontrado. No espaço de meras vinte e quatro horas, parece que uma cratera se abriu entre nós.

Os convidados sentados perto de mim fizeram uma aposta sobre quanto tempo ia durar o discurso do padrinho. Cinquenta libras por lance, então declinei. Também designaram a nossa como "a mesa da maldade". Há um sentimento intenso, insano no ar. São como crianças confinadas por tempo demais. Na última hora, aproximadamente, deram cabo de pelo menos uma garrafa e meia cada um. Peter Ramsay, sentado ao meu lado, está falando tão rápido que começo a ficar tonta. Pode ter algo a ver com o pó branco em volta de suas narinas; faço um esforço para não me inclinar e limpar com o canto do guardanapo.

Charlie se levanta, reassumindo seu posto de mestre de cerimônias, e pega o microfone de Will. Sem nem perceber, procuro algum sinal de que ele possa ter bebido além da conta. O rosto dele está ligeiramente abatido? Será que ele está um pouco cambaleante?

— E agora — começa ele, mas é recebido com uma gritaria: as pessoas, principalmente os padrinhos, percebo, urram e berram e tapam as orelhas. Charlie enrubesce. Eu fico desconfortável por ele. Charlie tenta de novo: — E agora... chegou a hora do padrinho do noivo. Uma salva de palmas para Jonathan Briggs.

— Seja bonzinho, Johnno! — grita Will, as mãos ao redor da boca. Ele dá um sorriso torto, uma piscadela exagerada.

Todo mundo cai na risada.

Sempre acho difícil assistir ao discurso do padrinho. Há tanta expectativa. Há uma linha minúscula, tão fina quanto um fio de cabelo, entre ser bobo demais e ofensivo. É melhor, sem dúvida, ficar no politicamente correto do que arriscar. Tenho a impressão de que Johnno não é do tipo que se preocupa se está ofendendo alguém.

Talvez seja minha imaginação, mas Johnno parece estar balançando um pouco ao pegar o microfone das mãos de Charlie. Perto dele, meu marido está sóbrio como um juiz. Então, Johnno vai até a frente da mesa, tropeça e quase cai. Meus companheiros de mesa soltam uma porção de comentários e vaias. Peter Ramsay, aqui perto, coloca os dedos na boca e solta um assobio que deixa meus ouvidos zumbindo.

No momento em que Johnno se recompõe, é evidente que está completamente bêbado. Ele fica parado em silêncio por vários segundos antes de, aparentemente, lembrar onde está e o que deve fazer. Bate no microfone algumas vezes, e o som ressoa na tenda.

— Vamos lá, Johnners! — grita alguém. — Quer que a gente espere a vida inteira?

Os convidados ao redor de minha mesa começam a batucar com os punhos e com os pés.

— Discurso, discurso, discurso! Discurso, discurso, discurso!

Meu braço fica arrepiado. É uma recordação da noite passada: o ritmo tribal, a sensação de ameaça.

Johnno faz um gesto de "calma, calma". Sorri para todos. Depois se vira para Will. Pigarreia, inspira profundamente.

— Temos um longo caminho juntos, esse cara e eu. Um alô para todos os meus companheiros da Trevellyan's!

Gritos explodem, em especial do grupo de padrinhos.

— Bom... — diz Johnno, quando o som diminui, estendendo a mão para apontar para Will. — Olhem para esse sujeito. Seria fácil odiar o Will, não é? — Há uma pausa, um pouco longa demais, antes que ele retome a fala. — Ele tem tudo: a aparência, o charme, a carreira, o dinheiro, caso ninguém tenha reparado, e... — ele aponta para Jules — a garota. Então, na verdade, parando para pensar... acho que eu *realmente* odeio o Will. Alguém mais?

Uma onda de risadas atravessa a sala; alguém grita:

— É isso aí!

Johnno abre um sorriso. Uma centelha selvagem e perigosa brilha em seus olhos.

— Para os que não sabem, Will e eu frequentamos a mesma escola. Mas não era uma escola qualquer. Era mais como... Ah, nem sei... Uma mistura de campo de concentração com *O Senhor das Moscas*; obrigado por dar essa dica ontem à noite, Charlie! Sabem, a questão não era tirar as melhores notas possíveis. A questão toda se resumia a ser um sobrevivente.

A ênfase na última palavra, pronunciada como um substantivo próprio, teria sido coisa da minha cabeça? Lembro-me do jogo que eles mencionaram no jantar, na noite passada. Chamava-se Sobrevivente, não é?

— E vou contar uma coisa para vocês — continua Johnno. — Nós tivemos nossa cota de merda durante aqueles anos. Da época da Trevellyan's especificamente. Houve períodos tenebrosos. Houve períodos enlouquecedores. Às vezes, parecia que éramos nós contra o resto do mundo. — Ele encara Will. — Não é?

Will assente, sorri.

Há algo meio esquisito no tom de voz de Johnno, uma nota de perigo, uma sensação de que ele pode falar ou fazer qualquer coisa e perder totalmente o controle. Olho para as outras mesas, me perguntando se os outros convidados também sentem isso. Certamente o espaço ficou um pouco silencioso, como se todos estivessem prendendo a respiração.

— Mas melhor amigo é para essas coisas, não é? — prossegue Johnno. — Para dar cobertura sempre.

Sinto como se estivesse observando um copo oscilar na beirada da mesa, incapaz de fazer qualquer coisa a respeito, apenas esperando ele cair e se despedaçar. Dou uma espiada em Jules e estremeço. Sua boca está comprimida em uma linha bem fina, como se ansiosa para que tudo isso termine logo.

— E olha só — Johnno aponta para si mesmo. — Sou um gordo relaxado com um terno apertado demais. Ah — ele volta a olhar para Will —, você lembra que eu disse que tinha *esquecido* o meu terno? Ora, tem uma historinha aí por trás.

Ele se vira para nós, a plateia, e continua:

— Então. A verdade é a seguinte... A mais pura verdade. Nunca existiu nenhum terno. Quer dizer... existiu um terno, mas depois deixou de existir. Sabem, no início, pensei que Will fosse providenciar para mim. Não entendo muito dessas coisas, mas aposto que é assim com os vestidos das madrinhas, não é?

Ele nos fita com um olhar inquisidor. Ninguém responde. A tenda está em silêncio agora; até Peter Ramsay, perto de mim, parou de sacudir a perna.

— Não é a noiva que compra os vestidos? — insiste Johnno. — É a regra, estou certo? Você está obrigando alguém a vestir a porra da roupa. Não é como se fosse escolha dela. E o velho Will aqui queria especificamente que eu tivesse um terno Paul Smith, nada menos que isso.

Ele está chegando ao âmago do assunto agora. Anda de um lado para outro diante de nós, como um comediante em uma noite de calouros.

— Seja como for... estamos no meio da loja, vejo a etiqueta e penso comigo mesmo: puta merda, ele está sendo generoso. *Oitocentas libras.* Com esse terno ninguém sai no zero a zero. Mas também, por oitocentas libras... É melhor pagar para transar. Tipo, que utilidade tem um terno de oitocentas libras para a minha vida? Não é como se eu tivesse um evento chique para ir a cada duas semanas. Ainda assim, pensei. Se é isso que ele quer que eu use, quem sou eu para discordar?

Olho para Will. Ele está sorrindo, mas é um sorriso forçado.

— Mas aí vem aquele momento constrangedor no caixa, quando ele meio que se afasta e me deixa responsável pela transação. Passei o tempo todo rezando para que meu cartão de crédito passasse. E se passou, foi por puro milagre, para ser franco. E ele lá de pé, sorrindo o tempo todo. Como se efetivamente tivesse comprado o terno para mim. Como se eu devesse me virar e agradecer.

— Deu merda — murmura Peter Ramsay.

— Então, no dia seguinte, devolvi o terno. Obviamente eu não ia contar para o Will. Então, vejam, inventei esse plano, muito antes de vir para cá, de fingir que tinha esquecido o terno em casa. Ninguém poderia me fazer voltar para Blighty para buscar o terno, não é? E, graças a Deus, eu moro no meio do nada, e assim nenhum de vocês poderia "gentilmente se oferecer" para ir até lá e buscar para mim, o que ia me deixar em maus lençóis, rá, rá!

— Isso é para ser engraçado? — pergunta uma mulher do outro lado da mesa.

— Oitocentas libras por um terno — repete Johnno. — Oitocentas. Porque tem o nome de um cara qualquer costurado dentro do paletó? Eu teria que vender a porra do meu *rim*. Eu teria que vender esta merda — ele desliza as mãos pelo corpo, lascivamente, e recebe algumas vaias pouco entusiasmadas — nas ruas. E vocês sabem que a procura por caras desleixados, gordos e cabeludos, com trinta e poucos anos, é baixa. — Ele solta uma risada alta, selvagem, como um urro.

Seguindo a deixa, alguns convidados o acompanham nas risadas. São risadas de alívio, como alguém que está prendendo a respiração.

— Quer dizer — continua Johnno, insistindo. — Ele *podia* ter comprado o terno para mim, não é? Todo mundo sabe que ele está *cheio da grana*. Muito graças a você, querida Jules. Mas ele é um sacana pão-duro. Digo isso, claro, com *todo o meu amor*. — Ele finge tremelicar os cílios para Will, um deboche esquisito e afetado.

Will não está mais sorrindo. Não consigo nem olhar para a cara de Jules. Sinto como se não devesse olhar; isso não é muito diferente daquela compulsão sombria e terrível de olhar para um acidente de carro.

— Enfim — diz Johnno —, seja como for. Ele me emprestou o próprio terno extra, sem perguntar nada. É assim que se comporta um sujeito solícito, não é? Se bem que tenho que falar, companheiro — ele se estica, e o paletó fica repuxado, preso apenas pelo botão —, pode ser que nunca volte a ser o mesmo. — Ele se vira para os convidados novamente. — Mas ser melhor amigo é isso, não é? Estar sempre disposto a ajudar. Pode ser um pão-duro. Mas sei que está sempre pronto a me apoiar.

Johnno coloca sua mão enorme no ombro de Will, que parece se curvar ligeiramente com o peso, como se Johnno estivesse exercendo uma pressão sobre ele.

— E eu sei, de verdade, que ele nunca ia me sacanear. — Ele se vira para Will e se abaixa bem perto, como se estivesse perscrutando o rosto do amigo. — *Não é verdade, companheiro?*

O noivo levanta a mão e limpa o rosto, onde pelo visto uma gota de saliva de Johnno caiu.

Há uma pausa... uma pausa constrangedora, longa demais, durante a qual fica claro que Johnno está de fato à espera de uma resposta. Afinal, Will diz:

— Não. Não faria isso. Claro que não.

— Ah, isso é bom — responde Johnno. — É ótimo! Porque rá, rá... as *coisas* que enfrentamos juntos. As coisas que eu sei de você, cara. Não seria inteligente da sua parte, não é? Tudo que vivemos juntos? Você se lembra, não é? De tantos anos atrás.

Ele se vira novamente para Will, que ficou branco.

— Que *merda* é essa? — sussurra alguém na mesa. — Johnno vai ficar martelando essa tecla? Ele *tomou* alguma coisa?

— Pois é — responde outra pessoa. — Isso está muito *doido*.

— E sabe o que mais? — continua Johnno. — Tive uma conversinha com os rapazes mais cedo. Achamos que seria legal trazer um pouco de tradição para o evento. Pelos velhos tempos. — Ele faz um gesto para os convidados. — Rapazes?

Na hora, os padrinhos se levantam e rodeiam o noivo, na mesa principal.

Will dá de ombros, de maneira bem-humorada:

— O que vocês poderiam fazer?

Todo mundo ri. Menos ele.

— Faz parte — diz Johnno. — Tradição é tradição. Venha, companheiro, vai ser divertido!

E eles agarram Will. Todos estão rindo e gritando; se não estivessem, a cena seria muito mais sinistra. Johnno tirou a própria gravata e vendou Will. Então, eles o levantam, apoiam seu corpo nos ombros e saem marchando. Saem da tenda e entram na escuridão crescente.

JOHNNO

O padrinho

Largamos Will no chão da Gruta dos Sussurros. Acho que ele não vai gostar de ver seu precioso terno na areia molhada ou do cheiro daqui, que nos atinge como um soco na cara: enxofre e algas marinhas podres. Está começando a ficar escuro, e é preciso apertar um pouco os olhos para enxergar direito. O mar está mais forte do que na parte da manhã, também: o barulho das ondas batendo nas pedras é alto e chega por todos os lados. Durante todo o trajeto até a gruta, enquanto o carregávamos, Will ria e brincava conosco. "Acho bom vocês não me levarem para nenhum lugar sujo. Se alguma coisa manchar este terno, a Jules vai me matar..." Ou então: "Posso subornar algum de vocês com uma caixa extra de champanhe para me levarem de volta?"

Os rapazes estão rindo. Para eles, isso tudo é uma grande diversão, de volta aos velhos tempos. Eles ficaram horas sentados na tenda, se embebedando e acumulando energia, principalmente aqueles que, como Peter Ramsay, enchem o nariz de pó. Antes do meu discurso, eu mesmo dei uma cheirada rápida no banheiro, com alguns dos caras, o que talvez tenha sido uma má ideia. Só me deixou mais trêmulo. Também deixou tudo estranhamente mais claro.

Os outros só estão todos muito animados de estarem aqui fora. É um pouco como a despedida de solteiro. Todos os garotos juntos, como antigamente. A ventania, agora um vendaval, deixa tudo mais dramático. Tivemos que olhar para baixo para atravessá-la, e ficou muito mais difícil carregar Will assim.

É um bom lugar, aqui, na Gruta dos Sussurros. Bem fora do caminho. Dá para imaginar que, se houvesse uma gruta como essa na escola, teria sido usada no Sobrevivente.

Will está deitado nos cascalhos: não perto *demais* da água. Não sabemos como as marés funcionam por aqui. Amarramos os punhos e tornozelos dele com nossas gravatas, como manda a tradição.

— Tudo bem, garotos — digo. — Vamos deixar o Will aqui por um tempo. Ver se ele consegue encontrar o caminho de volta.

— A gente vai mesmo largar o Will aqui? — cochicha Duncan para mim, quando escalamos a gruta. — Até ele descobrir como se soltar?

— Não — respondo. — Bem, se ele não aparecer dentro de meia hora, voltamos para buscar.

— Acho bom! — grita Will. Ele ainda está agindo como se tudo fosse uma grande brincadeira. — Tenho uma festa de casamento para ir!

Sigo em direção à tenda com os outros rapazes.

— Quer saber? — digo, quando passamos pelo Folly. — Vou dar uma parada aqui. Preciso mijar.

Observo todos eles voltando para a tenda, rindo e se empurrando. Eu queria poder ser um deles. Queria que para mim fossem apenas memórias inofensivas do tempo da escola, um pouco de diversão. Que ainda fosse um jogo.

Quando todos somem de vista, dou meia-volta e me encaminho para a gruta de novo.

— Quem está aí? — pergunta Will, quando me aproximo.

Suas palavras ecoam e se multiplicam por cinco.

— Sou eu — anuncio. — *Companheiro*.

— Johnno? — sibila Will.

Ele conseguiu se sentar, apoiado na parede. Agora que os rapazes foram embora, parou de atuar. Mesmo com os olhos vendados, posso ver que está bastante puto, o maxilar travado.

— Me desamarre, tire essa venda! Eu deveria estar na festa... Jules vai ficar revoltada. Você conseguiu fazer sua palhaçada. Mas isso não tem graça.

— Não. Não, sei que não tem. Veja só, também não estou rindo. Não é tão engraçado quando se está do outro lado, não é? Mas você não tinha como saber, até agora. Você nunca passou por um Sobrevivente na Trevs, não é? Conseguiu se livrar disso também.

Eu o vejo franzindo a testa por trás da venda.

— Sabe, Johnno — diz ele, o tom suave, amigável. — Aquele discurso... e agora isso... Acho que você cheirou demais. Sério, conselho de amigo...

— Não sou seu amigo. Acho que você pode adivinhar por quê.

Encenei um pouco no discurso. Na verdade, não estou tão bêbado assim. Além disso, a cocaína aguçou meus sentidos. Minha mente está muito clara agora, como se alguém tivesse ligado um enorme holofote no meu cérebro. Várias coisas de repente se iluminam, fazendo sentido.

Essa é a última vez que alguém me tira como burro.

— Até umas duas da tarde de hoje eu era seu amigo — digo a ele. — Mas agora, não mais.

— Do que você está falando? — pergunta Will.

Está começando a soar um pouco inseguro. Sim, penso. Você tem razão de ficar com medo.

Percebi que ele não tirava os olhos de mim durante o discurso, se perguntando que merda eu estava fazendo. Aonde eu ia chegar com aquilo, o que eu contaria sobre ele. Espero que tenha se cagado de medo. Eu queria ter ido até o fim, contado tudo. Mas amarelei. Assim como amarelei anos atrás — quando *eu* deveria ter procurado os professores, ter apoiado qualquer garoto que tivesse nos dedurado. Devia ter contado exatamente o que tínhamos feito. Eles não teriam sido capazes de ignorar dois alunos, não é?

Mas não consegui naquela época, e não consegui no discurso. Porque sou um covarde de merda.

Agora o que dá para fazer é isso.

— Tive uma conversa interessante com Piers mais cedo. Muito *esclarecedora*.

Vejo Will engolir em seco.

— Olhe — começa ele, cauteloso, o tom de voz muito sensato, de homem para homem, o que só me deixa com mais raiva. — Eu não sei o que Piers disse, mas...

— Você me fodeu. Piers não precisou falar muito, na verdade. Eu descobri sozinho. Sim, eu. Johnno burro, precisa se esforçar mais. Você não podia me ter por perto, não é? Sou fracassado demais para estar ao seu lado. Uma recordação do que você era antes. Do que você fez.

Will faz uma careta.

— Johnno, cara, eu...

— Você e eu. Sabe, era para ter sido você e eu, um defendendo o outro, sempre. Nós contra o mundo, foi o que você disse. Principalmente depois do que fizemos, do que sabíamos um do outro. Eu dava cobertura a você, e vice-versa. Era o que eu pensava.

— É assim, Johnno. Você é meu padrinho...

— Posso falar uma coisa? Todo o negócio do uísque?

— Ah, sim — diz Will com pressa e ansiedade. — Hellraiser! — Agora ele lembra. — Olha só! Você está indo tão bem. Não tem razão para todo esse rancor...

— Não. — Eu o corto novamente. — Sabe, o negócio não existe.

— Como assim? Aquelas garrafas que você nos deu...

— São falsas. — Dou de ombros, embora ele não esteja me vendo. — É um single malt do supermercado, decantado em garrafas comuns. Pedi para o meu amigo Alan fazer os rótulos.

— Johnno, o que...

— Quer dizer, no início eu realmente pensei que pudesse entrar no negócio, o que torna tudo ainda mais trágico. Foi por isso que pedi a Alan para simular o design, para ver como ficaria. Mas sabe como é difícil lançar uma marca de uísque hoje em dia? A não ser que você seja o David Beckham. Ou tenha pais ricos que banquem você, ou conexões com pessoas importantes. Eu não tenho nada disso. Nunca tive. E todos os outros garotos da Trevs sabiam. Sei que alguns me chamavam de vagabundo pelas costas. Mas o que *nós* dois tínhamos... achei que fosse sólido.

Will está se mexendo, tentando se levantar. Não vou ajudá-lo.

— Johnno, amigo, meu Deus...

— Sim, ah, e eu não saí do acampamento de aventura para montar a marca de uísque. Não é patético? Isso porque você ainda nem sabe do resto... Eu fui demitido por ficar chapado no trabalho. Como um adolescente. Tinha um gordo dando um curso sobre como trabalhar em equipe. Deixei o cara descer rápido demais no rapel e ele quebrou o tornozelo. E sabe por que eu estava chapado?

— Por quê? — pergunta ele, com cautela.

— Porque eu tinha que fumar para seguir em frente. Porque é a única coisa que me ajuda a esquecer. Sabe, parece que minha vida inteira parou naquele momento, tantos anos atrás. É como... É como se nada de bom tivesse acontecido desde então. A única coisa boa que me aconteceu nos anos pós-Trevs foi a possibilidade de fazer o programa de TV. E você tirou isso de mim. — Paro de falar, respiro fundo, me preparo para dizer o que enfim percebi, após quase vinte anos. — Mas não é assim para você, não é? É como se o passado não te afetasse. Não importou nada para você. Você continua tirando proveito do que precisa. E se safando sempre.

HANNAH

A acompanhante

Quatro dos padrinhos irrompem de volta à tenda. Peter Ramsay sai deslizando de joelhos pelo piso, quase se chocando com a mesa onde está disposto o magnífico bolo de casamento. Duncan pula nas costas de Angus, dando um mata-leão no amigo, que começa a ficar roxo. Angus cambaleia, meio rindo, meio ofegante, tentando respirar. Então Femi pula em cima dos dois, e os três caem, emaranhados. Estão cheios de energia, empolgados com a façanha, suponho, de carregar Will para fora da tenda daquela maneira.

— Para o bar, rapazes! — ruge Duncan, ficando de pé. — Hora de despertar o inferno!

O restante dos convidados vai junto, tomando aquilo como uma deixa, rindo e conversando. Continuo sentada. A maioria está entusiasmada, empolgada, pelo discurso e pelo espetáculo que se seguiu. Mas não posso dizer que sinto o mesmo. Embora Will estivesse sorrindo, havia algo perturbador por detrás: vendá-lo e amarrá-lo daquela maneira. Olho para a mesa principal e vejo que está quase completamente vazia, a não ser por Jules, sentada muito imóvel, aparentemente perdida nos próprios pensamentos.

De repente, há um tumulto na tenda do bar. Vozes alteradas.

— Uau... calma aí!

— Porra, qual é o seu problema, cara?

— Nossa, fica frio...

E, então, a voz inconfundível do meu marido. Ah, meu Deus. Eu me levanto e corro para o bar. Há uma aglomeração de pessoas, todas avidamente olhando, como crianças em um parquinho. Abro caminho até a frente o mais rápido que consigo.

Charlie está agachado no chão, o punho erguido, meio montado em outro homem: Duncan.

— Repita isso! — diz Charlie.

Por um momento, só consigo olhar a cena. Meu marido, um professor de geografia, pai de dois filhos, normalmente um homem bem tranquilo. Não vejo esse lado dele há muito tempo. Então percebo que preciso agir.

— Charlie! — chamo, correndo até ele, que se vira e, por um momento, apenas pisca, como se mal me reconhecesse. Está corado, tremendo de adrenalina e com bafo de bebida. — Charlie. Que merda você está fazendo?

Ele parece voltar a si um pouco. E, graças a Deus, levanta-se sem muito estardalhaço. Duncan endireita a camisa, resmungando. Enquanto Charlie me segue, a multidão abre caminho para nós, e eu sinto todos os convidados observando em silêncio. Agora que meu horror instantâneo passou, fico morta de vergonha.

— Que merda foi aquela? — pergunto quando retornamos à tenda principal e nos sentamos à mesa mais próxima. — Charlie, o que deu em você?

— Cheguei no meu limite — diz ele. Definitivamente, sua voz está arrastada, e dá para ver o quanto ele bebeu pela aparência rija e amarga de sua boca. — Ele estava tagarelando sobre a despedida de solteiro e eu cheguei no meu limite.

— Charlie. O que *aconteceu* na despedida de solteiro?

Ele solta um gemido longo, cobre o rosto com as mãos.

— Me diga — peço. — Foi tão ruim assim? De verdade?

Charlie suspira. De repente, parece resignado a me contar. Respira fundo. Há uma longa pausa. E então, finalmente, começa a falar:

— Pegamos a barca para um lugar a algumas horas de Estocolmo, acampamos em uma ilha no arquipélago. Era muito... sabe, coisas de homem, armar as barracas, acender a fogueira. Alguém havia levado uns bifes e cozinhamos sobre as brasas. Eu não conhecia nenhum daqueles caras a não ser Will, mas eles pareciam legais, acho.

De repente ele descarrega tudo, desinibido pelo álcool. Todos aqueles rapazes estudaram juntos na Trevellyan's, ele me conta, então havia muitas lembranças chatas; Charlie só ficou quieto, sorrindo e tentando mostrar interesse. Ele não queria beber muito, obviamente, e os outros ficaram zombando dele por isso. Então um deles — Pete, Charlie acha — apareceu com uns cogumelos.

— Você comeu cogumelos, Charlie? Cogumelos *mágicos*? — Eu quase dou risada.

Isso não é nem um pouco do feitio do meu marido sensato e careta. Do casal, sou eu aquela mais aberta a experiências novas, a que enfiou o pé na jaca algumas vezes na adolescência nas boates de Manchester.

Charlie contorce o rosto.

— Sim, bem, todos estavam comendo. Quando se está no meio de um grupo de caras como eles... não se diz não, sabe? E eu não estudei na escola chique deles, então já me sentia deslocado.

Mas você tem trinta e quatro anos, tenho vontade de dizer. O que você diria a Ben se os amigos dele o estivessem pressionando a fazer uma coisa contra a própria vontade? Depois penso na noite passada, quando virei aquela bebida enquanto todos gritavam em meu ouvido. Mesmo que eu não quisesse, mesmo que soubesse que, no fundo, não precisava fazer aquilo.

— Então você comeu os cogumelos mágicos? — Esse é meu marido, vice-diretor de escola, que tem uma política de tolerância zero para drogas entre os alunos. — Ai, meu Deus — digo, e agora dou uma risada. Não consigo evitar. — Imagine o que a associação de pais diria sobre isso!

Em seguida, Charlie me conta, todos pegaram umas canoas e foram para outra ilha. Ficaram pulando na água, nus. Desafiaram Charlie a nadar para uma terceira ilha pequena — houve uma porção de desafios do tipo — e então, quando ele voltou, todos tinham ido embora. Eles o deixaram lá, sem a canoa.

— Eu estava sem roupa. Podia até ser primavera, mas a gente estava na porra do Círculo Ártico, Han. Estava congelante de noite. Eu fiquei lá durante horas até eles enfim voltarem para me buscar. O efeito dos cogumelos já estava passando. Eu estava com muito frio. Pensei que fosse ter hipotermia... Pensei que fosse morrer. E quando eles apareceram, eu estava...

— O quê?

— Eu estava chorando. Deitado no chão, soluçando feito criança.

Neste exato momento, Charlie está mortificado a ponto de chorar, e meu coração se aperta. Quero lhe dar um abraço, como eu faria com Ben, mas não tenho certeza se cairia bem. Sei que os homens fazem coisas estúpidas em despedidas de solteiro, mas isso parece direcionado, como se tivessem escolhido o Charlie especificamente. Tem alguma coisa errada nisso.

— Isso é... horrível — digo. — É como se fosse bullying, Charlie. Quer dizer, é bullying.

Charlie está com um olhar fixo, distante. Não consigo decifrar. Sempre supus conhecer meu marido a fundo — quanta arrogância. Estamos juntos há anos. Mas levou menos de vinte e quatro horas neste lugar estranho para mostrar que a suposição era uma ilusão. Sinto isso desde o momento em que fizemos a travessia para cá. Charlie parece cada vez mais um desconhecido para mim. A despedida de solteiro só serviu como uma confirmação extra: a descoberta de uma experiência terrível que ele escondeu de mim; agora suspeito de que isso o tenha transformado de alguma maneira complexa e invisível. A verdade é que acho que Charlie não está sendo ele mesmo neste momento; pelo menos, não o Charlie que conheço. Este lugar mexeu com ele... mexeu conosco.

— Foi tudo ideia *dele* — diz Charlie. — Tenho certeza.

— Ideia de quem? De Duncan?

— Não. Duncan é um idiota. Um seguidor. Will. Ele era o líder. Dava para ver. E Johnno também. Os outros só estavam seguindo instruções.

Não consigo imaginar Will mandando os outros fazerem aquilo. De qualquer modo, são os amigos que normalmente dão as cartas na despedida de solteiro, não o noivo. Sim, consigo ver *Johnno* por trás daquilo, perfeitamente, sobretudo depois daquela brincadeira de agora há pouco. Ele tem um ar ligeiramente selvagem. Não malicioso, mas como se levasse as coisas longe demais mesmo sem querer. Duncan, definitivamente. Mas não Will. Acho que Charlie prefere colocar a culpa em Will só porque não gosta dele.

— Você não acredita em mim, não é? — pergunta Charlie, a expressão ficando mais pesada. — Você não acha que foi o Will.

— Bem. Para ser franca, na verdade não. Porque...

— Porque você quer trepar com ele? — rosna. — É, você acha que não percebi? Eu vi como você olhou para ele ontem à noite, Hannah. Ou até mesmo como você fala o nome dele. — Charlie faz um falsete horrível. — Ah, Will, me conte sobre aquela vez que teve queimaduras de frio, ah, você é tão macho...

A ferocidade em seu tom de voz é tão inesperada que me retraio para longe dele. Faz tanto tempo que Charlie não fica bêbado que eu havia esquecido a extensão de sua transformação. Porém, também estou reagindo ao mínimo elemento de verdade nisso. Uma faísca de culpa na memória, de meu comportamento em relação a Will, mas que rapidamente se transforma em raiva.

— Charlie — digo, sibilando —, como... como você *se atreve* a falar comigo dessa maneira? Tem noção de como está me ofendendo? Tudo isso porque ele fez algum esforço para que eu me sentisse bem-vinda. Que é muito mais do que *você* fez.

E então eu me lembro de ontem à noite, daquele flerte com Jules. Charlie chegando furtivamente no nosso quarto de madrugada mesmo que, antes disso, não estivesse bebendo com os outros caras.

— Na verdade — digo, erguendo a voz —, você não pode falar nada. Todos aqueles joguinhos ridículos entre você e Jules ontem. Ela está sempre agindo como se tivesse você na palma da mão. E você dá corda. Sabe como eu fico me sentindo? — Minha voz falha. — Sabe?

Estou entre raiva e lágrimas, a pressão e a solidão do dia me atingindo.

Charlie parece ligeiramente arrependido. Abre a boca para falar, mas balanço a cabeça.

— Você já transou com ela, não foi? — Eu nunca quis saber antes.

Mas agora estou me sentindo corajosa o suficiente para perguntar.

Há uma longa pausa. Charlie coloca a cabeça entre as mãos.

— Uma vez — responde ele, a voz abafada entre os dedos. — Mas... séculos atrás, para falar a verdade...

— Quando? Quando foi? Quando vocês eram adolescentes?

Ele levanta a cabeça. Abre a boca, como se fosse falar, e depois fecha novamente. Sua expressão. Ah, meu Deus. *Não* foi quando eram adolescentes. Sinto como se tivesse levado um soco no estômago. Mas agora preciso saber.

— Depois? — pergunto.

Ele suspira, depois assente.

Minha garganta parece se fechar de tal forma que quase não consigo falar.

— Foi... Foi quando nós já estávamos juntos?

Charlie se encolhe, esconde o rosto nas mãos novamente. E deixa escapar um gemido longo e baixo.

— Han... Me perdoe. Não significou nada, de verdade. Foi tão estúpido. Você estava... Foi, bem, foi quando não transávamos há séculos. Foi...

— Depois que eu tive o Ben. — Eu me sinto enjoada.

De repente tenho certeza. Ele não diz nada, e essa é a confirmação de que preciso.

Finalmente, ele fala.

— Sabe... nós estávamos passando por um momento difícil. Você estava, bem... tão para baixo o tempo todo, e eu não sabia o que fazer, como ajudar...

— Você está se referindo à época em que eu tive que lidar com transtorno de borderline e depressão pós-parto ao mesmo tempo? Quando eu estava esperando os pontos cicatrizarem? Pelo amor de Deus, Charlie...

— Me desculpe. — Todo aquele ímpeto arrogante desaparece. Consigo quase acreditar que ele está completamente sóbrio. — Me perdoe, Han. Jules tinha acabado de terminar com o namorado que ela tinha na época. Nós saímos para tomar alguma coisa depois do trabalho... Eu bebi demais. Nós dois concordamos que foi uma péssima ideia, posteriormente, que nunca aconteceria de novo. *Não significou nada*. Quer dizer, eu mal me lembro. Han. Olhe para mim.

Não consigo olhar para ele. Não vou olhar para ele.

É tão horrível que não consigo sequer começar a processar a confissão. Estou em choque, tão entorpecida que ainda nem pude sentir a mágoa me preenchendo. Mas agora todas as cenas de flerte, toda aquela proximidade física, ganham uma nova e terrível luz. Penso nas vezes em que achei que Jules estava me excluindo de propósito, isolando Charlie para tê-lo para si mesma.

Aquela vagabunda.

— Então esse tempo todo — digo —, esse tempo todo que você me diz que vocês sempre foram só amigos, que um pouco de flerte não significa nada, que ela é como uma irmã para você... Nada dessa merda é verdade, não é? Eu não tenho ideia do que vocês dois estavam fazendo ontem à noite. E não quero saber. Mas como você *se atreve*?

— Han... — Ele estende a mão, toca no meu punho, hesitante.

— Não... Não toque em mim. — Tiro o braço rispidamente e me levanto. — E seu estado é... lamentável. O que eles fizeram com você na despedida de solteiro, seja o que for, não é desculpa para o seu comportamento agora. Sim, pode ter sido horrível, o que eles fizeram. Mas não te causou nenhum dano permanente, não é? Pelo amor de Deus, você é adulto... um pai de família... — Quase acrescento "casado", mas não consigo. — Tem responsabilidades. E sabe o que mais? Estou cansada de tomar conta de você. Não estou nem aí. Você que resolva as merdas que arrumou.

Eu me viro e vou embora a passos largos.

JOHNNO

O padrinho

— Johnno — diz Will, com uma risadinha. As paredes da gruta ecoam a risada. — Eu realmente não sei do que você está falando. Toda essa conversa sobre o passado. Não faz bem. Você precisa seguir em frente.

Preciso mesmo, penso, mas não consigo. É como se parte de mim tivesse ficado presa lá. Por mais que eu tente esquecer, sempre esteve lá dentro de mim, essa coisa tóxica. Eu sinto como se nada tivesse acontecido na minha vida desde então, pelo menos nada relevante. E me pergunto como Will conseguiu continuar vivendo, sem nem mesmo um olhar para trás.

— Eles disseram que foi um acidente trágico — digo. — Mas não foi. Fomos nós, Will. Foi tudo nossa culpa.

— Eu estava arrumando o dormitório — disse Malocado, quando voltamos do treino de rúgbi. Eu tinha mandado que arrumasse, já que não consegui pensar em outras coisas para ele fazer. — Mas encontrei isso. — Ele segurava como se fosse queimá-lo: uma pilha com as provas finais.

Olhou para Will. Pela expressão do Malocado, parecia que alguém tinha morrido. Acho que, para ele, tinha mesmo: seu herói.

— Ponha de volta no lugar — ordenou Will, muito baixo.

— Você não deveria ter pegado as provas — rebateu ele, o que achei uma demonstração de coragem, considerando que nós dois tínhamos o dobro de seu tamanho.

Malocado era um garoto bem corajoso, e íntegro também, se eu for parar para analisar a fundo. O que tento não fazer. Ele balançou a cabeça.

— Isso é... é roubo.

Depois que ele saiu do quarto, Will se virou para mim e disse:

— Você é um idiota do caralho. Por que pedir para ele arrumar se sabia que as provas estavam aqui?

Ele que havia roubado as provas, não eu. Embora agora eu tenha certeza de que ele me deixaria levar a culpa, se fosse descoberto.

Eu me lembro de que ele abriu um sorriso que de sorriso não tinha nada.

— Quer saber? — disse. — Acho que hoje à noite vamos brincar de Sobrevivente.

— Você não aguentou — digo a Will. — Porque sabia que seria expulso se fosse descoberto. E sempre se preocupou muito com a porra da sua reputação. Sempre foi assim. Você pega o que quer. E fode com qualquer um que se meta no seu caminho. Até comigo.

— Johnno — diz Will, o tom de voz calmo, racional. — Você bebeu demais. Não sabe o que está falando. Se tivesse sido nossa culpa, nós não teríamos nos safado. Teríamos?

Bastaram duas pessoas, nós dois. Havia quatro garotos no dormitório do Malocado naquela noite, e dois tinham ficado doentes e estavam na enfermaria. Aquilo ajudou. Talvez alguém tivesse se mexido quando entramos, mas fomos rápidos. Eu me senti como um assassino de aluguel; e foi incrível para cacete. Foi divertido. Eu não estava pensando muito. Apenas a adrenalina, bombeando pelo meu corpo. Enfiei uma meia de rúgbi na boca do Malocado enquanto Will amarrava a venda, abafando qualquer barulho que ele fizesse. Não foi difícil carregá-lo: ele não pesava praticamente nada.

Lutou um bocado. Mas não se mijou, como alguns dos outros garotos. Como eu disse, era um garoto bem corajoso.

Pensei que iríamos para a floresta. Mas Will seguiu em direção aos penhascos. Olhei para ele, sem entender. Por um momento horrível, pareceu que ele fosse sugerir que jogássemos o garoto lá de cima.

— O caminho do penhasco — sibilou.

— Sim, ok.

Fiquei aliviado. Levamos séculos para descer o caminho do penhasco, com o calcário se desintegrando a cada passo, nossos pés derrapando, e não podíamos nem usar o corrimão cravado nas pedras porque nossas mãos estavam ocupadas. O garoto havia parado de se debater, estava completamente imóvel. Eu lembro que fiquei com medo de ele não estar conseguindo respirar; assim, fui tirar a mordaça, mas Will balançou a cabeça.

— Ele pode respirar pelo nariz — disse.

Talvez tenha sido aí que comecei a me sentir mal. Garanti a mim mesmo que era uma estupidez: todos havíamos passado por aquilo, não é? Continuamos.

Finalmente estávamos na praia, na areia molhada. Eu não conseguia entender como levá-lo ali dificultaria a situação. Ficaria óbvio onde ele se encontrava uma vez que tirasse a venda, mesmo sem os óculos. Não era tão longe assim da escola, e qualquer um conseguia escalar aquele caminho do penhasco, principalmente um garoto franzino. Os garotos desciam até a praia o tempo todo. Mas pensei: talvez Will quisesse facilitar para ele, afinal de contas, por causa de todas as coisas que ele fazia para nós, como limpar nossas botas, arrumar nosso dormitório e todo o resto. Parecia justo.

— Sabe, Will — digo. Um barulho sai de algum lugar profundo dentro do meu peito, um som de dor. Acho que posso estar chorando. — Nós *deveríamos* ter sido punidos por aquilo, pelo que fizemos.

Eu me lembro de como Will apontou para o fim do caminho do penhasco. E aí ele apareceu com uns cadarços. Nada sofisticado, os cadarços de um par de botas de rúgbi.

— Vamos amarrar o garoto aqui — disse.

Foi fácil. Will me fez amarrá-lo ao corrimão no final da trilha; eu era muito bom com nós e tal. *Aí* eu entendi. Isso dificultaria um pouco mais as coisas. Ele teria que ser o Houdini para se livrar: seria a parte que levaria tempo.

Então o deixamos lá.

— *Pelo amor de Deus*, Johnno — diz Will. — Você ouviu o que disseram, na época. Foi um terrível acidente.

— Você sabe que isso não é verdade...

— Não. Essa é a verdade. Não existe nenhuma outra.

Eu me lembro de acordar no dia seguinte, olhar pela janela do dormitório e avistar o mar. E foi aí que percebi. Eu não podia acreditar como tínhamos sido burros. A maré tinha subido.

— Will — falei —, Will... Acho que ele não conseguiu se desamarrar. A maré... Acho que não. Ai, meu Deus, acho que ele pode estar... — Achei que fosse vomitar.

— Cale a boca, Johnno — repreendeu Will. — Nada aconteceu, está bem? Primeiro, precisamos resolver isso entre nós, Johnno. Ou vamos estar em uma grande enrascada, você tem noção disso, não é?

Eu não conseguia acreditar no que estava acontecendo. Eu queria dormir e acordar e descobrir que nada daquilo era real. Não parecia real, uma coisa tão terrível. Tudo para encobrir algumas provas roubadas.

— Tudo bem — disse Will. — Você concorda? Estávamos dormindo. Não sabemos de nada.

Rapidamente, ele já tinha se adiantado. Eu nem havia pensado naquelas coisas, em contar a alguém. Mas acho que entendi que era o que precisávamos fazer. Era o certo, não é? Não dá para manter uma coisa assim em segredo.

Mas eu não iria discordar dele. Seu rosto meio que me assustava. Seus olhos estavam diferentes — como se não houvesse luz por trás deles. Assenti, devagar. Acho que não pensei na época o que significaria depois, como aquilo me destruiria.

— Diga em voz alta — falou Will.

— Sim — concordei, e minha voz saiu como se fosse um coaxar.

Ele estava morto. Não tinha conseguido se soltar. Foi um Trágico Acidente. Foi o que nos disseram uma semana depois, em uma reunião escolar, após ele ter sido encontrado, em uma praia mais ao longe, pelo zelador da escola. Acho que as amarras se soltaram, afinal, só não a tempo de salvá-lo. É de se pensar que haveria marcas, de qualquer modo. O chefe da polícia local era amigo do pai de Will. Os dois bebiam juntos no escritório do diretor. Acho que isso ajudou.

— Eu me lembro dos pais dele — digo a Will agora. — Chegando na escola. A mãe dele parecia que queria morrer também.

Eu a vi, do dormitório no andar superior, saindo do carro. Ela olhou para cima e precisei me esconder, tremendo.

Eu me agacho até ficar na altura de Will. Seguro os ombros dele com força.

— Nós matamos o garoto, Will. Matamos aquele garoto.

Ele tenta tirar minhas mãos, se mexendo, sem enxergar. Suas unhas atingem meu pescoço, arranhando embaixo do colarinho. Arde. Eu o empurro na pedra com uma das mãos.

— Johnno — diz Will, respirando com força. — Você precisa se controlar. Precisa calar a *porra* dessa boca.

E então eu sei que consegui afetá-lo. Ele quase nunca fala palavrão. Não combina com sua imagem de garoto de ouro, imagino.

— Você sabia? — pergunto a ele. — Você sabia, não é?

— Sabia o quê? Não sei do que está falando. Pelo amor de Deus, Johnno. Me desamarre. Isso já foi longe demais.

— Você sabia que a maré ia subir?

— Eu não sei do que você está falando, Johnno. Você só está dizendo bobagem. Percebi isso na noite passada, cara, e no seu discurso. Está bebendo demais. Você tem algum problema? Escute. Sou seu amigo. Existem maneiras de conseguir ajuda. Eu posso ajudar. Mas pare com esse delírio.

Tiro o cabelo dos olhos. Embora esteja frio, meus dedos estão suando.

— *Eu* era um idiota, porra. Sempre fui o lento, eu sei. Não estou dizendo que isso é desculpa. Fui eu que amarrei o garoto, sim, quando você mandou. Mas não pensei na maré. Isso só me veio à cabeça na manhã seguinte, quando já era tarde demais.

— Johnno — sibila Will, como se estivesse com medo de que alguém pudesse chegar.

Só me faz querer falar mais alto.

— Todo esse tempo — digo —, todo esse tempo, eu me fiz essa pergunta. E dei a você o benefício da dúvida. Pensei: sim, Will podia ser um escroto na escola às vezes, mas todos nós éramos. Tínhamos que ser, para sobreviver naquele lugar. Aquilo lá nos transformou em animais.

Penso no garoto. Ele era um exemplo do que acontecia com quem fosse bom demais, honesto demais, com quem não entendesse as regras.

— Mas — continuo — eu pensei: Will não é *mau*. Ele não mataria uma criança. Não por causa de umas provas roubadas. Mesmo que isso significasse que ele podia ser expulso.

— Eu não matei o garoto — diz Will. — Ninguém matou. Foi a água. O jogo, talvez. Mas *nós* não. Não foi nossa culpa se ele não conseguiu se soltar.

— Sim. Sim, foi isso que eu disse a mim mesmo, todos esses anos. Repeti essa história que você criou. Foi o jogo. Mas nós éramos o jogo, Will. Ele achou que nós fôssemos seus amigos. Ele confiou em nós.

— Johnno. — Agora ele está com raiva e se inclina para a frente. — Se controle, *porra*. Não vou deixar você estragar a minha vida só porque você tem alguns arrependimentos do passado, porque a sua vida é uma merda e você não tem nada a perder. Um garotinho feito ele... nunca nem teria sobrevivido no mundo real. Ele era insignificante. Se não fôssemos nós, teria sido alguma outra coisa.

O semestre acabou mais cedo por causa da morte. Todos voltaram suas atenções para as férias de verão que se aproximavam e pareceu que o garoto nunca tinha existido. Acho que ele de fato mal tinha existido para o restante da escola: era do primeiro ano, um zero à esquerda.

Só que houve um delator. Um aluno contou sobre nós. Sempre tive certeza de que foi o amigo gordo do Malocado. Ele disse que nos viu entrar no dormitório, amarrar o garoto. A denúncia não foi muito longe. O pai de Will era o diretor, claro. Ele era um escroto, a maior parte do tempo — mais com Will do que com qualquer outro aluno. Nesse caso, porém, ele protegeu o Will e a mim.

E nós tínhamos um ao outro.

Por todos esses anos, nós estivemos unidos: ligados por memórias, pela merda horrível que passamos juntos, pelo que fizemos. Pensei que ele sentisse o mesmo que eu, que precisássemos um do outro. Mas o que o negócio da TV mostrou é que aquele tempo todo ele queria se livrar da nossa amizade. Eu sou uma mancha na história dele. Ele queria manter distância de mim. Não é de se admirar que tenha ficado tão desconfortável quando eu disse que seria seu padrinho.

— Johnno — diz Will. — Pense no meu pai. Você sabe como ele é. Foi por isso que eu estava desesperado para pegar aqueles gabaritos. Eu *precisava* fazer aquilo. E se ele descobrisse a verdade, que eu escondi as provas, ele teria me matado. Então eu quis assustar o garoto...

— Não se atreva — corto. — Não comece a se fazer de coitado. Você sabe quantas vantagens conseguiu na vida? Por causa da sua aparência, de como consegue convencer as pessoas de que é um cara ótimo? — Só me deixa com mais raiva, essa autopiedade. — Eu vou contar a eles. Não consigo mais lidar com isso. Vou contar para todo mundo...

— Você não é louco — diz Will, a voz alterada agora: baixa e dura. — Destruiria a nossa vida. A sua vida também.

— Rá! Minha vida já está destruída. Isso está me destruindo desde aquela manhã, quando você me disse para ficar de calado. Para começar, eu nunca teria ficado em silêncio se não fosse por você. Desde que aquele garoto morreu, não houve um dia em que eu não pensasse nisso, que eu não sentisse que deveria ter contado a alguém. Mas você? Ah, não, não te afetou nem um pouco, não é? Você só seguiu em frente, como sempre. Sem consequências. Bem, quer saber? Acho que é hora de sofrermos alguma consequência. Seria um alívio, na minha opinião. Eu só estaria fazendo o que nós deveríamos ter feito anos atrás.

Ouvimos um som na gruta, a voz de uma mulher.

— Olá?

Nós dois congelamos.

— Will? — É a cerimonialista. — Você está aí? — Ela aparece na curva da parede de pedra. — Ah, oi, Johnno. Will, me mandaram vir procurar você. Os outros padrinhos me disseram que tinham deixado você aqui. — Ela soa totalmente calma e profissional, embora estejamos todos parados em uma maldita gruta e um de nós esteja sentado no chão, amarrado e vendado. — Já faz quase meia hora, então Julia quis que eu viesse e... bem, resgatasse você. Devo avisar que ela não está... — A cerimonialista procura uma maneira delicada de dizer. — Ela não está muito satisfeita com isso... E a banda está prestes a começar a tocar.

Ela aguarda enquanto desamarro Will e o ajudo a se levantar, nos observando como uma professora de escola. Nós a seguimos para fora da gruta. Não consigo deixar de me perguntar se ela escutou ou viu alguma coisa. Ou o que eu teria feito se ela não tivesse nos interrompido.

AOIFE

A cerimonialista

Na tenda, as comemorações chegaram a um outro nível. Os convidados acabaram com o champanhe. Agora passaram para bebidas mais fortes: coquetéis e shots no bar temporário. Estão no auge da liberdade da noite.

Nos toaletes do Folly, ao trocar as toalhas de mãos, encontro resíduos de pó branco fino espalhados pela borda da pia de ardósia. Explica muita coisa. Não me surpreendo, notei convidados limpando o nariz furtivamente enquanto retornavam para a tenda. Eles se comportaram bem durante o dia, essa turma. Viajaram uma longa distância até aqui. Trouxeram presentes. Vestiram-se adequadamente, ficaram sentados durante toda a cerimônia, escutaram os discursos, exibiram as expressões apropriadas e disseram as coisas certas. No entanto, são adultos que por um breve período deixaram suas responsabilidades de lado; são como crianças na ausência dos pais. Agora, essa parte do dia é deles. Mesmo enquanto o casal de noivos espera para iniciar a primeira dança, eles fazem pressão, prontos para invadir a pista.

Cerca de aproximadamente uma hora atrás, em uma ida ao Folly, escutei um barulho estranho no andar de cima. O restante da casa estava bloqueado, naturalmente, mas não há como impedir totalmente que pessoas embriagadas entrem onde não devem. Subi para inspecionar, abri a porta do quarto dos noivos e descobri não os recém-casados, mas outro casal debruçado na cama. Ao notarem minha presença, os dois se cobriram às pressas, ela baixando a saia, o rosto vermelho, ele escondendo sua ereção pulsante com a própria cartola. Pouco tempo depois, eu os vi retornando inocentemente para cantos diferentes da tenda. O que me interessou particularmente na cena foi que ambos pareciam usar alianças de casados. Memorizei o mapa das mesas, provavelmente tanto quanto Julia, e sei que todos os maridos e suas esposas estão sentados um em frente ao outro.

Eles não ficaram preocupados comigo, porém; não mesmo. Seu pânico inicial com a minha intromissão deu lugar a uma espécie de risadinha de alívio. Sabem que não vou expor seu segredo. Além disso, não fiquei particularmente surpresa. Já vi muito disso. Esse comportamento de extremos é esperado. Sempre há segredos rodeando uma festa de casamento. Escuto o que é comentado em segredo, as observações maldosas, as fofocas. Escutei parte das palavras do padrinho na gruta.

Organizar um casamento é assim: posso planejar um dia perfeito, contanto que os convidados sigam o roteiro, lembrem-se de ficar dentro de determinados limites. No entanto, se não o fazem, as repercussões podem durar por muito mais do que vinte e quatro horas. Ninguém é capaz de controlar esse tipo de desdobramento.

JULES

A noiva

A banda começou a tocar. Will, que voltou para a tenda com a aparência ligeiramente desgrenhada, pega a minha mão quando nos dirigimos para a pista. Percebo que estou segurando a mão dele com muita força, a ponto de machucar, provavelmente — e me obrigo a afrouxá-la. Porém, estou enfurecida com a interrupção da noite provocada pelos padrinhos e a pegadinha idiota. Os convidados nos cercam, dando gritos de alegria. Seus rostos estão corados e suados, dentes à mostra, olhos arregalados. Estão bêbados — e coisa pior. Eles pressionam, inclinam-se para a frente, e subitamente o espaço parece apertado demais. Estão tão próximos que consigo sentir seu cheiro: perfume e colônia, o odor acre e fermentado de Guinness e champanhe, cheiro de corpo, hálito com o azedume do álcool. Sorrio para eles porque é o que supostamente tenho que fazer. Sorrio tanto que sinto uma dor incômoda embaixo das orelhas e a sensação de que meu queixo é um pedaço de elástico superesticado.

Espero passar a impressão de estar me divertindo. Bebi um bocado, mas não causou qualquer efeito discernível além de me deixar mais cautelosa, mais nervosa. Desde aquele discurso, tenho sentido um desconforto crescente. Olho ao redor. Todos estão curtindo bastante: efetivamente abandonaram qualquer traço de inibição. Para os convidados, é provável que um discurso desastroso não passe de um mero detalhe do dia: uma história engraçada.

Will e eu dançamos de um lado para outro. Ele me faz girar para longe dele, e depois de volta. Os convidados vibram com esses movimentos modestos. Não fizemos aulas, porque teria sido indescritivelmente brega, mas Will tem um talento natural para a dança. Com exceção de umas duas vezes em que enrosca o pé na cauda do meu vestido. Tenho que puxar a saia para que não tropece. É tão atípico de Will, perder a graciosidade. Ele parece distraído.

— Que diabos foi aquilo? — pergunto, ao me aproximar de seu peito.

Sussurro como se estivesse sussurrando palavras doces em seu ouvido.

— Ah, uma idiotice — responde Will. — Coisa de garoto. Fazendo merda, sabe. Um pouco na linha da despedida de solteiro, talvez. — Ele sorri, mas não parece à vontade, como de costume. Entornou duas grandes taças de vinho quando voltou à tenda: uma logo após a outra. Dá de ombros. — Johnno acha que esse tipo de coisa é brincadeira.

— A alga na noite passada supostamente era uma brincadeirinha. Mas eu não achei nenhuma graça. E agora isso? E ainda teve o discurso. O que ele quis dizer com aquilo tudo? Que história é essa sobre o passado? Sobre guardar segredos um do outro... A que segredos ele se referia?

— Ah. Não sei, Jules. É palhaçada do Johnno. Não é nada.

Giramos em um círculo lento pela pista. Vislumbro rostos sorrindo, mãos aplaudindo.

— Não pareceu *nada*. Ele falou como se tivesse alguma coisa, sim. E uma coisa das grandes. Will, o que ele sabe sobre você?

— Ah, pelo amor de Deus, Jules. — Ele assume um tom ríspido. — Já falei: não é nada. *Esqueça isso. Por favor.*

Eu o encaro. Não foram tanto as palavras, mas a entonação; além da forma como apertou meu braço. Sinto como uma forte comprovação de que essa história, seja qual for, está longe de *não ser nada*.

— Você está me machucando — digo, puxando o braço.

Ele fica imediatamente arrependido.

— Jules... olhe, me desculpe. — Seu tom de voz é inteiramente diferente agora: qualquer traço de hostilidade desapareceu por completo. — Eu não queria descontar em você. Escute, foi um longo dia. Um dia maravilhoso, claro, mas longo. Me perdoa?

E ele me dá um sorriso, o mesmo sorriso ao qual não sou capaz de resistir desde a noite no museu Victoria & Albert. Contudo, não provoca o mesmo efeito. Ao contrário, me deixa ainda mais desconfortável, por causa da velocidade da transformação. Como se ele tivesse colocado uma máscara.

— Somos casados agora — digo. — Temos que compartilhar as coisas um com o outro. Confiarmos um no outro.

Will me faz girar para longe e depois me puxa novamente. A plateia aplaude esse floreio.

Depois, quando estamos cara a cara mais uma vez, ele respira fundo.

— Escute — diz. — Johnno tem essa obsessão com uma coisa que ele diz que aconteceu no passado, quando éramos jovens. É fissurado nisso. Mas ele é um pouco lunático. Senti pena dele, todos esses anos. Foi aí que errei. Senti que deveria ajudá-lo, porque minha vida andou, e a dele não. Agora Johnno está com inveja: de tudo o que tenho, que nós temos. Ele acha que devo a ele de alguma forma.

— Ah, pelo amor de Deus. Como *você* poderia dever algo a ele? Johnno é que claramente tem estado na sua aba há muito tempo.

Ele não responde. Em vez disso, me puxa para perto, à medida que a música segue em um crescendo. A plateia fica entusiasmada. Mas o som dos aplausos subitamente parece distante.

— Depois de hoje, já chega — diz Will com firmeza, o rosto colado em meu cabelo. — Vou cortar o Johnno da minha vida... da nossa vida, prometo. Estou por aqui com ele. Confie em mim, vou resolver isso.

HANNAH

A acompanhante

Entrei na tenda da pista. A primeira dança terminou, graças a Deus, e todos os convidados que estavam assistindo invadiram o espaço. Não tenho certeza do que quero encontrar aqui, exatamente. Alguma distração, suponho, da torrente de pensamentos em minha cabeça. Charlie e Jules. Dói demais pensar nisso.

Parece que todos os convidados estão amontoados aqui, uma pressão quente de corpos. O vocalista da banda toma o microfone:

— Estão prontos para dançar, meninos e meninas?

Começam a tocar um ritmo frenético: quatro violinos, uma melodia acelerada, de sapateado. Os corpos se chocam quando todos tentam, em vão, bêbados, fazer sua versão de uma dança irlandesa. Vejo Will pegar Olivia do meio da multidão:

— Chegou a hora de o noivo tirar a madrinha para dançar!

Mas eles parecem estranhamente destoantes quando se arrastam para a pista, como se um deles resistisse ao outro. A expressão de Olivia me faz pensar. Ela parece acuada. Havia um trecho no discurso. Pensei nisso antes. O que era? Eu estranhamente senti que já tinha ouvido em algum lugar. Rastreio minha memória, tentando me concentrar.

O museu Victoria & Albert, foi isso. Eu me lembro de Olivia me contando na noite anterior que tinha levado Steven lá, para uma festa planejada por Jules. E tudo congela ao meu redor quando percebo...

Mas isso é uma maluquice completa. *Não pode ser.* Não faz sentido. Deve ser uma estranha coincidência.

— Ei — diz um sujeito, quando o empurro para passar. — Que pressa é essa?

— Ah — respondo, olhando vagamente para ele. — Desculpe. Eu estava... meio distraída.

— Bom, talvez uma dança ajude.

Ele abre um sorriso. Eu reparo nele com mais atenção. É bem atraente: alto, cabelo preto, tem uma covinha quando sorri. E antes que eu possa dizer qualquer coisa, ele pega minha mão e me puxa delicadamente para a pista. Não resisto.

— Eu vi você mais cedo — grita ele, por cima da música. — Na igreja, sentada sozinha. E pensei: aí está uma pessoa que vale a pena conhecer. — Aquele sorriso de novo. Ah. Ele acha que sou solteira, que vim sozinha. Ele não deve ter visto aquela cena com Charlie no bar.

— Luis — grita ele, apontando o próprio peito.

— Hannah.

Talvez eu deva explicar que estou aqui com meu marido. Mas não quero pensar em Charlie agora. E para manter essa nova e lisonjeira imagem que Luis tem de mim — não a impostora malvestida que eu estava me sentindo, mas uma mulher atraente, misteriosa —, decido não comentar nada. Eu me permito me mover no ritmo, acompanhar a música. Permito que ele se aproxime um pouco mais, me olhando nos olhos. Talvez eu chegue mais perto também. Perto suficiente para sentir o cheiro de seu suor — mas um cheiro bom, de suor limpo. Sinto um frio na barriga. Uma pequena ferroada de desejo.

AGORA

A noite do casamento

Tem mais alguém aqui fora. Esse pensamento faz com que eles se assustem com as sombras, fujam de vultos na escuridão, formas que parecem se aproximar e depois se revelam meras ilusões de óptica. Eles avançam juntos, aglomerados, com medo de perder mais um do grupo. Pete ainda está sumido.

Eles têm a sensação de serem observados por olhos desconhecidos. E se sentem mais desconfortáveis agora, mais expostos. Tropeçam e caem no chão irregular, nos tufos de urze escondidos. Tentam não pensar em Pete. Não podem se dar a esse luxo: precisam cuidar de si mesmos. De vez em quando gritam um com o outro, mais para se tranquilizarem do que qualquer outra coisa, suas vozes funcionando como outra luz no meio da noite, demonstrando uma preocupação atípica: "Tudo bem aí, Angus?" "Sim. Você está bem, Femi?" Ajuda-os a seguir em frente. Ajuda a esquecer o medo crescente.

— Meu Deus. O que é aquilo? — Femi traça um arco amplo com a tocha, iluminando uma forma vertical, pálida contra as sombras, quase tão alta quanto um homem. E logo diversas figuras similares, algumas menores, também ficam visíveis.

— É o cemitério — responde Angus, em voz baixa.

Eles observam as cruzes celtas, as figuras de pedra em ruínas: um exército silencioso e assustador.

— Meu Deus — grita Duncan. — Achei que fosse uma pessoa.

Por um momento, todos acharam: o formato arredondado e a base fina e ereta combinados lembravam uma silhueta humana. Mesmo agora, enquanto se afastam com um tanto de cautela, é difícil espantar a sensação de que estão sendo observados, de que estão sendo julgados, pelas muitas silhuetas sentinelas.

Eles seguem por um tempo em outra direção.

— Estão ouvindo? — grita Angus. — Acho que estamos bem perto do mar.

Eles param. Em algum lugar próximo, escutam vagamente o barulho da água batendo na pedra. Conseguem sentir o chão estremecendo sob os pés com o impacto.

— Tudo bem. Certo. — Femi pensa. — O cemitério está atrás de nós, o mar está aqui. Então acho que precisamos ir... naquela direção.

Com cuidado, começam a se afastar do som da arrebentação.

— Ei... tem alguma coisa ali...

Imediatamente, todos param.

— O que você disse, Angus?

— Eu disse que tem alguma coisa ali. Olhem.

Eles estendem as tochas, seus fachos de luz tremulando no chão. Então se preparam para o impacto de uma cena terrível. Mas ficam surpresos, e bastante aliviados, quando as tochas refletem, com clareza, o brilho forte de metal.

— É um... O que é isso?

Femi, o mais corajoso do grupo, dá um passo adiante e pega o objeto. Virando-se para os amigos, protegendo os olhos da luz, ergue a mão para que todos consigam ver. Eles reconhecem o objeto na hora, embora esteja esmagado, o metal retorcido e quebrado. É uma coroa de ouro.

Mais cedo naquele dia

OLIVIA

A madrinha

Saio perambulando pelos cantos da tenda. Caminho entre as mesas. Pego taças pela metade, os restos das pessoas, e viro goela abaixo. Quero ficar o mais bêbada possível.

Afastei-me de Will o mais rápido que pude, depois de ele me puxar para dançar. Aquilo me deixou enjoada, estar tão perto dele, sentir seu corpo encostado no meu, pensar nas coisas que fiz com ele... As coisas que ele me convenceu a fazer... O horrível segredo entre nós. Era como se ele se excitasse com aquilo. Bem no fim ele sussurrou em meu ouvido: "Aquela gracinha maluca que você aprontou mais cedo... acabou, está bem? Chega. Você me escutou? Basta."

Ninguém repara em mim enquanto faço a varredura das bebidas descartadas. Estão todos bem doidos agora e, além disso, trocaram as mesas pela pista de dança. Está completamente abarrotado aqui, com todas essas pessoas na faixa dos trinta dançando, descendo até o chão e se esfregando umas nas outras como se estivessem em alguma boate de merda dos anos 2000 ao som do 50 Cent, não em uma tenda em uma ilha deserta com alguns caras tocando violino.

Meu eu de uns tempos atrás talvez tivesse achado engraçado. Consigo me imaginar mandando mensagens para meus amigos, fazendo comentários ao vivo sobre o festival de constrangimento absoluto acontecendo na minha frente.

Alguns garçons observam os convidados dos cantos da tenda, como se esperando pelo pior. Alguns deles têm a minha idade, ou até menos. Todos nos odeiam, é tão óbvio. E não estou surpresa. Sinto que também odeio todos os convidados. Principalmente os homens. Hoje já fui tocada no ombro, no quadril e na bunda por alguns dos caras aqui, os supostos amigos de Will e Jules. Mãos bobas pegando, tocando, apertando, apalpando — quando as esposas e namoradas não estavam olhando, como se eu fosse um pedaço de carne. Estou de saco cheio disso.

Da última vez que aconteceu, eu me virei e dei uma encarada tão enfurecida no sujeito que ele de fato recuou, fazendo uma cara estúpida de olhos arregalados e erguendo as mãos — todo falso inocente. Se acontecer de novo, acho que sou capaz de perder de vez o controle.

Bebo mais. O gosto na minha boca é podre: amargo e rançoso. Preciso beber até não me importar com esse tipo de coisa. Até não conseguir sentir o gosto de mais nada.

E então sou sequestrada pela minha prima Beth e arrastada para a pista de dança. Fora mais cedo, fora o momento na igreja, não vejo Beth desde o ano passado, no aniversário da minha tia. Ela está usando uma tonelada de maquiagem, mas por baixo dá para ver que ainda é uma criança, o rosto redondo e a pele lisa, os olhos grandes. Quero lhe dizer para tirar o batom e o delineador, ficar no espaço seguro da infância por um tempo maior.

Na pista de dança, rodeada por todos esses corpos movimentando-se e empurrando, o lugar começa a girar. É como se tudo o que bebi me atingisse em uma grande onda. E então tropeço, talvez no pé de alguém ou talvez em meus próprios sapatos estúpidos, altos demais. E caio, com tudo; o barulho chega bem antes da dor. Acho que bati a cabeça.

Através da névoa, ouço Beth falar com alguém próximo.

— Ela está muito bêbada, eu acho. Ai, meu Deus.

— Chame a Jules — diz alguém. — Ou a mãe dela.

— Não estou achando a Jules.

— Ah, olhe, o Will está aqui.

— Will, ela está muito bêbada. Você pode ajudar? Eu não sei o que fazer...

Ele chega, sorrindo.

— Ah, Olivia. O que houve? — Ele estende a mão para mim. — Venha, vamos levantar.

— Não — digo. Dou um tapa na mão dele. — Vá se foder.

— Vamos — insiste Will, a voz gentil, suave. Ele me levanta, e não vejo muito sentido em lutar. — Vamos tomar um ar. — Ele coloca as mãos em meus ombros.

— Tire as mãos de mim! — Tento lutar para me soltar.

Ouço um murmúrio das pessoas nos observando. Eu sou difícil, aposto que é o que estão dizendo uns para os outros. Sou louca. Uma vergonha.

Do lado de fora da tenda, o vento nos atinge com tanta força que quase me derruba.

— Por aqui — diz Will. — É mais protegido aqui.

De repente, me sinto cansada e bêbada demais para resistir. Deixo que ele me guie ao redor da tenda, em direção ao ponto onde a terra leva ao mar. Vejo as luzes da cidade do outro lado, ao longe, como uma trilha de purpurina derramada na escuridão, ora em foco, ora desfocadas: nítidas, depois borradas, como se eu as estivesse vendo através da água.

Agora, pela primeira vez em muito tempo, estamos somente nós dois.

Eu e ele.

JULES

A noiva

Meu marido pelo visto desapareceu.

— Alguém viu Will? — pergunto aos convidados.

Eles dão de ombros, balançam as cabeças. Sinto como se tivesse perdido qualquer controle que pudesse ter sobre eles. Aparentemente, eles esqueceram que estão aqui por minha causa. Mais cedo me rodeavam até quase o limite do insuportável, aproximavam-se com seus cumprimentos e felicitações, como cortesãos diante da rainha. Agora parecem indiferentes a mim. Acho que essa é a oportunidade que têm para um pouco de hedonismo, um retorno à liberdade que desfrutavam na faculdade ou quando tinham vinte e poucos anos, antes de mergulharem na rotina de filhos ou trabalhos exigentes. A noite agora pertence a eles — pondo a conversa em dia com os amigos, flertando com paixões antigas. Eu poderia ficar irritada, mas concluo que não faz sentido. Tenho coisa mais importante com que me preocupar: Will.

Quanto mais procuro por ele, mais aumenta meu desconforto.

— Eu vi o Will — avisa alguém. Vejo que é minha prima mais nova, Beth. — Ele estava com a Olivia. Ela estava muito bêbada.

— Ah, sim. Olivia! — Outra prima entra na conversa. — Eles foram em direção à entrada. Ele achou que ela precisava tomar um ar.

Olivia, já dando um show de novo. Mas, quando saio, não há sinal deles. As únicas pessoas na entrada da tenda são um grupo de fumantes, amigos da faculdade. Eles se viram e falam todas as coisas que se deve dizer nesse caso: que estou maravilhosa, que a cerimônia foi mágica; eu os interrompo.

— Vocês viram a Olivia? Ou o Will?

Eles apontam vagamente para a lateral da tenda, em direção ao mar. Por que diabos Will e Olivia iriam para lá? O tempo começou a virar agora e está escuro, o luar tênue demais para iluminar o caminho.

O vento grita perto da tenda e ao meu redor quando sinto seu impacto. Recordando-me da cena de quase afogamento de mais cedo, sinto o estômago revirar de pavor. Olivia não ia fazer alguma coisa estúpida, não é?

Finalmente vislumbro as silhuetas vagas dos dois além da luz emanada pela tenda, em direção ao mar. Mas uma intuição que não consigo nomear me impede de chamar por eles. Percebi que estão muito perto um do outro. Na quase escuridão, as duas figuras parecem se mesclar. Por um terrível momento, eu penso... Mas não, eles devem estar conversando. E ainda assim não faz sentido. Não lembro se alguma vez vi minha irmã e Will se falarem, pelo menos nada além do que a educação manda. Quer dizer, eles mal se conhecem. Só se encontraram uma vez. E ainda assim parecem ter muita coisa para dizer um ao outro. Sobre o que podem estar conversando? Por que vir até aqui, onde nenhum outro convidado poderia ver?

Começo a avançar, silenciosa, cobrindo a escuridão que só aumenta.

OLIVIA

A madrinha

— Vou contar para ela. — É um esforço pronunciar as palavras, mas estou determinada a fazê-lo. — Eu vou... vou contar para ela sobre nós dois.

Pensei no que Hannah disse mais cedo, que é *sempre* melhor botar para fora, mesmo que você fique com vergonha, mesmo que ache que as pessoas vão te julgar.

Ele aperta uma das mãos sobre minha boca. É um choque — foi de repente. Sinto o cheiro de sua colônia. Lembro-me de sentir essa colônia na minha pele, depois do ato. De achar deliciosa, adulta. Agora me dá vontade de vomitar.

— Ah, não, Olivia — diz Will. Sua voz ainda está *quase* gentil, terna, o que só deixa tudo pior. — Acho que você não vai fazer isso. E sabe por quê? Porque senão vai destruir a felicidade da sua irmã. Hoje é o dia do casamento dela, garota estúpida. Jules é especial demais para você, então você não vai fazer isso com ela. E por que faria? Não há nenhuma possibilidade de acontecer algo entre nós dois agora.

Há uma explosão de conversas no outro lado da tenda, e talvez ele tenha ficado com medo de alguém nos ver assim, porque tira a mão de minha boca.

— Sei disso! — retruco. — Não foi o que eu quis dizer... Não é isso que eu quero.

Ele ergue as sobrancelhas, como se não acreditasse em mim.

— Bem, então o que você quer, Olivia?

Não me sentir mais tão horrível, penso. Livrar-me desse terrível segredo que venho carregando. Mas não respondo. E aí ele continua:

— Entendo. Você quer me repreender. Sou o primeiro a admitir, não fui perfeito nessa história. Eu deveria ter terminado com você direito. Eu deveria ter sido mais transparente, talvez. Nunca desejei machucar ninguém. E posso dizer o que penso honestamente, Olivia?

Ele parece esperar por uma resposta, então aquiesço.

— Acho que, se você fosse contar, já teria feito antes.

Balanço a cabeça. Mas ele tem razão. Tive tanto tempo para falar, para contar a verdade para Jules. Tantas vezes fiquei deitada na cama de madrugada, pensando em como eu me encontraria com minha irmã sozinha... Sugerir um almoço, um café. Mas nunca fiz isso. Fui covarde. Em vez disso, eu a evitei, como evitei ir à loja para experimentar o vestido de madrinha. Era mais fácil me esconder, fingir que não estava acontecendo.

Pensei no que Jules ou mamãe fariam no meu lugar. Uma grande cena, provavelmente na primeira vez em que o vi, constrangendo-o na frente de todo mundo no evento do noivado. Mas não sou forte como elas, nem autoconfiante.

Então, tentei um bilhete. Eu o imprimi e o joguei na caixa de correio de Jules:

Will Slater não é o homem que você pensa.
Ele é um traidor e um mentiroso. Não se case com ele.

Pensei que poderia pelo menos fazê-la questionar o noivo. Fazê-la pensar. Eu queria semear uma pitada de dúvida na cabeça dela. Foi ridículo, posso ver agora. Talvez o bilhete nem tenha chegado às mãos de Jules. Talvez Will tenha visto primeiro, ou o papel foi jogado no lixo com os montes de folheto. E, mesmo que ela tenha visto, eu deveria ter pensado que Jules não é o tipo de pessoa que se incomoda com um bilhete. Ela não é do tipo que se preocupa.

— Você não quer destruir a vida da sua irmã, não é? — provoca Will. — Não pode fazer isso com ela.

É verdade. Embora às vezes eu sinta ódio dela, meu amor ainda é maior. Ela sempre será minha irmã mais velha, e isso destruiria as coisas entre nós para sempre.

Ele tem tanta confiança na própria história. Minha versão dos fatos está desmoronando. E suponho que ele esteja certo em dizer que não mentiu, não exatamente. Apenas omitiu a verdade. Não pareço capaz de me firmar mais em minha raiva, na energia vibrante e incandescente da raiva. Posso senti-la se esvaindo de mim, substituída por algo pior. Uma espécie de nada.

E então, de repente, penso em Jules, no sorriso em seu rosto quando estava ao lado dele na capela, sem ter nem sequer uma pista de quem o marido realmente é. Jules nunca deixa ninguém fazê-la de boba... mas ele conseguiu. Sinto raiva por ela, de uma forma que não consegui sentir por mim mesma.

— Guardei suas mensagens — digo para Will. — Posso mostrar para ela.

É a última coisa que tenho contra ele, o último resquício de poder. Seguro meu celular na frente dele, para dar ênfase. Eu deveria ter imaginado o que ia acontecer. Mas ele falava com tanta suavidade, gentileza, que não imaginei. Com um movimento brusco, ele agarra meu punho e levanta. Faz o mesmo com o outro. E com a mesma violência, arranca o celular de mim. Antes que eu possa sequer entender o que está fazendo, Will o arremessa para bem longe nas águas escuras. O aparelho faz um ligeiro "ploft" quando cai.

— Tenho backups... — digo, mesmo sem saber direito como encontrá-los.

— Ah, é? — Ele sorri com desdém. — Você quer atrapalhar a vida dos outros, Olivia? Porque deveria saber que tenho algumas fotos no meu celular...

— Pare! — exclamo.

Pensar que Jules, ou qualquer outra pessoa, possa me ver assim...

Fiquei tão desconfortável quando Will tirou as fotos. Mas ele pediu com tanta habilidade, falando sobre como eu ficava sensual me exibindo para ele, como aquilo o excitava. E fiquei com medo de parecer uma criança, uma puritana, se não topasse. Ele não aparecia nas fotos ou nos vídeos de jeito nenhum... nem o rosto, nem a voz. Percebi que poderia alegar que eu as enviei para ele, que eu mesma tirei. Ele poderia negar tudo.

Seu rosto está muito próximo do meu. Por um louco segundo, penso que ele poderia estar prestes a me beijar. E, mesmo que eu me odeie por isso, uma minúscula porção de mim quer que ele me beije. Uma porção de mim quer o *Will*. E isso me deixa enjoada.

Ele ainda segura meu outro punho. Machuca. Solto um grunhido e tento me desvencilhar, mas ele segura com mais força, enterrando os dedos em minha pele. Ele é muito forte, eu não tenho a mínima chance. Percebi sua força hoje mais cedo, quando ele me tirou da água, com ares de grande herói, exibindo-se para a multidão. Na hora eu me lembro de minha lâmina de barbear, mas está na minha bolsa, na tenda.

Will me empurra para a frente e tropeço nos meus próprios pés. Perco os sapatos. Só agora percebo que não estamos muito longe da beira do penhasco. Ele está me empurrando para lá. Consigo ver toda aquela água ao longe, negra e lustrosa ao luar. Mas... ele não faria isso, faria?

AGORA

A noite do casamento

Os homens olham a coroa de ouro destruída na mão de Femi. Parecia tão deslocada ali onde a encontraram, na terra preta, no meio de uma tempestade, que levaram alguns minutos para reconhecer.

— É a coroa da Jules — diz Angus.

— Merda — retruca Femi. — É mesmo.

Todos ficam pensando, em silêncio, que ato de violência pode ter acontecido para deformar o metal tão brutalmente.

— Vocês viram o rosto dela? — pergunta Angus. — Da Jules? Antes de cortar o bolo? Ela parecia... muito brava, eu achei. Ou... ou talvez com muito medo.

— Alguém a viu na tenda? — pergunta Femi. — Depois que as luzes voltaram?

Angus estremece.

— Mas vocês não estão pensando... Acham que algo de muito ruim pode ter acontecido com ela?

— Merda. — Duncan solta um sibilo de respiração.

— Não acho nada — responde Femi. — Só estou perguntando: alguém se lembra de vê-la?

Eles ficam em silêncio.

— Eu não...

— Não, Dunc. Nem eu.

Eles se entreolham no escuro, forçando a vista para verificar se há qualquer movimento, aguçando os ouvidos para detectar qualquer som, o fôlego entrecortado na garganta.

— Ah, meu Deus. Olhem, tem mais alguma coisa ali. — Angus se abaixa para apanhar o objeto.

Ele levanta a mão para a luz, e todos percebem como está tremendo, mas dessa vez ninguém zomba. Todos estão com medo agora.

É um sapato. Um salto alto forrado de seda cinza-claro, uma fivela de pedras na tira dos dedos.

Várias horas antes

HANNAH

A acompanhante

O rapaz, Luis, dança muito bem. A banda está induzindo os convidados a um frenesi, e somos forçados a nos aproximar mais à medida que os corpos das pessoas se inclinam ao nosso redor. E me vejo pensando que merda foi o meu dia, tão estressante e solitário, basicamente por culpa de Charlie. Mas não quero pensar nele agora. Estou zangada demais com ele, muito triste. Além disso, qual foi a última vez que me deixei levar ao sabor de uma música... Qual foi a última vez que dancei para valer? Qual foi a última vez em que me senti tão desejada assim, tão sensual? Parece que perdi essa parte de mim em algum lugar no caminho. Assim, durante essas poucas horas vou aproveitar a sensação de recuperá-la. Coloco as mãos acima da cabeça. Balanço o cabelo, sinto-o roçar na pele nua de meus ombros. Sinto Luis me observando. E sigo o ritmo da música com os quadris. Sempre dancei bem, naqueles anos de prática nas boates de Manchester na minha adolescência, delirando com todos os últimos sucessos de Ibiza. Eu tinha esquecido como a dança me conecta ao meu próprio corpo, como me excita. E confirmo que estou linda pela expressão de aprovação de Luis, que só tira os olhos dos meus para admirar meu corpo, enquanto me movimento.

A música fica mais lenta. Luis me puxa para perto. Suas mãos estão em minha cintura e sinto seu coração batendo por baixo da camisa, o calor do seu peito através do tecido. Sinto o cheiro de sua pele. Seus lábios estão a centímetros dos meus. E estou ficando ciente, agora que nossos corpos estão se tocando, que ele está excitado, roçando em mim.

Eu me afasto um pouco, alguns centímetros pelo menos. Preciso espairecer a cabeça.

— Sabe de uma coisa — digo, minha voz falhando ligeiramente. — Acho que vou pegar uma bebida.

— Claro — diz ele. — Boa ideia!

Não era um convite. De repente, sinto que preciso de um pouco de espaço, mas ao mesmo tempo não tenho energia para explicar. Então, vamos juntos para o bar.

— Como você conhece o Will? — pergunto, tentando falar mais alto que a música.

— O quê? — Ele chega mais perto para escutar, sua orelha roçando meus lábios.

Repito a pergunta:

— Você também estudou na Trevellyan's?

— Ah. Está falando da escola? Não, estudamos juntos na faculdade, em Edimburgo. Éramos da equipe de rúgbi.

— Oi, Luis. — Um homem parado no bar levanta a mão e o abraça quando nos aproximamos. — Veio fazer companhia a um cara solitário com sua bebida, não é? Perdi a Iona para a pista de dança. Só vou conseguir me encontrar com ela de novo no finalzinho agora. — Ele percebe minha presença. — Ah, *olá*. Prazer em conhecê-la. Está com meu garoto, é? Ele ficou de olho em você na capela, sabe...

— Cale a boca — diz Luis, corando. — Mas, é verdade, dançamos juntos, não é?

— Me chamo Hannah — digo.

Minha voz sai um pouco alterada. Fico pensando o que estou fazendo aqui.

— Jethro — diz o amigo de Luis. — Então, Hannah, o que você quer beber?

— É... — Hesito, pensando que devo ser prudente. Já bebi muito hoje. Então penso em Charlie, e no que ele me contou sobre Jules. Quero recuperar aquela sensação de liberdade que senti, por um breve instante, na pista de dança. Quero ficar bem menos sóbria. — Um shot — digo, me virando para o barman: Eoin, que conheci mais cedo. — De... tequila. — Não quero fazer besteira.

Jethro ergue as sobrancelhas.

— Tuuudo bem. O mesmo para mim. Luis?

Eoin nos serve três tequilas. Viramos.

— Nossa — diz Luis, batendo o copo no balcão, os olhos lacrimejando. Mas sinto que minha dose não teve efeito algum. Foi o mesmo que água.

— Outra — peço.

— Gostei dela — diz Jethro para Luis. — Mas não sei se meu fígado aguenta.

— Acho muito sensual — encoraja Luis, abrindo um enorme sorriso para mim.

Viramos mais uma dose.

— Você não estudou em Edimburgo — diz Jethro, me fitando com os olhos cerrados. — Estudou? Eu com certeza me lembraria, se fosse o caso. Uma garota festeira como você.

— Não — respondo. Aquele lugar de novo. A mera menção a Edimburgo me deixa ainda mais sóbria. — Eu...

— Nós estudamos — informa Jethro, passando um braço ao redor do pescoço de Luis. — Melhor época de nossa vida, não foi, Lu? Ainda sinto saudades. Também sinto falta dos jogos de rúgbi. Se bem que provavelmente é melhor para minha própria segurança evitar as partidas. — Ele aponta para o osso do nariz, achatado, claramente uma fratura antiga.

— Eu perdi um dente — diz Luis.

— Eu me lembro! — Jethro ri. Ele se volta para mim. — Claro, Will nunca sofreu nenhum arranhão. Jogava na ponta, o sacana. Posição do galã. É por isso que ele é tão nojento de bonito.

— Ele era o pior sujeito — diz Luis —, quando saíamos depois de uma partida. Você ficava lá tentando bater um papo com uma garota, e então Will chegava perguntando se queríamos uma rodada e depois elas só tinham olhos para ele.

— O índice de sucesso dele era insano — acrescenta Jethro, assentindo. — O único motivo para ter se juntado à Reeling Society, por causa das mulheres. Mas não podemos esquecer que nem sempre ele mandava bem. Lembra daquele pé na bunda?

— Ah, sim — responde Luis. — Eu já tinha esquecido. Está falando da garota do norte, não é? A inteligente?

Ah, meu Deus. Algo terrível está entrando em foco. E não tenho opção senão ficar aqui parada assistindo.

— Sim — diz Jethro. — Como você. — Ele dá uma piscadela para mim. — Mas ele não deixou barato. Lembra, Luis?

Luis semicerra os olhos.

— Não mesmo. Quer dizer... Eu lembro que ela até largou a faculdade. Não foi? Lembro que Will ficou bastante chateado quando a garota terminou com ele. Sempre achei mesmo que ela era um pouco esperta demais para ele.

A náusea no fundo do meu estômago cresce.

— Aquele vídeo que circulou, lembra? — comenta Jethro.

— Meeerda — fala Luis, arregalando os olhos. — É claro. Aquilo foi... cruel.

— Provavelmente está até hoje em sites pornográficos — diz Jethro. — Na seção de antiguidades, óbvio. Fico pensando o que ela andará fazendo. Sabendo que o vídeo está por aí em algum lugar.

— Ei — diz Luis de repente, me fitando. — Você está bem? Meu Deus... — Ele coloca a mão em meu braço. — Você ficou branca de repente. — Dá um sorriso, solidário. — A última dose caiu mal?

Eu o empurro e me afasto cambaleando. Preciso de ar puro. Quase não consigo sair da tenda antes de cair de quatro e vomitar no chão. Todo o meu corpo está tremendo como se eu estivesse com febre alta. Lá no fundo, percebo a presença de um casal de convidados, de pé na entrada, murmurando com choque e nojo, o tilintar de uma risada. Mal registro que o clima aqui fora se tornou muito mais tempestuoso, açoitando meu cabelo para trás, ferroando as lágrimas de meus olhos.

Vomito de novo. Mas, ao contrário do enjoo no barco, vomitar não adianta nada. Esta náusea não pode ser aliviada. Ela penetrou minhas entranhas, o veneno dessa nova informação. E seguiu direto para o meu âmago.

AGORA

A noite do casamento

— Quem estava usando isso? — Angus ergue o sapato. Sua mão treme.

— Sei que já vi antes — responde Femi. — Mas não lembro onde... Parece que aconteceu há tanto tempo.

Agora é o dia que parece surreal. Não existe mais nada para eles além da noite, da tempestade, do medo.

— Devemos levar o sapato? — pergunta Angus. — Pode ser... pode ser algum tipo de pista do que aconteceu.

— Não. Vamos deixar onde está — diz Femi. — Não deveríamos nem ter tocado. Nem na coroa, para falar a verdade.

— Por quê? — pergunta Angus.

— Porque, seu idiota — fala Duncan rispidamente —, pode ser uma prova.

— Ei — diz Angus, quando eles largam o sapato para trás e prosseguem. — O vento... parou.

Ele está certo. De alguma maneira, sem que notassem, a tempestade passou. Deixando em seu lugar um silêncio tão sinistro que eles preferiam como estava antes. Essa quietude parece uma respiração presa, uma falsa calmaria. E eles podem ouvir as próprias respirações apavoradas agora, guturais e superficiais.

É difícil avançar muito quando estão olhando em todas as direções, ansiosamente esquadrinhando a escuridão aveludada em busca de alguma ameaça, algum sinal de movimento. Mas agora, finalmente, o Folly aparece ao longe, suas janelas refletindo uma purpurina negra.

— Ali. — Femi para de repente.

Os outros, atrás dele, congelam.

— Acho... — diz. — Acho que tem alguma coisa ali.

— Que não seja outro maldito sapato — grita Duncan. — Que caralho é isso? Cinderela? João e Maria?

Nenhum deles cai nessa tentativa de piada. Todos escutam o tom de medo em sua voz.

— Não — responde Femi. — Não é um sapato.

Percebendo a oscilação em sua voz, *ninguém* quer olhar, só fugir do que for. Mas eles se esforçam para ficar parados, atentos enquanto Femi move a tocha lentamente, a luz revelando o chão aos poucos.

Tem algo ali, sim. Mas dessa vez não é um objeto. É uma pessoa. Observam, com um pavor crescente, à medida que uma figura comprida vai se revelando na luz. Exposta, horrível, definitivamente humana. Jaz muito perto do Folly, na ponta onde o pântano de turfa invade o trecho sólido de terra. Ao vento, as extremidades da roupa do corpo se mexem, fazendo um som abafado, e isso, junto com a luz ondulante da lanterna do celular ali perto, dá uma impressão desconcertante de movimento. Um truque macabro, um ilusionismo.

Para os padrinhos, não parece provável que realmente exista algum ser humano dentro daquelas roupas. Uma pessoa que estava, até recentemente, falando e rindo. Que estava entre eles todos, celebrando um casamento.

Mais cedo

AOIFE

A cerimonialista

Com a ajuda de várias pessoas da equipe de garçons e um cuidado infinito, levamos o enorme bolo para o centro da tenda. Logo os convidados serão chamados para se reunirem, para testemunhar o corte da primeira fatia. Parece um sacramento tão grande quanto a cerimônia na capela mais cedo.

Freddy emerge da área do buffet, trazendo a faca. Ele franze a testa para mim.

— Você está bem? — pergunta, me olhando mais de perto.

— Estou bem — respondo. Devo estar deixando transparecer no rosto a tensão do dia. — Só muito cansada, acho.

Freddy aquiesce; ele entende.

— Bem. Está acabando. — Ele me passa a faca, para colocar do lado do bolo. É uma peça linda, forjada com delicadeza: a lâmina longa e o elegante cabo de madrepérola. — Avise a eles para serem muito cuidadosos com a faca. Corta só de encostar. A noiva pediu para afiar especialmente. Loucura, na verdade, já que uma faca dessas é para cortar carne. Vai passar por essa massa como se fosse manteiga.

JULES

A noiva

Olivia e Will, na beira do penhasco: escutei tudo. Ou, pelo menos, o suficiente para entender. Perdi alguma coisa por causa do vento e precisei chegar tão perto que tive certeza de que eles olhariam na minha direção e me avistariam. Mas, aparentemente, os dois estavam absortos demais um com o outro, com o confronto, para perceber. No início, não consegui captar a lógica daquilo.

"Vou contar para ela sobre nós dois", gritou Olivia. Primeiro eu não quis entender. Não podia ser, era horrível demais para imaginar...

Pensei então em Olivia, quando ela saiu da água. Como tive a impressão, por um minuto, de que tentava me contar algo.

Então ouvi como a voz dele mudou. Como ele tapou a boca de Olivia com a mão. Como agarrou seu braço. Aquilo me chocou até mais do que as palavras que ele estava falando. Ali estava meu marido. Ali estava também um homem que eu mal conhecia.

Enquanto eu os observava nas sombras, percebi um tipo de familiaridade física entre eles mais eloquente do que quaisquer palavras.

Quando os vi na beira do penhasco, uma realidade repugnante começou a tomar forma diante de mim.

Não houve espaço para raiva no início. Foi só o imenso choque existencial: chegamos ao fim da linha. Agora estou começando a sentir outra coisa.

Ele me humilhou. Ele me fez de idiota. Sinto a raiva, quase reconfortante de tão familiar, florescendo dentro de mim e obliterando todo o restante em seu rastro.

Arranco a coroa de ouro, jogo-a no chão. Piso nela até reduzi-la a um pedaço de metal emaranhado. Não é suficiente.

OLIVIA

A madrinha

— Will!

É a voz de Jules. E logo uma luz azulada brilhante: a lanterna de seu celular. Parece que apontaram um holofote para nós. Ambos ficamos paralisados. Will larga meu braço imediatamente, como se minha pele o queimasse, e dá um passo rápido para longe de mim.

Não consegui identificar nenhum sentimento pela maneira como ela chamou o nome dele. Foi um tom completamente neutro, talvez com um toque de impaciência. Fico me perguntando o quanto ela viu ou, mais importante, ouviu. Mas não deve ter sido muito, não é? Ou então... Bom, conheço minha irmã. É provável que, a essa altura, já estivéssemos os dois no fundo do penhasco.

— Que porra vocês dois estão fazendo aqui? — indaga Jules. — Will, todo mundo está perguntando por você. E Olivia, alguém me disse que você levou um tombo.

Ela se aproxima. Está um pouco diferente, noto. Não está mais usando a coroa de ouro: é isso. Mas talvez haja outra mudança, algo que não consigo identificar imediatamente.

— Sim — diz Will, todo charmoso de novo. — Achei que seria bom trazer a Olivia aqui para fora, para tomar um pouco de ar.

— Bem — diz Jules. — Gentil de sua parte. Mas temos que voltar agora. Vamos cortar o bolo.

AGORA

A noite do casamento

Cautelosamente, os homens vão até o corpo.

O cadáver está estirado um pouco fora do trecho de terra mais seca, onde a turfa começa a se alastrar. O pântano já começou a circundar as extremidades do corpo, cercando-o diligente e amorosamente; se o morto por um milagre de repente voltasse à vida, se mexesse e tentasse se levantar, talvez encontrasse um pouco mais de dificuldade do que o esperado. Talvez tivesse que se esforçar para libertar a mão, o pé. Talvez se visse colado ao seio escuro da terra.

O pântano já engoliu outros corpos antes, engoliu-os inteiros, sorveu-os para o fundo. Isso aconteceu há muito tempo, porém. Sua fome voltou.

À medida que se aproximam, com a maior prudência, partes separadas são reveladas nos lampejos de luz: as pernas, estiradas obliquamente, de um jeito esquisito, a cabeça jogada para trás no chão. Os olhos vazios e cegos, brilhando no facho de luz. Eles vislumbram uma boca semiaberta, a língua projetando-se ligeiramente, de certa forma obscena. E, no esterno, uma mancha de sangue vermelho-escuro.

— Puta merda — diz Femi. — Ah, merda... é o Will.

Pela primeira vez, o noivo não está bonito. Seus traços estão contorcidos em uma máscara de agonia: os olhos enevoados e arregalados, a língua para fora.

— Ah, meu Deus — diz um deles.

Angus tem ânsia de vômito. Duncan solta um soluço; logo Duncan, que nunca se abalava por nada. Depois ele se agacha e sacode o corpo.

— Vamos lá, companheiro. Levanta! Levanta! — O movimento cria um terrível efeito de animação quando a cabeça rola de um lado para outro.

— Pare com isso! — grita Angus, agarrando Duncan. — Pare!

Eles o encaram fixamente. Femi tem razão. Mas *não pode* ser. Não Will, o pilar do grupo, o intocável, amado por todos.

Os homens estão tão concentrados nele — o amigo abatido —, tão envolvidos com o choque e a tristeza, que baixam a guarda. Nenhum deles repara um movimento alguns metros adiante: uma segunda figura, certamente bem viva, vindo na direção deles, no escuro.

Mais cedo

WILL

O noivo

Jules e eu voltamos juntos para a tenda. Deixo Olivia sozinha. Por um minuto louco, percebendo como estávamos próximos do penhasco, fiquei tentado. Não seria tão surpreendente. Ela havia tentado se afogar mais cedo, afinal de contas... ou, pelo menos, foi o que pareceu, antes de eu salvá-la. E com este vento — está mesmo uma ventania e tanto agora — haveria uma grande confusão.

Mas esse não sou eu. Não sou um assassino. Sou um cara bom.

De certa forma, porém, está tudo de cabeça para baixo, fora do meu controle. Terei que resolver as coisas.

Obviamente, eu nunca poderia ter contado a Jules sobre Olivia. Não no momento em que fiz a conexão entre as duas naquele dia na casa da mãe delas, não quando já tinha ido tão longe. Qual seria o propósito de magoar Jules sem necessidade? O caso com Olivia... nunca seria real, não é? Foi uma atração temporária, toda baseada em mentiras, tanto da parte dela quanto da minha. Para falar a verdade, foi o fingimento que me interessou quando nos conhecemos, em nosso primeiro encontro, ela tentando ser alguém que não era. Fingindo ser mais velha, fingindo ser sofisticada. Aquela insegurança. Aquilo me deu uma vontade de corrompê-la, mais ou menos como aconteceu com uma namorada que tive na faculdade, que era uma daquelas boas garotas: inteligente, batalhadora, que veio de uma péssima escola e não se achava boa o suficiente para estar na nossa universidade.

Quando conheci Jules na festa, porém, foi diferente. Pareceu coisa do destino. Imediatamente vi como ficávamos bem juntos. Formávamos um *belo* casal — fisicamente, sim, mas também combinávamos. Eu, na iminência de construir uma carreira nova e promissora; ela, já tão bem-sucedida. Eu precisava de alguém à minha altura, com autoconfiança, ambição... alguém como eu. Juntos seríamos invencíveis. E somos.

Certamente Olivia vai ficar quieta. Soube disso desde o início. Eu sabia que ela tinha medo de que não fossem acreditar. Ela duvida muito de si mesma. Só que — e talvez eu esteja apenas sendo paranoico — tenho a impressão de que ela mudou de postura desde que chegamos aqui. Tudo parece ter mudado nesta ilha, como se o lugar estivesse causando isso e tivéssemos vindo parar aqui por algum motivo. Sei que é ridículo. É resultado de ter tanta gente em um único lugar ao mesmo tempo: do passado e do presente. Em geral sou cuidadoso, mas admito que não pensei direito em como seria juntar os dois grupos. Não pensei nas consequências.

Enfim, Olivia: acho que ela não vai criar problemas. Mas vou ter que dar um jeito em Johnno, assim que voltar para a tenda. Não posso permitir que ele saia falando demais com qualquer um. Acho que o subestimei. Pensei que era mais seguro tê-lo aqui, mantê-lo por perto. No entanto, Jules convidou Piers sem me avisar. Sim, na verdade, foi *aí* que tudo começou a dar errado. Se ela não tivesse convidado Piers, Johnno nunca teria tomado conhecimento do lance da TV, e nós teríamos seguido adiante normalmente. Nunca teria funcionado, Johnno no programa, ele precisa entender isso. Ele entende, no fundo: o próprio Johnno já disse isso. Ele é um fracasso absoluto. Do jeito que fuma maconha e bebe, e com sua merda de memória boa. Ele teria algum tipo de ataque na frente de um jornalista e tudo viria à tona. Se ele é capaz de perceber isso — o desastre em potencial —, não consigo entender por que está tão aborrecido. De qualquer maneira, ele é perigoso. O que sabe, o que poderia contar. Tenho bastante certeza de que ninguém acreditaria nele — uma história absurda de vinte anos atrás. Mas não vou correr o risco. Ele representa um perigo de outras maneiras também. Não faço ideia do que estava a ponto de fazer na gruta, porque eu estava com os olhos vendados, mas fiquei feliz para caralho quando Aoife nos encontrou; caso contrário, quem sabe o que poderia ter acontecido.

Bom. Desta vez, ele não vai me pegar desprevenido.

HANNAH

A acompanhante

Estou tentando pensar racionalmente no que descobri por Jethro e Luis. Haverá uma chance mínima de ser coincidência? Estou tentando escutar a voz da razão. Imaginando o que eu diria a Charlie em uma situação semelhante: você bebeu demais. Não está pensando direito. Tire uma noite de sono, volte a refletir sobre o assunto de manhã.

Mas, na verdade — mesmo sem precisar pensar direito —, eu sei. Posso sentir. Tudo se encaixa, bem demais para ser coincidência.

O vídeo de Alice foi postado de forma anônima, claro. E nós estávamos muito arrasados pelo luto na época para pensar em procurar os amigos dela, que poderiam ter ajudado a encontrar o culpado. Mais tarde, contudo, jurei que, se algum dia tivesse a chance de me vingar do homem que destruiu a vida da minha irmã — que *acabou* com a vida dela —, eu o faria sofrer. Ah, meu Deus... e pensar que o desejei. Sonhei com ele ontem à noite... lembrar disso faz mais bile subir pela minha garganta. É ainda mais ofensivo, eu ter me encantado pelo mesmo charme que destruiu Alice.

Penso em Will no jantar. *Nos conhecemos na festa de noivado? Devo ter visto você em uma das fotos de Jules. Seu rosto não me é estranho.* Quando ele disse ter me reconhecido, não reconheceu *a mim*. Reconheceu Alice.

* * *

Ao voltar para a tenda, por baixo de uma fachada de calma, sinto uma raiva tão poderosa que me assusta. O homem responsável pela morte de minha irmã prosperou, construiu uma carreira com base em um falso charme, essencialmente por ser bonito e privilegiado. Enquanto Alice, um milhão de vezes mais inteligente e melhor do que ele — minha irmã talentosa e brilhante —, nunca teve sequer uma chance.

Estou rodeada por um mar de pessoas bêbadas e estúpidas, cambaleantes. Não consigo ver através delas, além delas. Abro passagem, por vezes com tanta veemência que escuto pequenas exclamações, noto rostos se virando para mim.

As luzes parecem estar falhando também. Deve ser o vento. Enquanto passo pela multidão, elas piscam e apagam, depois voltam. Depois apagam. Mais cedo, na hora do crepúsculo, ainda dava para enxergar bem. Mas agora, sem energia elétrica, está quase um breu. As pequenas velas nas mesas são inúteis. Na verdade, só servem para causar confusão: mostram vultos de pessoas, sombras se movendo de um lado para outro. As pessoas gritam e dão risadinhas, trombam em mim. Sinto-me em uma casa mal-assombrada. Quero gritar.

Cerro e descerro os punhos com tanta força que sinto as unhas perfurarem a palma de minhas mãos.

Esta não sou eu. Tenho a sensação de estar possuída.

As luzes se acendem. Todos comemoram.

A voz de Charlie, amplificada pelo microfone, ecoa de um canto.

— Todo mundo: hora de cortar o bolo.

Fito meu marido, por cima dos convidados aglomerando-se na minha frente, segurando o microfone. Nunca me senti tão distante dele.

Lá está o bolo, branco e cintilante e perfeito com suas folhas e flores de açúcar. Jules e Will, prontos, ao lado. E de fato, eles parecem os bonequinhos perfeitos no topo de um bolo de casamento: ele magro e formoso em seu terno elegante; ela de cabelo escuro, o corpo violão no vestido branco. Antes, eu jamais afirmaria odiar alguém. Não exatamente. Nem mesmo quando fiquei sabendo do namorado de Alice, do que ele tinha feito com ela, porque não tinha uma figura real em que focar. Ah, mas agora eu *odeio* Will. Posando, sorrindo para os flashes de centenas de celulares. Chego mais perto.

* * *

O grupo de familiares mais chegados e padrinhos está aglomerado em torno dos noivos. Os quatro rapazes, rindo, dando tapinhas nas costas de Will... E eu me pergunto: será que algum deles percebeu sua verdadeira natureza? Será que não se importam? Então lá está Charlie, passando uma boa impressão — e tenho certeza de que não passa disso —, fingindo estar sóbrio e no controle de suas faculdades. Os pais de Jules e de Will também estão por perto, sorrindo orgulhosos. E então Olivia, com o mesmo ar infeliz que exibiu o dia todo.

Eu me aproximo mais. Não sei o que fazer com esse sentimento, essa energia que estala dentro de mim, como se minhas veias tivessem sido alimentadas por uma corrente elétrica. Ao esticar a mão, vejo meus dedos tremendo, o que me assusta e excita ao mesmo tempo. Sinto que, se eu fosse testar exatamente agora, descobriria que tenho uma nova força anormal.

Aoife dá um passo à frente. Ela entrega a faca a Jules e Will. É uma grande faca, a lâmina comprida e afiada. Tem um cabo de madrepérola, como se para deixá-la com uma aparência mais suave, ocultando seu gume; como se dissesse: essa é uma faca para cortar bolo de casamento, e nada mais sinistro do que isso.

Will coloca a mão em cima da de Jules, que sorri para todos nós. Os dentes dela brilham.

Chego ainda mais perto. Estou praticamente na frente.

Eles cortam o bolo, juntos, os dedos brancos da noiva em volta do cabo da faca, as mãos do noivo por cima. O bolo se parte, revelando seu centro vermelho-escuro. Jules e Will sorriem, sorriem, sorriem para as câmeras dos celulares ao redor. A faca é colocada de volta na mesa. A lâmina brilha. Está logo ali. Ao alcance.

E então Jules se inclina para baixo e pega um punhado enorme do bolo. Enquanto sorri para as câmeras, rápida como um raio, ela o esmaga no rosto do marido. Parece tão violento quanto um tapa, um soco. Will recua, cambaleando, sujo e estupefato, enquanto pedaços de massa e cobertura caem em seu terno imaculado. A expressão de Jules é ilegível.

Há um momento de silêncio e choque, enquanto todos esperam para ver o que vai acontecer. Então Will coloca a mão no peito, faz um gesto como se dissesse "fui atingido", e abre um sorriso.

— Melhor eu ir limpar isso — diz.

Todos gritam e aplaudem e esquecem a estranheza do que acabaram de testemunhar. É tudo parte da cerimônia.

Mas Jules, noto, não está sorrindo.

Will sai da tenda, em direção ao Folly. Os convidados voltam às conversas, às risadas. Talvez eu seja a única que se vira para vê-lo sair.

A banda volta a tocar. Todos se encaminham para a pista de dança. Eu permaneço plantada no mesmo lugar.

E então as luzes se apagam.

OLIVIA

A madrinha

Ele estava certo. Eu nunca vou contar a Jules.

Penso em como ele distorceu tudo. Ele me fez acreditar que, de alguma maneira, eu fui a culpada por tudo o que aconteceu. Ele brincou com a vergonha que me fez sentir, a mesma vergonha que senti desde que o vi passar pela porta com Jules. Ele fez com que eu me sentisse pequena, mal-amada, horrorosa, burra, sem valor. Ele me fez odiar a mim mesma e abriu um fosso entre mim e todo mundo, até minha própria família — principalmente minha própria família —, por causa desse segredo terrível.

Penso sobre como ele agarrou meu braço agora há pouco, perto do penhasco. Penso no que aconteceria se Jules não tivesse chegado. Se ela tivesse visto, tudo teria sido diferente. Mas ela não viu, e perdi a oportunidade. Ninguém acreditaria em mim se eu contasse agora. Ou me culpariam. Não posso fazer isso. Não sou tão corajosa assim.

Mas eu posso fazer *alguma coisa*.

E então as luzes se apagam.

JULES

A noiva

O bolo não foi o suficiente. Eu me sinto diminuída, patética. Ele me decepcionou de uma forma irreversível. Como todas as pessoas da minha maldita família. Por ele, anulei todas as minhas medidas de segurança cuidadosamente construídas. Tornei-me vulnerável.

A lembrança de Will sorrindo para mim enquanto cortávamos o bolo, nossas mãos unidas. As mãos que passaram pelo corpo inteiro da minha irmã, que fizeram... Meu Deus, não consigo nem cogitar, é nojento demais. Será que ele pensava nela quando dormíamos juntos? Será que ele acha que sou burra demais para descobrir? Acho que sim. Ele estava certo, e esse pequeno detalhe só torna a história toda uma ofensa muito maior para mim.

Bem. Ele me subestimou.

A cólera cresce dentro de mim, sobrepondo-se ao choque e à tristeza. Posso senti-la entre minhas costelas. É quase um alívio, como a cólera apaga qualquer outro sentimento em seu caminho.

E então as luzes se apagam.

JOHNNO

O padrinho

Estou do lado de fora, no escuro. Está soprando um vento do caralho por aqui. Vejo umas coisas aparecendo do nada. Levanto as mãos para enxotá-las. Mais do que tudo, vejo aquele rosto de novo, o mesmo que vi em meu quarto na noite passada. Os óculos grandes, seu olhar naquela última vez no dormitório, algumas horas antes de nós o levarmos. O garoto foi assassinado. Nós *dois* o assassinamos. Porém, só um teve a vida destruída por isso.

Estou me sentindo meio fora de mim. Pete Ramsay distribuiu uns comprimidos tipo pastilha de menta depois do jantar, cujo efeito finalmente está se mostrando.

Will, aquele filho da puta. Entrou na tenda como se nada tivesse acontecido, como se nada daquilo o tivesse abalado: um sorrisão no rosto. Acho que eu deveria ter acabado com ele na gruta, quando tive a oportunidade.

Estou tentando voltar para a tenda. Vejo a luz lá dentro, mas é como se ela estivesse aparecendo em locais diferentes... mais perto, depois mais longe. Escuto o barulho lá dentro, a lona ao vento, a música...

E então as luzes se apagam.

AOIFE

A cerimonialista

As luzes se apagam. Os convidados dão gritos agudos.

— Não se preocupem — falo em voz alta. — É o gerador, ele está com problemas de novo, por causa da ventania. Permaneçam em seus lugares; as luzes devem voltar em poucos minutos.

WILL

O noivo

Estou no banheiro do Folly limpando o rosto sujo de bolo. Chegar aqui não foi nada fácil, mesmo tendo as luzes da casa como referência, porque o vento cismava em me empurrar para longe do caminho. Mas talvez seja bom ter um tempo só para mim, clarear os pensamentos. Meu Deus, achei cobertura de bolo no cabelo, até em meu nariz. Jules realmente se empenhou. Foi humilhante. Ergui o olhar depois e vi meu pai me observando. A mesma expressão de sempre: de quando foi anunciado o primeiro time para o grande jogo, e eu não estava na lista. Ou de quando eu não entrei para Oxbridge, ou de quando peguei o gabarito e minhas provas foram praticamente perfeitas. Mais como uma espécie de satisfação cruel, como se constatasse que tinha razão sobre mim o tempo todo. Nunca o vi orgulhoso de mim, nem uma única vez. Apesar de eu sempre ter tentado dar o melhor, obter o máximo, como ele sempre me ensinou. Apesar de tudo o que eu *de fato* conquistei.

A expressão de Jules quando ela ergueu a fatia de bolo. *Merda.* Será que ela descobriu alguma coisa? Mas o quê? Talvez só estivesse aborrecida porque os rapazes me carregaram daquele jeito: pela interrupção da nossa noite. Tenho certeza de que foi isso e mais nada. Ou, se necessário, tenho certeza de que posso convencê-la do contrário.

Não era para ter sido assim. De repente, tudo parece tão frágil. Como se todas as coisas pudessem desmoronar a qualquer momento. Preciso voltar para lá e controlar melhor a situação. Mas de que situação devo tratar primeiro?

Ergo o olhar, capto meu reflexo no espelho. Graças a Deus por este meu rosto. Não demonstra um pingo da tensão das últimas horas. É o meu passaporte. Com ele, ganho confiança, amor. E é por isso que sei que, no final, sempre vou levar a melhor sobre um sujeito como Johnno. Limpo uma última migalhinha do canto da boca, ajeito o cabelo. Sorrio.

E então as luzes se apagam.

AGORA

A noite do casamento

Eles se agacham por cima do corpo. Femi — um cirurgião na vida normal, uma vida que parece muito distante agora — inclina-se sobre a figura prostrada de bruços, coloca o rosto perto da boca e procura sinais de respiração. É inútil, na verdade. Mesmo se fosse possível escutar qualquer coisa por cima do som do vento, está bem claro, pelos olhos abertos e opacos, a boca escancarada, a mancha carmim no peito, que Will está irremediavelmente morto.

Eles estão tão concentrados no corpo inerte que não percebem que não estão sozinhos, ninguém vislumbrou um vulto que permaneceu encoberto na escuridão à margem do grupo. Agora ele entra no raio de luz das tochas, surgindo das trevas como uma figura terrível e antiga — a personificação da vingança no Antigo Testamento. Eles nem reconhecem a princípio. A primeira coisa que todos veem é o sangue.

O homem parece estar banhado de sangue. A frente da camisa está ensopada, mais vermelha do que branca. Suas mãos também, até os punhos. Há sangue em seu pescoço, sangue em seu maxilar, como se ele o tivesse bebido.

O grupo o fita com um pavor silencioso.

A figura soluça baixinho. Ergue as mãos e agora todos veem o metal reluzir. Logo, a segunda coisa que veem é a faca. Se tivessem tempo para pensar, poderiam reconhecer a lâmina. É uma lâmina longa, elegante, com cabo de madrepérola, vista mais recentemente fatiando um bolo de casamento.

Femi é o primeiro a recuperar a voz.

— Johnno — diz, muito devagar, com muita calma. — Johnno... Acabou, companheiro. Abaixe a faca.

Mais cedo

WILL

O noivo

Merda. Outro apagão.

Meio atrapalhado, procuro o celular no bolso, acendo a lanterna e saio noite adentro. Está um vendaval daqueles. Preciso olhar para baixo e me inclinar para conseguir avançar. Nossa, como odeio quando o vento despenteia meu cabelo. Não é o tipo de coisa que eu vá admitir em voz alta; não cairia muito bem no *Sobreviva à Noite*.

Quando ergo o olhar para identificar para onde devo ir, percebo uma pessoa se aproximando, visível somente pela luz de sua lanterna. Devo estar iluminado para a pessoa, enquanto ela permanece invisível para mim.

— Quem está aí? — pergunto.

E então, finalmente, consigo distinguir o vulto.

De uma mulher.

— Ah — digo, com certo alívio. — É você.

— Olá, Will — diz Aoife. — Limpou todo o bolo?

— Sim, praticamente tudo. O que está acontecendo?

— Outra queda de energia — explica. — Desculpe. É o clima. A previsão não chegou nem perto dessa catástrofe. Nosso gerador não está conseguindo dar conta. Já deveria estar funcionando agora... Eu estava indo ver o que aconteceu. Na verdade, você não poderia me ajudar?

Eu preferia recusar. Preciso voltar, tenho muitas coisas para resolver: uma esposa para apaziguar, uma madrinha e um padrinho para... despachar. Mas acho que não consigo fazer nada disso no escuro. Então, posso muito bem ajudar.

— Claro — digo, de forma galanteadora. — Como eu disse hoje de manhã, estou à disposição para auxiliar no que for.

— Obrigada. Você é muito gentil. É bem pertinho daqui.

Ela me guia para fora da trilha, voltando para os fundos do Folly, em um local protegido do vento. E aí... acontece uma coisa esquisita. Ela se vira para me encarar, embora não tenhamos chegado a nada que pareça um gerador. Ela está apontando a luz para os meus olhos. Levanto uma das mãos.

— Está um pouco claro demais. — Dou uma risada. — Parece que estou em um interrogatório.

— Ah. Parece?

Mas ela não abaixa a lanterna.

— Por favor — digo, irritado agora, mas tentando manter um tom civilizado. — Aoife. A luz está me incomodando. Não consigo ver nada, sabe.

— Não temos muito tempo. Então vai ter que ser rápido.

— O quê?

Por um estranho momento, sinto como se ela estivesse me cortejando. Certamente é uma mulher atraente. Percebi hoje de manhã, na tenda. Ainda mais desse jeito, tão polida, tão discreta. Sempre gostei disso, como falei, essa falta de consciência em uma mulher, essa insegurança. O que ela está fazendo casada com um gordo feito Freddy, não dá para entender. Mesmo assim, estou meio que ocupado agora.

— Acho que só queria lhe contar uma coisa — prossegue ela. — Talvez eu devesse ter contado quando você mencionou o assunto hoje de manhã. Na hora, não achei que seria prudente. A alga marinha na cama na noite passada. Fui eu.

— A alga marinha? — Olho para a luz, tentando entender de que diabos ela está falando. — Não, não — rebato. — Deve ter sido um dos rapazes, porque aquilo era...

— O que vocês costumavam fazer na Trevellyan's. Com os garotos mais novos. Sim. Eu sei. Sei tudo sobre aquela escola. Mais do que eu gostaria, na verdade.

— Sobre... Mas eu não estou entendendo...

Meu coração está começando a bater um pouco mais rápido, apesar de eu não saber bem o motivo.

— Eu procurei você na internet por muito tempo — diz ela. — Mas William Slater... é um nome bem comum. E então o *Sobreviva à Noite* estreou. E lá estava você. Freddy o reconheceu imediatamente. E você não mudou nem o formato, não é? Assistimos a todos os episódios.

— O quê...?

— E aí... Foi por isso que tentei tão desesperadamente trazer você para cá — continua ela. — E por isso ofereci aquele desconto ridículo para ser divulgada na revista da sua esposa. Eu *esperava* que ela questionasse um pouco mais. Mas acho que talvez por isso mesmo ela é a companheira ideal para você. Está convencida de que o mundo simplesmente lhe deve alguma coisa. Ela deve ter percebido que de maneira nenhuma nós íamos obter algum lucro. Mas eu, no caso, estou tendo meus ganhos com esse casamento, sim.

— E quais são? — Começo a me afastar dela.

A situação subitamente está meio que cheirando mal. Mas meu pé direito pisa em um pedaço do chão que cede e começa a afundar. Estamos bem na beirada do pântano. É quase como se ela tivesse planejado aquilo.

— Eu queria conversar com você — diz. — Só isso. E não consegui pensar em nada melhor.

— O quê... Mas assim, no meio da ventania, no meio do breu?

— Na verdade, acho que é perfeito assim. Você se lembra de um garotinho chamado Darcey, Will? Na escola?

— Darcey? — A luz no meu rosto está tão forte que não consigo raciocinar direito. — Não. Não estou lembrando. *Darcey*. Isso lá é nome de menino?

— Sobrenome Malone? Acho que vocês só usavam os sobrenomes lá.

Na verdade, pensando melhor, já ouvi esse nome, sim. Mas não pode ser. Claro que não...

— Mas, claro, você vai se lembrar dele como Malocado — diz ela. — Malone... Malocado. Era assim que você o chamava, não é? Ainda tenho todas as cartas dele, sabe. Estão aqui comigo na ilha. Hoje de manhã mesmo dei uma olhada nelas. Ele me escreveu sobre você, sabe. Você e Jonathan Briggs. Os "amigos" dele. Eu sabia que alguma coisa não estava certa sobre essa amizade. E não fiz nada. Essa é a cruz que eu carrego. O túmulo dele é bem aqui. Onde fomos mais felizes. Não tem nada dentro, claro. Meus pais não tiveram nada para colocar, mas você sabe por quê.

— Eu... eu não estou entendendo.

E então me lembro da foto de uma adolescente em uma praia de areia branca. A foto que eu e Johnno costumávamos usar para provocá-lo. A irmã gostosa. Mas não *pode* ser...

— Não tenho tempo para explicar tudo — diz ela. — Queria ter. Queria ter mais tempo para conversar. Tudo o que eu *queria* era conversar, na verdade, descobrir por que você fez aquilo. Por isso eu queria tanto que você viesse para cá, que festejasse seu casamento na ilha. Há tantas coisas que eu queria perguntar. Ele estava assustado, no final? Vocês tentaram salvá-lo? Freddy diz que, quando vocês entraram no dormitório, pareciam empolgados, os dois. Como se fosse tudo uma grande brincadeira.

— Freddy?

— Sim, Freddy. Ou Balofo, como acho que você o chamava. Ele era o único garoto acordado no dormitório naquela noite. Ele pensou que vocês estavam indo lá por causa dele, que ele seria levado para o Sobrevivente. Então se escondeu, fingiu estar dormindo, e não falou uma palavra quando vocês carregaram o Darcey. Ele nunca se perdoou. Eu tentei explicar que ele não tem culpa nenhuma. Foram vocês dois que levaram o meu irmão. Mas principalmente você. Pelo menos seu amigo Johnno se arrepende do que fez.

— Aoife — digo, com o máximo de cautela possível —, não estou entendendo. Eu não sei... do que você está falando.

— Só... Talvez eu não precise fazer todas essas perguntas agora. Eu sei as respostas. Quando fui à sua procura mais cedo, na gruta, tive todas as minhas respostas. Claro, agora tenho outros questionamentos. Por que você fez aquilo, por exemplo. Por causa das provas roubadas? Isso parece mesmo motivo para tirar a vida de um menino? Só porque você foi descoberto?

— Sinto muito, Aoife, mas eu realmente preciso voltar para a tenda agora.

— Não — diz ela.

Dou uma risada.

— Como assim, não? — Uso minha voz mais conquistadora. — Olhe. Você não tem prova do que está falando. Porque não existe prova. Sinto terrivelmente pela sua perda. Não sei o que você está pensando em fazer. Mas o que quer que seja, não teria importância nenhuma. Seria simplesmente a sua palavra contra a minha. Acho que sabemos em quem vão acreditar. De acordo com todos os registros, foi só um trágico acidente.

— Eu achei que você fosse falar isso — diz ela. — Sei que não vai admitir. Sei que não se arrepende. Eu ouvi você na gruta, afinal. Você me tirou tudo naquela noite. Minha mãe também morreu naquela ocasião. Perdemos nosso pai de ataque cardíaco alguns anos depois, certamente devido ao estresse do luto.

Não tenho medo dela, digo a mim mesmo. Aoife não tem nenhum poder sobre mim. Eu tenho problemas *ligeiramente* maiores para resolver aqui, assuntos com consequências reais. Ela é só uma mulher amarga e confusa...

E então vislumbro algo. Um brilho de metal. Em sua outra mão, a que não está segurando a lanterna.

Agora

JOHNNO

O padrinho

Não pude salvá-lo.

Eu não deveria ter tirado a faca, percebo agora. Só aumentou o sangramento, provavelmente.

Eu queria fazê-los entender, quando me encontraram na escuridão. Femi, Angus, Duncan. Mas eles não escutavam. Estavam segurando aquelas tochas como se fossem armas, como se eu fosse um animal selvagem. Estavam berrando comigo, gritando para largar a faca, para COLOCAR NO CHÃO, e minha cabeça estava zumbindo tanto. Não consegui pronunciar as palavras. Então, não pude contar a eles que não tinha sido eu. Não consegui explicar.

Explicar que eu tinha saído no meio da tempestade para fazer o efeito do negócio que Pete Ramsay tinha me dado passar.

Que as luzes se apagaram.

Que encontrei Will lá fora, no escuro. Que me debrucei sobre ele e vi a faca saindo de seu peito, como se brotasse dele mesmo, enterrada tão fundo que não dava nem para ver a lâmina. Que percebi, então, que eu ainda o amava, apesar de tudo. Que eu o abracei e chorei.

Eles me rodearam, os outros padrinhos. Eles me seguraram como um animal até a polícia chegar de barco. Eu vi nos olhos deles, como estavam com medo de mim. Como sabiam que eu nunca tinha sido um deles de verdade.

A polícia chegou. Colocaram algemas em mim. E me prenderam. Vão me levar de volta para a terra firme. Vou a julgamento em casa, pelo assassinato do meu melhor amigo.

Sim, eu cogitei isso, na gruta. Matar Will, quer dizer. Pegar a pedra mais próxima. Sem dúvida, houve um momento em que eu *realmente* pensei nessa possibilidade. Quando parecia ser a coisa mais fácil. A melhor.

Mas não o matei. Eu sei disso, embora as coisas tenham ficado um pouco confusas depois daquele comprimido de Pete Ramsay, com algumas lacunas no meio. Quer dizer, eu nem estava na tenda. Como eu teria pegado a faca? Mas a polícia não parece achar isso um problema.

Eu não *penso* em mim mesmo como um assassino, de qualquer forma.

No entanto, eu sou, não é? Aquele garoto, tantos anos atrás. Fui eu que o amarrei, afinal. Will se certificou disso, mas assim mesmo fui eu que fiz. E não é uma desculpa que justifique o que houve, é? Dizer que você era burro demais para não pensar nas consequências?

Algumas vezes penso no que vi na noite anterior ao casamento. Aquela coisa, aquela figura, agachada no meu quarto. Obviamente não faz sentido contar para ninguém sobre aquilo. Imagine: "Ah, não fui eu, acho que Will, na verdade, pode ter sido esfaqueado, com uma porra de uma faca de bolo, pelo fantasma de um garoto que nós matamos — sim, acho que vi o fantasma no meu quarto na noite anterior ao casamento." Não convence, não é? De qualquer modo, é mais do que provável que tenha vindo de dentro da minha cabeça, a cena que eu vi. Isso faria algum sentido, pois de certa forma o garoto vive na minha mente há anos.

Imagino a cela da prisão esperando por mim. Mas, pensando bem, já estou em uma prisão desde aquela manhã, quando a maré subiu. E talvez seja a justiça recuperando o atraso comigo, por aquela coisa terrível que fizemos. Mas não matei meu melhor amigo. O que significa que outra pessoa matou.

AOIFE

A cerimonialista

Levanto a faca. Eu disse a Freddy que só queria trazer Will para cá para conversar com ele. O que era verdade, pelo menos a princípio. Talvez tenha sido o que ouvi sem querer na gruta que me fez mudar de ideia: a falta de remorso.

Quatro vidas destruídas naquela noite. A vida de um culpado em compensação pela de um inocente: parece uma troca justa.

Espero que ele veja a lâmina, iluminada pelo clarão da lanterna. Por um instante, quero que ele — o menino de ouro, o intocável — sinta uma pequena fração do que meu irmão mais novo pode ter experimentado naquela noite na praia, esperando que o mar chegasse. O pavor. Quero que este homem fique tão apavorado como nunca esteve na vida. Mantenho a lanterna apontada para ele, para seus olhos arregalados.

E então, pelo meu irmãozinho, eu o esfaqueio. No coração.

Eu despertei o inferno.

EPÍLOGO

Várias horas mais tarde

OLIVIA

A madrinha

A ventania cessou, afinal. A polícia chegou. Estamos todos reunidos na tenda, porque querem que fiquemos juntos em um só lugar. Eles nos explicaram o que aconteceu, o que encontraram. Quem encontraram. Sabemos que alguém foi preso, mas não sabemos quem, ainda.

É impressionante como cento e cinquenta pessoas conseguem fazer tão pouco barulho. Os convidados estão sentados às mesas, sussurrando. Por causa do frio e do choque, alguns estão usando mantas térmicas, que fazem um ruído mais alto do que o som das vozes, farfalhando a cada movimentação.

Não falei absolutamente nada, para ninguém, desde que ele e eu estivemos no alto do penhasco. Sinto como se todas as palavras tivessem sido roubadas de mim.

Durante meses, a única coisa em minha cabeça era ele. E agora Will está morto, dizem. Não estou contente. Pelo menos, acho que não. Ainda estou, principalmente, apenas chocada.

Não fui eu. Mas *poderia* ter sido. Eu me lembro de como me senti na última vez em que o vi, cortando o bolo com Jules. Ao ver aquela faca... cheguei a pensar. Foi questão de poucos segundos. Mas realmente pensei, senti, um sentimento tão forte que parte de mim imaginou se eu não tinha *efetivamente* feito aquilo, talvez, e de alguma maneira apagado da memória. Não posso fazer contato visual com ninguém, caso percebam isso em meu rosto.

Dou um salto, de susto, quando sinto alguém tocar meu ombro nu. Ergo o olhar. É Jules, uma manta térmica por cima do vestido de noiva. Nela parece parte do traje, como a capa de uma rainha guerreira. Sua boca está imobilizada em uma linha tão fina que seus lábios desapareceram, e seus olhos brilham. Com a mão em meu ombro, os dedos apertam com força.

— Eu sei — sussurra ela. — Sobre ele... e você.

Ah, meu Deus. Quer dizer, depois de eu refletir tanto se deveria contar a verdade, de alguma forma Jules entendeu à própria maneira. E ela me odeia. Deve odiar. É fácil notar. Sei que, quando minha irmã coloca algo na cabeça, não há nada que eu possa fazer para mudar sua opinião; não há nada que eu possa falar.

Então, sinto uma mudança e acho que vislumbrei um traço diferente em sua expressão.

— Se eu soubesse... — Leio as palavras em sua boca, mais do que as escuto. — Se eu... — Ela para, engole em seco.

Jules fecha os olhos por um longo minuto e, quando os abre novamente, vejo que estão marejados de lágrimas. E então ela estica o braço, eu me levanto e ela me abraça. Fico tensa quando sinto seu corpo começar a tremer. Percebo que ela está chorando, grandes soluços sonoros e raivosos. Não me lembro da última vez em que Jules chorou. Não me lembro da última vez em que ficamos abraçadas assim. Talvez nunca. Sempre houve uma distância entre nós. Mas, por um minuto, não há mais. E, no meio de tudo, todo o choque e trauma desta noite, estamos só nós. Minha irmã e eu.

O dia seguinte

HANNAH

A acompanhante

Charlie e eu estamos no barco voltando para a cidade. A maioria dos convidados partiu antes de nós, a família ficou para depois. Olho para a ilha lá atrás. O tempo clareou agora e o sol bate na água, mas a ilha está encoberta pela sombra de uma nuvem. Parece estar curvada como uma grande fera, esperando a próxima refeição. Viro-me para o outro lado.

Desta vez, o movimento do barco quase não me incomoda. Um pequeno enjoo não é nada em comparação com a profunda náusea da alma que senti ao descobrir na noite passada que foi Will que praticamente matou minha irmã.

Penso em como me agarrei em Charlie a caminho da ilha há menos de quarenta e oito horas, como rimos juntos, apesar de eu estar me sentindo tão mal. A recordação machuca.

Charlie e eu mal nos falamos. Mal nos olhamos. Nós dois, acho, ficamos perdidos em nossos próprios pensamentos, lembrando da última vez em que conversamos antes de tudo acontecer. E acho que não tenho a energia para falar agora, mesmo que quisesse. Sinto-me física e emocionalmente despedaçada... esgotada demais para chegar a pensar em organizar meus pensamentos, avaliar como estou me sentindo. Ninguém pregou o olho na noite passada, é claro, mas é mais do que isso.

Obviamente, vamos ter que enfrentar a situação quando chegarmos em casa. Teremos que ver, quando voltarmos à realidade, se é possível consertar o que foi rompido nesse fim de semana. Muita coisa foi danificada.

No entanto, algo emergiu, completo, do desastre. Encontrei a peça que faltava do quebra-cabeça. Não posso chamar de ponto final, porque a ferida nunca vai sarar. Estou com raiva porque nunca tive a oportunidade de confrontá-lo. Mas obtive a resposta para a pergunta que tenho feito desde que Alice morreu. E, ao matá-lo, pode-se dizer que o assassino de Will vingou minha irmã também. Meu único arrependimento é não ter, eu mesma, enfiado aquela faca.

AGRADECIMENTOS

À minha editora, Kim Young, e a Charlotte Brabbin: este livro foi um esforço tão colaborativo que definitivamente sinto que os nomes de vocês também deveriam vir na capa. Obrigada por sempre me pressionarem a entregar o melhor livro possível e por sua confiança inabalável em mim e em minha escrita desde o princípio, no meio de diversos livros e gêneros. Foi muito raro e especial para mim.

Para minha agente extraordinária, Cath Summerhayes: que jornada trilhamos juntas até agora! Obrigada por ser a pessoa mais trabalhadora que conheço (junto dos nomes acima!) e por divulgar meu livro e meu nome em todas as oportunidades. Agradeço também por ser tão engraçada.

A Kate Elton e Charlie Redmayne: obrigada por seu apoio constante e por acreditarem em mim e em meu texto.

A Luke Speed: fantástico agente cinematográfico e um homem adorável. Agradeço sua visão e sabedoria.

A Jen Harlow: a assessora de imprensa mais gentil, alegre e apaixonada que um escritor pode sonhar ter. Obrigada por todo o seu árduo trabalho e inventividade e por ser uma companheira de viagem incrível!

A Abbie Salter: obrigada por sua magia no marketing — sempre me admiro com sua criatividade e senso de inovação, e mal posso esperar para apreciar a mágica que você continua a criar para *A lista de convidados*.

A Izzy Coburn: adoro trabalhar com você! Duas garotas de Slindon mandando bem. Obrigada por ser brilhante demais.

A Patricia McVeigh: agradeço por divulgar meus livros na Irlanda com tanto entusiasmo; um brinde a mais aventuras juntas na Ilha Esmeralda!

A Claire Ward: fico extasiada com sua capacidade de condensar a essência completa do livro na diagramação da capa, com uma simplicidade surpreendente. Você é uma verdadeira visionária.

A Fionnuala Barrett: obrigada por saber exatamente como soariam todas as vozes de *A lista de convidados*, melhor do que eu mesma! E obrigada a você e a sua família por conferirem meu irlandês!

À equipe dos sonhos na HarperCollins: Roger Cazalet, Grace Dent, Alice Gomer, Damon Greeney, Charlotte Cross, Laura Daley e Cliff Webb.

A Katie McGowan e Callum Mollison: obrigada por encontrarem casas para os meus livros no mundo todo!

A Sheila Crowley: agradeço tanto o seu apoio. Você é incrível.

A Silé Edwards e Anna Weguelin: agradeço por todo o seu trabalho árduo e por manter na linha esta escritora que às vezes deixa a desejar no quesito organização!

À Waterstones e aos vendedores da Waterstones, por sua paixão, seu empreendedorismo nas vendas diretas e pela criação de vitrines incríveis nas lojas. Uma menção especial a Angie Crawford, gerente de compras para a Escócia e a pessoa mais agradável para se estar em uma excursão no país — sou grata por generosamente ceder seu tempo e apoio contínuo.

A todas as livrarias independentes que sediaram eventos e sugeriram meu livro aos clientes, e que amam demais a palavra escrita e criam tantos espaços acolhedores e agradáveis para descobri-la.

A Ryan Tubridy, por encontrar tempo para ler *A lista de convidados* e por comentar tantas coisas boas sobre o livro.

A todos os leitores que leram a obra e me contaram que gostaram — quer a tenham descoberto por meio do Netgalley, recebido uma prova pelo correio ou comprado em uma livraria. Adoro ouvir o que vocês têm a me dizer — não tenho palavras para expressar a felicidade que suas mensagens trazem.

A meus pais, por seu orgulho e amor. Por cuidarem de mim tão bem quando precisei. E por sempre me incentivarem a fazer o que mais amo, desde o início.

A Kate e Max, Robbie e Charlotte: obrigada por deixarem a vida tão divertida e por todo o seu encorajamento.

A Liz, Pete, Dom, Jen, Anna, Eve, Seb e Dan: obrigada por todo o seu amor e apoio, por divulgarem e compartilharem o entusiasmo e pelos cartões desenhados à mão!

Aos primos irlandeses e ingleses, Foley e Allen, com uma menção especial (mas sem ordem específica) a Wendy, Big O, Will, Oliver, Lizzy, Freddy, George, Martin, Jackie, Jess, Mike, Charlie, Tinky, Howard, Jane, Inez, Isabel, Paul, Ina, Liam, Phillip, Jennifer, Charles, Aileen e Eavan.

Por fim, mas definitivamente não menos importante, a Al: sempre meu primeiro leitor. Obrigada por tudo o que você faz — seu constante apoio e incentivo, sua boa vontade em passar toda uma viagem de carro de seis horas debatendo a ideia de um novo livro, por me resgatar das profundidades desesperadoras de um furo na trama, por passar o fim de semana inteiro lendo meu primeiro rascunho. Este livro não estaria concluído sem você.

1ª EDIÇÃO

PAPEL DE MIOLO
Pólen® Soft 80g/m²

TIPOGRAFIA
Fairfield

IMPRESSÃO
Ipsis